BERND KÖSTERING

Goethespur

DICHTUNG ODER WAHRHEIT Der erfolgreiche Literaturdozent und Goethekenner Hendrik Wilmut trifft nach Jahren seinen ehemaligen Freund Eddie wieder, eine gescheiterte Existenz. Wilmut ist entsetzt, als dieser behauptet, Goethes erste Italienreise habe nie wirklich stattgefunden. Eddie ist davon überzeugt, dass der berühmte Dichter sich nur versteckt und alle Welt belogen hat. Um diese skurrile Hypothese zu beweisen, begibt er sich auf Goethes Spuren, von Regensburg über München, Innsbruck und den Brenner nach Norditalien. Wilmut weigert sich zunächst, ihn zu begleiten, doch als in München ein Attentat auf Eddie verübt wird, eilt er ihm zu Hilfe. Wer trachtet Eddie nach dem Leben? Und weshalb? Auf der Suche nach dem Täter erhalten sie Hilfe von Wilmuts Frau Hanna aus Frankfurt und seinem Freund Siggi aus Weimar. Tag um Tag, Kilometer um Kilometer kommen sie dem Attentäter näher …

© das portrait

Bernd Köstering wurde 1954 in Weimar/Thüringen geboren und lebt heute in Offenbach am Main. Er ist verheiratet, hat zwei Töchter und drei Enkelkinder. Die Romane und Kurzgeschichten des Autors leben von seinem feinen Gespür für die Beweggründe seiner Figuren. Gemeinsam mit dem Gmeiner-Verlag entwickelte er das Genre des Literaturkrimis, in dem ein bekanntes Werk der Weltliteratur den jeweiligen Fall auslöst oder auflöst. Kösterings Goethekrimis um den Privatermittler Hendrik Wilmut haben unter Fans inzwischen Kultcharakter. »Goethespur« ist der vierte Band der Reihe. www.literaturkrimi.de

BERND KÖSTERING

Goethespur

LITERATURKRIMI

GMEINER

Immer informiert

Spannung pur – mit unserem Newsletter informieren wir Sie
regelmäßig über Wissenswertes aus unserer Bücherwelt.

Gefällt mir!

Facebook: @Gmeiner.Verlag
Instagram: @gmeinerverlag
Twitter: @GmeinerVerlag

Besuchen Sie uns im Internet:
www.gmeiner-verlag.de

© 2019 – Gmeiner-Verlag GmbH
Im Ehnried 5, 88605 Meßkirch
Telefon 0 75 75 / 20 95 - 0
info@gmeiner-verlag.de
Alle Rechte vorbehalten
2. Auflage 2023

Lektorat: Katja Ernst
Herstellung: Julia Franze
Kartengestaltung: Felix Volpp
Umschlaggestaltung: U.O.R.G. Lutz Eberle, Stuttgart
unter Verwendung eines Fotos von: © Kreutzfelder / pixabay.com
Druck: Custom Printing Warschau
Printed in Poland
ISBN 978-3-8392-2398-7

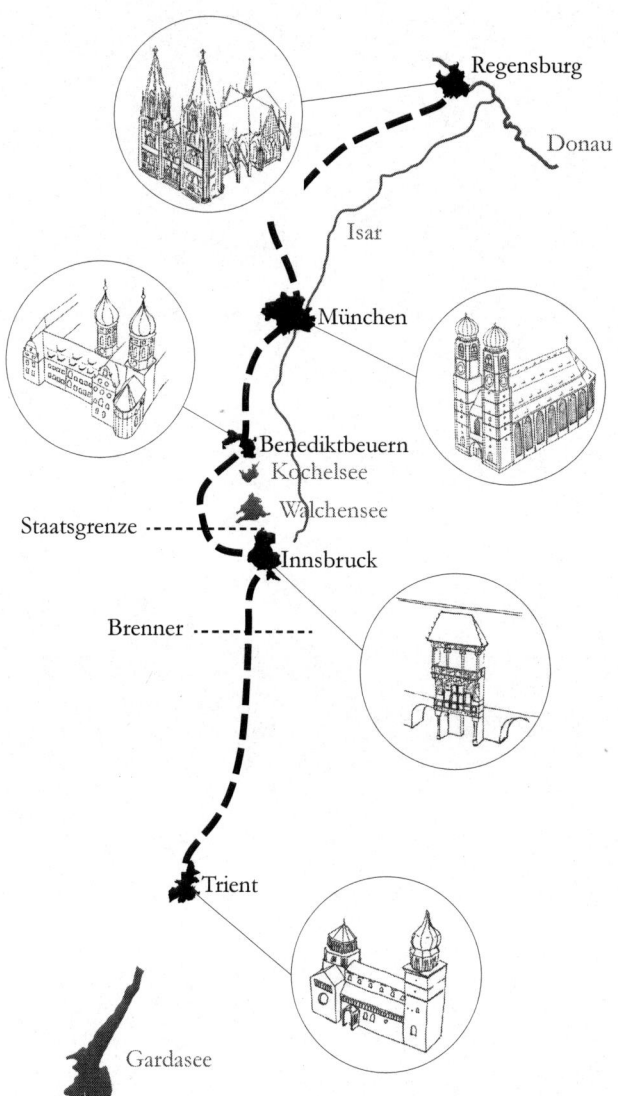

Regensburg

Donau

Isar

München

Benediktbeuern
Kochelsee
Walchensee

Staatsgrenze - - - -

Innsbruck

Brenner - - - -

Trient

Gardasee

Bis zu den Ereignissen dieses Septembers war Hendrik Wilmut überzeugt, seine Schuldgefühle zu Recht in sich zu tragen.

1 FRANKFURT A. M.

Sonntag, 31. August, vormittags

Hendrik Wilmut kannte den Mann, das war ihm sofort klar. Dieser lang gezogene Nasenrücken und die leicht vorgeschobene Mundpartie. Selbst die Haare trug er noch wie damals: blond gefärbtes Deckhaar, strähnig herabfallend, darunter dunkel. Damals – was hieß das? Wann und wo? Es wollte ihm nicht einfallen.

Hendrik musste sich zwingen, in seine Zeitung zu sehen, statt reflexartig immer wieder einen Blick auf das vermeintlich bekannte Gesicht zu werfen. Er saß an einem runden Tisch direkt neben dem Eingang. Hanna kam zu ihm und legte ihre Hand vertraut auf seine Schulter. In ihrem Café war am Sonntag früh kurz nach der Öffnung noch nicht viel Betrieb. In ein bis zwei Stunden würde sich das ändern. »Der Blonde mit der wilden Frisur da hinten«, flüsterte sie, »der schaut immer zu dir rüber, kennst du den?«

»Ich denke schon«, raunte Hendrik ihr zu. »Aber ich weiß nicht mehr woher.«

»Frag ihn doch einfach!«

»Wir könnten ihn auf einen Espresso einladen.«

»Okay, ich mach das.« Hanna ging direkt auf den Fremden zu: »Hallo, Hendrik möchte Sie gern zu einem Espresso einladen.«

Er sah sie leicht belustigt an. »Bei ihm oder bei mir?«

»Bei mir!«, rief Hendrik hinüber.

»Das dachte ich mir.« Der Fremde stand auf und schlenderte auf Hendrik zu.

Jetzt erkannte er ihn. Diese drahtige Figur. Dazu der vorwurfsvolle Gang, als habe sich das gesamte Universum gegen ihn verschworen, den hatte er schon damals, als Student.

Hendrik erhob sich: »Hallo, Eddie!«

Sein Gegenüber nickte. »Aha, kennst mich doch noch.«

Sie gaben sich die Hand und musterten sich neugierig. So wie man sich anschaut nach Jahren verpassten Miteinanders. Natürlich hatten sie sich verändert. Eddie hatte reichlich Erlebnisfalten bekommen. Bei Hendrik war es wohl eher das graue Haar, das vom Leben berichtete. Endlich setzten sie sich. Hanna servierte den Espresso. Die Kaffeesorte hatte Hendrik ausgesucht, speziell für »Hanna's Wohnzimmer«.

»Deine Freundin, Wilmut?«, fragte Eddie.

»Fast«, antwortete Hendrik. »Meine Frau.«

»Oha, verheiratet!« Er gab Hanna die Hand. »Ich bin Edmund Fahrnholtz, Hendrik und ich haben zusammen studiert. Er mit Erfolg, ich nicht.«

»Hallo, Herr Fahrnholtz!«, sagte Hanna.

»Kannst mich ruhig duzen, in Frankfurt nennen mich alle Eddie.«

Hanna ließ ein leises Okay vernehmen und ging hinaus auf die Terrasse, um die Stühle zurechtzurücken.

»Zufall?«, fragte Hendrik.

Edmund grinste. »Du kommst direkt zur Sache, gefällt mir. Kein Zufall. Ein Kunde hat mir erzählt, dass du ständig hier rumhängst.«

»Ständig im eigentlichen Wortsinn kann wohl nicht sein, aber häufig, das stimmt.«

Eine blonde Haarsträhne fiel Edmund in die Stirn. »So kenne ich dich, immer ein wenig den Oberlehrer raushängen lassen. Aber natürlich hast du recht. Nach über 20 Jahren Taxi-fahren in Frankfurt schleift sich das gute Deutsch etwas ab.«

»Ach so …«

»Und du?«

»Dozent an unserer alten Wirkungsstätte, Uni Frankfurt. Seit acht Jahren bin ich mit Hanna verheiratet, habe sie in Weimar kennengelernt.«

»In Weimar?«

»Ja, ich war dort einige Jahre regelmäßig wegen eines For-schungsprojekts an der Anna Amalia Bibliothek.«

»Ach, die gute alte Anna Amalia, sehr nobel. Goethe war ja schon im Studium dein Spezialgebiet, heute immer noch?«

»Ja, immer noch.«

»Gut.« Er legte eine kurze Pause ein, und Hendrik fragte sich, ob das »Gut« wirklich gut gemeint war.

»Und, Wilmut, was machen die Kriminalfälle?«

Damit hatte Hendrik nicht gerechnet. »Du hast dich über mich informiert?«

»Das habe ich«, antwortete Edmund ohne eine Spur von Verlegenheit.

»Nein, keine Kriminalfälle mehr. Die gehören zu mei-ner Weimarer Vergangenheit.« Hendrik hatte plötzlich das Gefühl, zu viel von sich preisgegeben zu haben. Am liebsten hätte er das Gespräch beendet. Aber eins musste er noch fra-gen: »Wo warst du eigentlich die ganze Zeit?«

»Wie schon gesagt: in einem Frankfurter Taxi. Und nachts in einem IKEA-Bett in der Wiener Straße.«

»Allein? Ich meine, in dem IKEA-Bett.«

Edmund lachte. Vielleicht dachte er an früher, als sie befreundet gewesen waren und solche Gespräche zum All-tag gehört hatten. »Lange allein«, sagte er. »Seit drei Jahren zu zweit.«

Hendrik nickte.

»Ich will dich nicht langweilen, Wilmut. Ich habe ein großes Projekt, mit dem ich in die Literaturwelt zurückkehren werde. Ich brauche aber noch ein paar Tage, um es vorzubereiten. Ich melde mich wieder. Ich freue mich darauf!«

Hendrik registrierte mit der ihm eigenen grammatikalischen Analytik, dass Edmund die letzten fünf Sätze alle mit »Ich« begonnen hatte. »Um was geht es denn?«

»Ach, weißt du, Wilmut, das möchte ich dir erst sagen, wenn alles hieb- und stichfest ist.«

»Und welche Rolle hast du mir dabei zugedacht?«

»Eine wichtige Rolle. Aber auch das erzähle ich dir beim nächsten Mal. Danke für den Espresso!« Er grinste, stand auf und forderte Hendriks Hand.

Hendrik zögerte kurz, doch schließlich streckte er seinen Arm aus. Sie verabschiedeten sich. Edmund verließ das Café und schlenderte über den Affentorplatz. Hanna hatte sich längst in die Küche zurückgezogen.

✳

Montag, 1. September, morgens

Hendrik Wilmut hatte Edmund Fahrnholtz schon fast vergessen, zumal eine Menge Gäste seine Aufmerksamkeit gefordert hatten. Soweit möglich, half er sonntags in »Hanna's Wohnzimmer«. Er war dann der Büfettier, bereitete die Kaltgetränke servierfertig zu und bediente die italienische Espressomaschine, was ihm eine besondere Freude war.

Erst beim Frühstück am nächsten Morgen fragte ihn Hanna nach dem »seltsamen Vogel«, wie sie Edmund nannte. Hendrik lächelte und berichtete ihr aus Studienzeiten, in denen er viele Semester lang mit ihm befreundet gewesen war. Oft hatten sie zusammen gelernt und stundenlang, ohne zu reden, nebeneinander in der Universitätsbibliothek gesessen und gelesen.

Ob dies die Zeit gewesen sei, in der Hendrik mit Gesa zusammen war, fragte Hanna dazwischen.

»Richtig, diese Zeit war das. Meine Gesa-Phase.« Hendrik lächelte. Sein Vorleben war kein Geheimnis für Hanna.

»Eines Tages«, erzählte er, »im letzten Semester, da verschwand Eddie. Es war ein Donnerstag, ich kann mich noch genau daran erinnern. Wir hatten uns zu Wochenbeginn getrennt auf das am Freitag anstehende Examen vorbereitet. Am Mittag wollten wir uns in einem kleinen Studentenlokal an der Bockenheimer Warte treffen, um uns auszutauschen und gegenseitig zu motivieren. Ich wartete vergebens, nicht nur an diesem, auch am folgenden Tag. Bis zur letzten Sekunde stand ich vor dem Prüfungssaal, total aufgeregt, das kannst du dir sicher vorstellen. Aber Eddie kam nicht.«

Hendrik stockte. Er musste sich eingestehen, dass ihn die Erzählung mehr mitnahm, als er gedacht hatte.

»Kann man sagen, dass ihr damals beste Freunde wart?«, fragte Hanna.

»Äh, ja, das kann man sagen.«

Wie so oft brachte Hanna die Zusammenhänge mit wenigen Worten auf den Punkt.

»Jedenfalls habe ich ihn gesucht«, fuhr er fort, »in den Tagen danach, auch später noch, bei Freunden, bei seinen Eltern, in den Kneipen. Vergeblich: Eddie blieb verschwunden. Fast so, als sei er geflüchtet. Ich habe ihn all die Jahre nicht wiedergesehen, bis gestern im Café.«

Sofort begann Hanna, Mutmaßungen anzustellen, warum Edmund sich aus seinem alten Leben zurückgezogen haben könnte. »Vielleicht hatte er Prüfungsangst? Oder Liebeskummer? Eine Krebserkrankung? Depressionen? Tod eines Familienangehörigen? Oder er wollte einfach nur aus dem vorgezeichneten Lebensweg ausbrechen?«

Hendrik lächelte. »Du hast eine enorme Kreativität im Konstruieren von Entschuldigungen. Natürlich kann ich nichts davon ausschließen, aber zugleich sind alle Szenarien äußerst unwahrscheinlich. Ich habe mehrmals mit Eddies Eltern gesprochen, einem Arbeiterehepaar – sie Schneiderin, er Mechaniker –, beide sehr stolz darauf, dass ihr Sohn studierte und ob seines Verschwindens völlig am Boden zerstört. Bei meinem letzten Besuch baten sie mich, die Nachforschungen einzustellen und sie quasi … ihrem trauten Schmerz zu überlassen.«

In dieser Zeit hatte sich Hendriks Einstellung zu Edmund Fahrnholtz geändert. Sorgen wurden zu Anschuldigungen, Nachdenklichkeit zu Ärger und Freundschaft zu Ablehnung.

*

Montag, 1. September, mittags

Hendrik Wilmut hatte seine Vorlesung beendet. Er überquerte den Innenhof des Universitätshauptgebäudes in Richtung Rotunde. Dieser halbkreisförmige Gebäudeteil hatte General Eisenhower in der Nachkriegszeit als Büro gedient, heute war er Teil des Eingangsfoyers. Die milde Spätsommersonne hatte die Luft angenehm erwärmt.

Diesmal erkannte er Edmund sofort. Er lehnte lässig an der Skulptur der Nymphe, die Misses Eisenhower dermaßen anstößig fand, dass sie entfernt werden musste. Aber sie war wiedergekehrt, so wie Edmund Fahrnholtz.

»Hallo, Wilmut, hast du Zeit?«

»Ja.«

»Wollen wir uns setzen?«

»Okay.«

Sie ließen sich auf der Mauer zuseiten der Nymphe nieder. Der allgegenwärtige Travertinstein warf sein fahles Gelb in den Innenhof, ein kühler Geruch stieg aus dem großen Zierteich hoch.

Edmund trug eine alte abgewetzte Lederjacke. Er ließ seinen Blick schweifen. »Damals in Bockenheim sah alles anders aus. Mehr Beton.«

»Das stimmt«, sagte Hendrik.

»Pass auf, Wilmut, ich werde eine Reise unternehmen.«

Hendrik wusste nicht, was das zu bedeuten hatte. Er wartete.

»Ich werde Goethes Italienreise nachvollziehen, ihm nachreisen sozusagen, zumindest teilweise.«

»Aha.« Mehr sagte Hendrik nicht. Das hatten schon viele Goethefans getan, das konnte nicht alles sein.

»Ich werde in Regensburg beginnen.«

»Nicht in Karlsbad?«

»Nein, Tschechien mag ich nicht besonders, den ersten Tag von Goethes Reise kann ich verschmerzen.«

Hendrik nickte. »Und?«

»Ich werde zeigen, dass Goethes Italienreise gar nicht wirklich stattgefunden hat. Alles Fake, würde man heute sagen, gelogen, geschummelt, geschwindelt. Uns alle hat er an der Nase herumgeführt. Und das werde ich beweisen – das ist mein großes Projekt.«

Hendrik lachte nicht. Aus Respekt vor Edmund, dessen Lebenslauf ihm immer noch Rätsel aufgab. »Was soll das? Spinnst du jetzt?«

»Nein, Wilmut, bestimmt nicht. Das ist mein Ernst. Es geht bald los, und ich habe Geld gespart.«

Hendrik musste tief durchatmen. Er war kurz davor, ohne ein weiteres Wort zu gehen.

»Du willst sicher Argumente hören, die meine Theorie unterstützen«, sagte Fahrnholtz.

»Eigentlich nicht«, brummte Hendrik. »Aber bitte, wenn es dich glücklich macht …«

»Das geht schon mit dem ersten Tag seiner Reise los«, sagte Edmund. »Da behauptet Goethe, mitten in der Nacht mit der Kutsche losgefahren zu sein. Wir alle kennen diesen ersten Satz seines Reisetagebuchs: ›Den 3. September früh 3 Uhr stahl ich mich aus dem Carlsbad weg, man hätte mich sonst nicht fortgelassen.‹ Gut, er wollte ohne Aufsehen verschwinden, kann man noch verstehen. Aber dann behauptet er, 31 Stunden am Stück unterwegs gewesen zu sein, von Karlsbad über Eger und Weiden bis nach Regensburg. Dort will er am 4. September um 10 Uhr am Vormittag angekommen sein. Das sind auf heutigen Landstraßen über 200 Kilometer. Mit einer Kutsche fuhr man damals circa sechs bis sieben Kilometer pro Stunde, das könnte bei 31 Stunden durchgehender Fahrt also gerade so geklappt haben. Dabei durfte allerdings kein Achsenbruch, kein Deichselschaden und auch kein widerborstiger Postillion die Reise erschweren. Außerdem wurde man wegen der einfachen Blattfedern der Kutsche stark durchgeschüttelt, wodurch die Reisenden manchmal sogar übereinander fielen. Und das 31 Stunden lang, nein, das halte ich bei einem im Grunde faulen Typen wie Goethe für unglaubwürdig.«

»Also pass auf«, entgegnete Hendrik. »Erstens muss ich das nachrechnen, ganz genau habe ich die Reisezeiten nicht im Kopf. Und zweitens, Eddie, den Begriff ›faul‹ in solch pauschaler Weise auf Goethe anzuwenden, das ist unzulässig. Immerhin hat er so viele Texte verfasst und veröffentlicht wie kaum ein anderer Schriftsteller.«

Edmund überlegte einen Moment. »Stimmt, du bringst mich auf den richtigen Weg. Das Wort ›faul‹ passt nicht an dieser Stelle. ›Bequem‹ – das trifft es eher.«

Hendrik wunderte sich über die plötzliche Einsicht.

»Ich sehe das wie folgt, Wilmut: Goethe hat ständig geschrieben, besser gesagt, sehr oft. Ich bin schließlich lernfähig.« Er lachte kurz auf. »Das war wohl eine Art innerer Antrieb, wie bei manchen, die nicht ohne Arbeit leben können, manche nicht ohne Sport und manche nicht ohne Nutella. Mir geht es aber um Goethes alltägliche Lebensumstände, gehätschelt von seiner Mutter – mein Hätschelhans!« Edmund fiel bei dem letzten Wort in einen ironisch überhöhten Tonfall. »Und ähnlich gehätschelt von seiner Fangemeinde, schon in Frankfurt, du weißt ja, die Werther- und Götz-Bewunderer. Dann Herzog Carl August, der ihm Ministerposten, Geld und ein tolles Haus am Frauenplan schenkte, die Diener, die er sich leisten konnte, ganz zu schweigen von all den Frauen, die für ihn schwärmten. Da muss man doch bequem werden, oder nicht?«

Hendrik öffnete den Mund, um etwas zu sagen, aber bevor es ihm gelang, einen Satz zu formulieren, fuhr Edmund fort: »Dabei stellt sich natürlich die Frage, woher er all die detaillierten Reisebeschreibungen haben sollte, ohne selbst in Italien gewesen zu sein. Ich erinnere an die damals sehr bekannten Italienbücher von Volckmann und Riedesel, die er bei sich trug, als er Karlsbad verließ. Bei einem Tagebucheintrag hat er sogar völlig unverfroren auf den Volckmann hingewiesen. Man kann das als genial oder als unverschämt bezeichnen. Ich tendiere zu Letzterem. Dazu kommen die vielen Erzählungen seines Vaters von dessen Italienreise. Und denk an die Kupferstiche mit Italienmotiven in seinem Elternhaus, im Flur, du weißt schon, und an das venezianische Gondelmodell, das Vater Goethe mitgebracht hatte und hegte und pflegte.«

»Sorry, Eddie, aber das ist zu viel!«

»Moment mal, ich bin noch nicht fertig. Wie du weißt, hat Goethe seinen Reisebericht erst 30 Jahre nach der angeblichen Reise niedergeschrieben, er hätte also sogar das Reisetagebuch von Anna Amalia und das noch genauere von ihrer Zofe Luise von Göchhausen mit einfließen lassen können, obwohl die beiden erst nach Goethes angeblicher Italienreise dort waren.«

Hendrik stand auf. »Das muss ich mir nicht länger anhören. Erzähl das irgendjemandem auf der Straße, aber nicht mir. Mach's gut!«

Edmund Fahrnholtz erhob sich ebenfalls. »Ich möchte dich gern einladen, mich auf dieser Reise zu begleiten.«

»Ha!« Nun musste Hendrik doch lachen. Es war allerdings ein ärgerliches Lachen.

»Ich bezahle dich auch dafür, ich habe genug Geld. Du sollst mein Reiseführer sein, mein Cicerone. Und vor allem mein Berater. Mit deinem Einwand von eben hast du ja bereits damit begonnen.«

»Ha!«

»Ich brauche einen anerkannten Goetheexperten.«

»Aha, ich soll also mit meinem Fachwissen und meinem Ruf deine abenteuerliche Theorie unterstützen?«

»Könnte man sagen, ja.«

»Niemals!«

Edmund sah ihn an wie ein beleidigter Schuljunge. »Schade, ich würde dir 200 Euro pro Tag zahlen. Bei freier Unterkunft und Verpflegung.«

»Woher hast du denn als Taxifahrer so viel Geld?«

»Meine Sache.«

»Egal, das Geld interessiert mich sowieso nicht.«

»Klar, wusste ich, ist auch nur als Trostpflaster gedacht.«

»Niemals!«

»Okay, okay, ich lass dir noch Zeit. Aber nicht zu viel, übermorgen, am 3. September, geht es los.«

»Ach … stilecht, am 3. September, genau wie Goethe.«

»Richtig.«

»Fahr los, wenn du es nicht lassen kannst, aber ohne mich!« Damit drehte sich Hendrik um, ging mit ärgerlichen Schritten auf die Rotunde zu und verließ den Poelzig-Bau. Über dem Eingang stand in kräftigen Lettern: Johann-Wolf-gang-Goethe-Universität. Er warf heute keinen einzigen Blick darauf.

*

Dienstag, 2. September, vormittags

Nachdem Hanna und Hendrik Weimar verlassen hatten, lebten sie fast ein Jahr bei Hendriks Mutter in Offenbach. Hanna brauchte Zeit, um ihr Inneres zu ordnen, um den Tod ihrer Freundin Sophie und all die anderen dramatischen Ereignisse in Weimar zu verarbeiten. Hendrik verstand das, und Hanna war überzeugt, dass auch er diese Regenerationsphase benötigte. Auch wenn er es nicht zugab. Lange Spaziergänge am Mainufer und im Stadtwald klärten Hannas Sinne. Sie gab ihren Job als Pharmaberaterin auf. Es erfüllte sie nicht mehr, Ärzten tagein, tagaus dieselbe Story zu erzählen, sich einen Stempel abzuholen und aufzupassen, dass sie auch wirklich die kürzeste Strecke zum nächsten Kunden fuhr.

Dann wurde ihnen eine schöne Altbauwohnung in der Sachsenhäuser Bodenstedtstraße zur Miete angeboten. Sie griffen zu. Damit begann ein Lebensabschnitt der Zukunftsplanung und des Neuaufbaus. Wenn sie einen Traum habe, meinte Hendrik damals, wenn es etwas gäbe, was sie schon immer hatte tun wollen, wozu sie aber nie gekommen war, sei jetzt die Zeit dafür. Genau jetzt. Ein Café. Das war es. Sie suchte nach Räumen und es dauerte nicht lange, zwei bis drei Wochen nur. Sie sah ein Schild am Affentorplatz mit der Aufschrift »Zu vermieten«, und schon beim ersten Blick durchs Fenster verliebte sie sich in das Café: klein, gemütlich, individuell. Wie ein Wohnzimmer eben. So entstand auch der Name: »Hanna's Wohnzimmer«. Danach ging alles sehr schnell. Innerhalb weniger Tage unterschrieb sie den Mietvertrag und begann sofort zu planen. Mit Herz und Verstand. Von Beginn an war klar, dass sie zwei freie Tage in der Woche brauchte. Den Montag wollte sie für die betriebliche Versorgung nutzen. Am Dienstag wollte sie leben. Einfach nur leben, sonst nichts. Unabhängig vom Café, unbeeinflusst von Hendrik und weit weg von erzwungenen Terminen. Der Dienstag war ihr Tag – das hatte sie schnell allen Menschen in ihrer Umgebung klargemacht.

Seit Anfang des Jahres besuchte sie nun dienstags einen Yogakurs in Goldstein. Schon vorige Woche war eine neue Teilnehmerin angekündigt worden, Hanna hatte den Namen vergessen, wusste nur noch, dass dieser mit K begann.

Kaum hatte sie den Übungsraum betreten, kam die Neue auch schon auf sie zu und stellte sich vor. Karla heiße sie, Händeschütteln, Zunicken und los ging es. Dass manchmal eine der Frauen unter der Anstrengung einer schwierigen Yogaübung stöhnte, war nichts Besonderes. Karla jedoch stöhnte andauernd. Und teilweise so, als sei sie gerade dabei,

Presswehen zu veratmen. Nun ja, dachte Hanna, gib ihr eine Chance. Insgesamt waren die Übungen an diesem Tag recht einfach, vielleicht versuchte Gabi, die Kursleiterin, damit, das Karlastöhnen zu minimieren. Immer wieder betrachtete Hanna die Neue. Aufgespritzte Lippen, eine zu klein geratene Nase und Pausbacken. Vielleicht konnte man an den Haaren noch etwas machen, dachte Hanna, dunkelbraune Allerweltsfarbe, derzeit streng nach hinten gekämmt, unfähig, den prallen Hals zu verdecken.

Kaum war die Stunde zu Ende, stellte Gabi die Neue offiziell vor und erwähnte dabei auch ihren Nachnamen, den Hanna sich jedoch nicht merkte. Sie sei nun ab sofort Mitglied der Gruppe, sagte Gabi. Prinzipiell war jede zusätzliche Mitstreiterin willkommen, denn damit reduzierte sich die effektive Kursgebühr der Volkshochschule für alle anderen. Üblicherweise applaudierten die Teilnehmerinnen bei der Begrüßung einer Neuen. Heute klatschte zunächst niemand. Das ist nicht fair, dachte Hanna. Zögernd begann sie zu applaudieren. Ebenso zögernd folgte die restliche Truppe.

Während Hanna draußen vor dem Bürgerhaus Goldstein noch mit zwei Freundinnen aus der Yogagruppe zusammenstand und über schwierige Familienverhältnisse, Erbschaften und Neidschaften sprach, gesellte sich plötzlich Karla dazu. Hanna hatte sie nicht kommen sehen, mit einem Mal stand sie da, wie aus dem Boden gewachsen. Seltsame Art, dachte Hanna. Und damit nicht genug, kaum hatte Hanna ihr anstandshalber etwas Platz gemacht, klinkte Karla sich nahtlos in die Unterhaltung ein, so als hätte sie schon einige Minuten zugehört. Ihr Freund habe gerade ein Haus geerbt in … irgendwo. Auch dieser Name verschwand in Hannas temporärem Speicher mit extrem kurzer Halbwertzeit. Er wolle das Haus ja gar nicht, berichtete Karla weiter, würde es lieber verkaufen, aber seine Geschwister sähen das anders, sie wollten es behalten, es sei schließlich ihr Elternhaus. Blöde Situation, nicht wahr? Das fragte Karla Zustimmung heischend in die Runde. Alle nickten und gingen dann kommentarlos zu ihren Autos. Bis nächste Woche!

*

Dienstag, 2. September, abends

Hendrik Wilmut stand kurz vor einem gemütlichen Fußballabend in der Bodenstedtstraße, allein mit einer Pizza und zwei Flaschen Ehringsdorfer – ein Weimarer Bier, das es nur bei einem einzigen Getränkehändler in Frankfurt gab. Das erste Champions-League-Spiel von Eintracht Frankfurt stand an. Er wusste nicht, was Hanna vorhatte. Am Anfang hatte er sich Sorgen um sie gemacht, besonders nach Einbruch der Dunkelheit. Inzwischen hatte er sich daran gewöhnt, nicht zu wissen, wo sie sich an ihrem freien Tag aufhielt. Oft besuchte sie eine Freundin oder ging abends ins Rebstockbad oder ins Kino.

Hendrik hatte die Pizza bereits bestellt, als das Telefon klingelte. Er nahm ab und meldete sich.

»Guten Abend, Herr Dr. Wilmut, hier ist Prof. Heinrich Wachshauer aus Weimar. Ich bin gerade in Frankfurt.«

Hendrik ahnte, was nun folgen würde. »Herr Wachshauer, was machen Sie denn in Frankfurt?«

»Nun, ich gab heute eine Vorlesung zur Sprachdidaktik der Bronzezeit. Wie Sie wissen, ist das mein Spezialgebiet, da bin ich schon seit …«

»Natürlich, Herr Wachshauer, ich erinnere mich.«

»Sehr gut, Herr Dr. Wilmut, ich muss unbedingt mit Ihnen sprechen, sind Sie zu Hause?«

»Äh, ja, schon … aber ich habe zu arbeiten, muss für morgen ein Seminar vorbereiten.«

»Es dauert nicht lange, wenn ich schon mal in Goethes Geburtsstadt bin, dann muss ich mit Ihnen reden. Und zwar über ihn.«

»Über ihn? Wen meinen Sie?«

»Goethe natürlich!«

Schon begann es zu kribbeln. Vielleicht konnte er die zweite Halbzeit noch sehen. »Um was geht es denn?«

»Sie werden es nicht glauben, Herr Dr. Wilmut, aber irgendein Wahnsinniger will doch tatsächlich ein Buch verfassen über seine Behauptung, Goethes erste Italienreise habe gar nicht stattgefunden!«

»Ich warte auf Sie!«, sagte Hendrik. Ein Buch? Wollte Eddie sogar ein Buch über seine unselige Theorie schreiben?

Wenig später klingelte es. Prof. Wachshauer musste schon in der Nähe gewesen sein. Er trat ein, grüßte, zog seine Schuhe aus und stellte sie unter die Garderobe im Windfang. Anschließend tappte er in den Flur, besah sich ausführlich alle Bilder, während er fortlaufend seine buschigen Augenbrauen auf und ab hüpfen ließ, bewunderte die gelbe Wand und sagte: »Sie haben einen großen Flur.«

»Ja, das stimmt«, sagte Hendrik. »Hier im Wandschrank stehen zwei Klapptische. Wenn es notwendig ist, stellen wir die auf und können bis zu 16 Gäste bewirten.«

Wie aufs Stichwort klingelte der Pizzabote. Salami, Pilze und doppelt Knoblauch.

»Gehen Sie bitte schon mal ins Esszimmer«, sagte Hendrik. »Hinten rechts!« Er holte Besteck und Gläser aus der

Küche, zerteilte die Pizza und platzierte je eine Hälfte auf zwei Tellern.

»Sieh da«, meinte Prof. Wachshauer im Esszimmer, »der grüne Salon!«

Hendrik lächelte. In diesem Moment hörte er Hannas Schlüssel klappern, die Wohnungstür wurde geöffnet.

»Hallo, Schatz, wir haben Besuch!«, rief er in den Flur.

Hanna erschien in der Esszimmertür, ihr blonder Haarschopf schimmerte feucht. »Entschuldigung, mein Fön ist kaputt!«

»Das ist Herr Wachshauer aus Weimar!«, sagte Hendrik.

»Guten Abend, ich bin Hanna!« Sie gab ihm die Hand.

»Prof. Heinrich Wachshauer, ich grüße Sie!«

Hanna warf Hendrik einen irritierten Blick zu, dann sah sie seine halbe Pizza. »Oh, lecker, ich hab total Hunger!«

»Bedien dich. Herr Professor, möchten Sie ein Bier?«

»Sehr gerne.« Er lächelte.

»Ich auch, bitte!«, sagte Hanna.

So viel zu dem gemütlichen Fußballabend.

»Prof. Wachshauer ist ein langjähriges Mitglied der Goethe-Gesellschaft in Weimar«, erklärte Hendrik in Hannas Richtung. »Wir kennen uns von verschiedenen Fachtagungen. Er wollte seinen Aufenthalt in Frankfurt nutzen, um kurz etwas mit mir zu besprechen.«

»Störe ich dabei?«, fragte Hanna mit vollem Mund.

»Nein, nein«, antwortete Wachshauer, »ich habe schon Ihrem Gatten am Telefon berichtet, um was es geht. Ein wahnsinniger Mensch behauptet doch tatsächlich, dass Goethes erste Italienreise gar nicht stattgefunden habe, dass er sich stattdessen irgendwo versteckt gehalten habe. Und nun will dieser Unglückliche sogar ein Buch darüber schreiben, das er ausgerechnet dem Verlag angeboten hat, der auch meine wissenschaftlichen Aufsätze veröffentlicht. Ich bin nämlich ein Spezialist für die Sprachdidaktik der Bronzezeit, wissen Sie ...«

»In *Ihrem* Verlag, Herr Professor?«, ging Hendrik dazwischen. »Das ist wirklich die Höhe! Wissen Sie denn, wie dieser Mensch heißt?«

»Nein, Herr Dr. Wilmut, ich habe nur den Titel gesehen, zufällig, auf der Projektliste des Verlegers.«

»Zufällig?«, fragte Hanna.

»Nun ja, Verehrteste, das war ohne jede Absicht. Warum lässt der Mann die Liste auch offen herumliegen.«

»Haben Sie denn eine Ahnung, wie der Verblendete auf solch eine Idee kam?«, fragte Hanna mit einem versteckt süffisanten Unterton, den nur jemand bemerken konnte, der zehn Jahre mit ihr verheiratet war.

»Keine Ahnung, meine Liebe, deswegen bin ich hier. Genau das wollte ich Ihren Gatten fragen.« Damit wandte er sich Hendrik zu.

»Na ja«, sagte Hendrik nachdenklich. Sein Magen knurrte vor Hunger. »Es gibt schon einige Ungereimtheiten in Goethes Reisetagebuch, aber die gesamte Theorie dieses Mannes ist unhaltbar. Er behaup... Also ich meine, er wird sicher behaupten, Goethe sei viel zu verwöhnt gewesen für solch eine anstrengende Reise.«

»Unsinn!«, rief Wachshauer. »Goethe ist viel gewandert und hat allein zu Fuß den Brocken bestiegen, bei schlechtem Wetter. Von bequem kann da keine Rede sein.«

»Das sehe ich wie Sie«, sagte Hendrik. »Ganz zu schweigen von den vielen Freunden, die er in Italien traf, Tischbein, Angelika Kauffmann, Karl Philipp Moritz, Hackert, Bury, Kniep und so weiter. Auch deren Lebenslauf wäre ja dann gefälscht.«

»Korrekt, Herr Dr. Wilmut. Guter Einwand. Außerdem

müssten sich Generationen von Wissenschaftlern, die sich mit Goethe beschäftigt haben, wie Idioten vorkommen!«

»Das würde mich weniger stören, aber sie hätten Goethes angeblichen Husarenstreich in den vergangenen fast 200 Jahren sicher schon aufgedeckt, insofern sehr unwahrscheinlich.«

»Gut, Herr Dr. Wilmut, ich will Sie nicht länger bei Ihrer Pizza stören, wollte nur mal Ihre Meinung hören. Wenn ich nicht schon 75 Jahre alt wäre, würde ich hinfahren und den unverschämten Kerl züchtigen. Auf Wiedersehen!« Er stand auf und gab Hanna die Hand. »Verehrteste! Vielen Dank, ich finde allein hinaus.«

Damit schritt er entschlossen durch den gelben Saal, seinen Schuhen entgegen. Kurz darauf fiel die Wohnungstür ins Schloss.

Hendrik seufzte. »Ich hab Hunger. Und Durst.«

»Oh!« Hanna hatte soeben den letzten Bissen der Pizza hinuntergeschluckt. »Hast du denn nichts von … dem hier gegessen?« Sie zeigte auf ihren Teller.

»Nein!«, sagte er. Er konnte seine Enttäuschung nicht verbergen.

»Das tut mir leid«, antwortete Hanna. »Ich mach dir schnell ein Brot, okay?«

Hendrik nickte versöhnlich. »Danke!«

Auf dem Weg in die Küche rief sie: »Du hast übrigens nichts verpasst, es war viel zu viel Knobi auf der Pizza!«

»Na so was!« Er sammelte die Teller ein und folgte ihr.

»Das mit der angeblich gelogenen Italienreise«, fragte Hanna, »ist das Eddie?«

»Was, äh … wie kommst du darauf?«

»Du hast dich einmal versprochen, so als wüsstest du bereits, wie der angeblich wahnsinnige Mensch argumentiert. Hast du ihn heute getroffen?«

»Dir kann ich wirklich nichts vormachen!«

Sie lächelte.

»Ja, es stimmt«, sagte er. »Eddie war heute an der Uni, wir haben gesprochen. Er will Goethes Reiseroute nachfahren und beweisen, dass der Geheimrat gar nicht in Italien war. Und stell dir vor, Eddie bildet sich sogar ein, dass ich ihn begleite!«

Hanna sah ihn an. »Aber das wirst du nicht tun.«

»Natürlich nicht, das ist totaler Unsinn.«

»Übrigens«, sie zögerte, »dieser Wachshauer ist ziemlich … speziell, oder?«

»Ja, ja«, nuschelte er und biss in sein Käsebrot. Saint Agur, sein Lieblingskäse mit Blauschimmel. Hanna stellte ihm ein Glas Bordeaux dazu und schaltete die Espressomaschine ein. So langsam gerieten Pizza und Bier in Vergessenheit. »Was mich irritiert, ist seine Wortwahl: wahnsinniger, unverschämter Kerl, den er am liebsten züchtigen möchte – unglaublich!«

»Solche Ausdrücke muss man vielleicht nicht zu ernst nehmen«, meinte Hanna.

Hendrik schüttelte den Kopf. »Bei ihm schon, er ist Sprachwissenschaftler, er weiß genau, was er sagt, und ist sich der Wirkung solcher Worte bewusst. Züchtigen. Das bedeutet: körperlich bestrafen. Das war kein Spaß.«

*

Mittwoch, 3. September, mittags

Edmund Fahrnholtz betrachtete sein altes Taxi. Der Auspuff hing fast auf dem Asphalt, so schwer beladen war der Mercedes Kombi. Doch das musste er aushalten. Karla stand vor der Haustür. Auf ihre Frage, wie lange er wegbleiben wolle, antwortete Edmund nicht. Er hatte ihr schon viele Male erklärt, dass er es selbst nicht wisse, eine Ewigkeit werde es sicher nicht dauern. Und jedes Mal hatte sie geantwortet, dass Goethe das auch gesagt habe, zu Charlotte, zu Fritz und zu Carl August, doch dann sei er zwei Jahre in Italien geblieben. »So lange werde ich sicher nicht auf dich warten!«, schob sie diesmal hinterher.

Edmund nickte. Er musste aufpassen. Eigentlich war ihm Karla seit einiger Zeit gleichgültig, manchmal sogar lästig. Sie achtete nicht auf sich, vernachlässigte ihre Arbeit und riskierte damit ihre Entlassung, sie stopfte ungezügelt Kuchen in sich hinein, wodurch ihr Gesicht und ihr Hals immer kräftiger wurden. Edmund hatte Letzteres bisher noch nie bei einer Frau gesehen. Viele nahmen an den Hüften zu, an den Oberschenkeln – ja, vielleicht noch am Bauch. Aber am Hals? Nein, das kannte er nicht. Er wollte sich jedoch nicht von ihr trennen, zum Teil aus Gewohnheit, aber auch, weil er sie als Heimatpol für seine Reise benötigte. Karla musste sich um die Post und das Geld kümmern. Er erinnerte sie nochmals an ihre Vereinbarung: Alle Briefe sollten ungeöffnet auf seinem Schreibtisch liegen bleiben, es sei denn, eines der Schreiben käme vom Verlag Bergmann & Kiebler aus Kassel. Dann musste sie den Brief öffnen und ihn sofort anrufen. Außerdem wies er sie an, jeden zweiten Tag bei seinem Anwalt in Dortmund nachzufragen, was mit der Erbschaft sei. Ja, murrte sie, das habe er schon zehnmal gesagt, sie sei schließlich nicht blöd, und was denn eigentlich mit diesem Henrik sei – »Hendrik, mit d in der Mitte«, warf Edmund sofort ein –, na gut, also, was mit *Hend…*rik sei, ob der ihn gar nicht begleiten würde. Edmund hatte keine Lust zu antworten und brummte etwas Unartikuliertes vor sich hin, woraus Karla entnehmen sollte, dass Hendrik nicht mitkam und sie nicht mehr danach fragen sollte.

Gerade noch rechtzeitig fiel ihm ein, dass er ein Erbstück seiner Mutter im Kleiderschrank versteckt hielt, eine Bernsteinkette mit Goldverschluss. Seine Schwester Inge hatte kein Interesse daran und die Kette passte gut zu Karlas vorwiegend erdfarbener Kleidung. Mit dem Geschenk traf er ins Schwarze. Karla war begeistert, legte die Kette sofort um, ein bisschen eng am Hals, aber ansonsten sah sie wirklich gut aus.

Er winkte ihr zu. Noch ein letzter Blick auf seine Armbanduhr: Mittwoch, der 3. September, 13.05 Uhr. Zufrieden lächelnd startete er den Motor. Der alte Diesel tuckerte los, langsam, aber zuverlässig. Edmund verließ den Stadtteil Oberrad und fuhr auf die Autobahn. Einige Minuten später hatte er das Offenbacher Kreuz erreicht und bog auf die A 3 in Richtung Regensburg ein. Sein Inneres jubelte vor Freude.

*

Mittwoch, 3. September, mittags

Etwa zur gleichen Zeit saß Hendrik Wilmut in »Hanna's Wohnzimmer« vor einem Espresso und einer wunderbaren Smörrebröd-Stulle. Er hatte noch eine Stunde, bis er zu seiner Nachmittagsvorlesung losmusste. »Zufälle und nicht notwendige Ereignisse als Motive in literarischen Texten« – das war das heutige Thema. Er saß gegenüber der Theke am Fenster mit Blick auf das Bücherregal, das für die Gäste bereitstand. Rechts von ihm an der Wand zur Schifferstraße hatte eine junge Frau Platz genommen, die traumversunken in einem Buch blätterte. Immer wieder blickte Hendrik von seiner Zeitung auf und winkte Hanna zu, die hinter der Theke arbeitete. Er fühlte sich wohl. Im Laufe seines Daseins hatte er gelernt, zu genießen. Zeit zu haben, ein einfaches, schmackhaftes Essen, Hanna in seiner Nähe – was wollte er mehr? An der limettengrünen Wand hingen zahlreiche Bilderrahmen mit Versatzstücken französischer Texte. Hanna hatte sie vom Vorbesitzer des Cafés übernommen. Sein Blick fiel auf den Titel »Lassitude«. Französisch war nicht seine Stärke. Er griff nach seinem Smartphone, um einen Online-Übersetzer zu befragen. Da sah er das Infofenster: Neue Nachricht. Einen Moment zögerte er. Sollte er wirklich diese Genussphase unterbrechen? Nein. Er legte das Mobiltelefon wieder beiseite und biss von dem Smörrebröd ab. Hanna hatte nach langem Suchen den richtigen Lieferanten für geräucherten Lachs gefunden – zart, würzig, aber nicht zu dominant. Er lächelte ihr zu, Daumen hoch! Trotz der inneren Weigerung zog das leuchtende Display des Smartphones seinen Blick an. Eine SMS von Fahrnholtz, Edmund. Er tippte auf das Nachrichtensymbol. »Bin unterwegs nach Regensburg, Gruß von der A 3!«

Hendrik konnte sich nicht vorstellen, dass Edmund ihm eine Lügennachricht schickte. Nein. Er merkte, dass tief im Innern ein Rest von Respekt vor seinem ehemaligen Freund übrig geblieben war. Fast überraschte ihn diese Erkenntnis. Er schob den Gedanken weg. Offensichtlich war Edmund tatsächlich losgefahren, heute, am 3. September, dem Datum, an dem sich Goethe 1786 aus Karlsbad weggestohlen hatte. Welch einen Aufwand er betrieb, um seine abstruse Theorie zu untermauern!

»Na, an was denkst du?« Hanna stand neben ihm.

Hendrik gehörte zu den wenigen Männern, bei denen diese berühmt-berüchtigte Frage keinen Unmut erzeugte. »Sieht man mir an, dass ich denke?«

Hanna lachte. »Allerdings. Ich kenne dich natürlich gut, aber das hätte wohl jeder gemerkt.«

Hendrik berichtete von Edmunds SMS. »Er scheint tatsächlich an seine groteske Hypothese zu glauben!«

»Hm«, meinte Hanna. »Mit dem Begriff ›Hypothese‹ gibst du dem Ganzen schon einen gewissen ... wie soll ich sagen ... wissenschaftlichen Anstrich, oder?«

Sie wurden von der jungen Frau mit dem Buch unterbrochen. Sie wollte zahlen, Hanna ging zu ihr hinüber.

Irgendwann würde Edmund zurückkommen, würde vielleicht sogar eine Abhandlung über seine Kopfgeburt schreiben. Auch wenn es Hendrik widerstrebte: Er musste sich mit Edmunds Gedankenwelt auseinandersetzen, um ihm Paroli bieten zu können. So, wie man sich mit rechtem Gedankengut beschäftigen musste, um eine Beweisführung dagegen zu entwickeln, auch wenn man sich davor ekelte. Die Gefahr, sich mit den Argumenten der Gegenseite zu infizieren, war Hendrik in diesem Moment noch nicht bewusst.

Er überlegte, wo es Angriffspunkte geben mochte, wo Edmund ansetzen konnte, die Echtheit der Italienreise anzuzweifeln. Bei den Ortsbeschreibungen? Nun, unter Goethe-experten und -liebhabern war bekannt, dass Goethe seine während der Italienreise handschriftlich niedergelegten Aufzeichnungen erst 30 Jahre nach der Reise zu einem druckfertigen Manuskript zusammengetragen hatte. Dabei gingen der ursprüngliche Eindruck und die gesetztere Rückschau fließend ineinander über, auch wenn er seine eigenen Briefe an Charlotte von Stein, die das Gerüst seines Reisetagebuchs bildeten, von ihr zu Recherchezwecken zurückbekommen hatte. Die Bewertung von Ereignissen ist im fortgeschrittenen Alter – Goethe befand sich inzwischen hoch in seinen 60ern – sicher anders, als sie 30 Jahre zuvor gewesen wäre. Es konnte noch nicht einmal ausgeschlossen werden, dass ein Teil der Erinnerung, selbst bei einem Genie wie Goethe, schon dahingeschwunden war. Zudem wurden Ortsnamen im damaligen Chaos der deutschen Orthografie oft anders buchstabiert als heute. Goethe schrieb zum Beispiel vom heutigen Benediktbeuern als »Benedicktbeyern«, von Regensburg als »Regenspurg« und vom heutigen Abbach, inzwischen Bad Abbach, als »Aburg«. Dies alles waren Gründe für Unschärfen in den örtlichen Beschreibungen, die man Goethe nicht zum Vorwurf machen konnte. Und schon gar nicht konnte man daraus schlussfolgern, dass die Reise gar nicht stattgefunden hatte.

Die Zeitzuordnung? Darauf hatte Edmund bei dem Gespräch im Innenhof der Universität abgehoben. In diesem Punkt, so dachte Hendrik, kann es eigentlich kaum zu Unsicherheiten gekommen sein, denn Goethe hatte in seinen Briefen an Charlotte von Stein regelmäßig Statusmeldungen abgegeben. Hendrik überlegte, ob er die Zeitangaben in den Originalbriefen prüfen sollte, das wäre ein gutes Argument gegen Edmunds Theorie. Die rund 150 im Original erhaltenen Briefe, die Goethe während der Reise an seinen Weimarer Freundeskreis, hauptsächlich an Charlotte von Stein, gesandt hatte, lagerten im Goethe- und Schiller-Archiv in Weimar. Elke Richter beschäftigte sich dort speziell mit Goethes Briefen. Hendrik kannte sie von verschiedenen Kongressen und Fortbildungen. Und er musste am kommenden Wochenende sowieso nach Weimar fahren, denn er war eingeladen, bei der Herbstakademie der Goethe-Gesellschaft einen Vortrag zu halten. Zugleich konnte er die Gelegenheit nutzen, mit Prof. Wachshauer zu sprechen. Auf irgendeine Art beunruhigte ihn der Mann.

So langsam setzte sich in Hendriks Kopf eine Anti-Eddie-Strategie zusammen. Er warf einen Blick auf die Uhr. Noch fünf Minuten. Er verabschiedete sich von Hanna, winkte ihren beiden Angestellten zu und verließ das Café.

Auf dem Weg zum Lokalbahnhof fragte er sich – rein als Gedankenübung –, wo Goethe während der fast zwei Jahre seiner Italienreise gewesen sein konnte, wenn nicht in Italien. Bei seiner Mutter? Bei einer geheimnisvollen Frau? Krank, fiebrig, mit dem Leben kämpfend auf einem ärmlichen Strohlager im Böhmerwald? Hendrik merkte, dass er sich mit diesen Gedanken nicht auseinandersetzen konnte, besser gesagt: Er wollte es nicht. Die Straßenbahn hielt und er stieg ein.

2 REGENSBURG

Donnerstag, 4. September, vormittags

Gegen 10 Uhr rollte Edmund Fahrnholtz in Regensburg ein. Genau diese Zeit hatte Goethe für seine Ankunft in der Stadt am gleichen Tag des Jahres 1786 angegeben. Fahrnholtz wollte Goethes Reiseverlauf nicht unbedingt kopieren, aber die ersten beiden Tage sollten schon übereinstimmen. Er musste sich in den Ablauf seines Reisetagebuchs eindenken und einfühlen, um mögliche Ungereimtheiten zu entdecken. Aus diesem Grund hatte er die vergangene Nacht in seinem Taxi auf einem kleinen Parkplatz an der A 3 bei Parsberg verbracht.

Er wusste, dass solch eine Nacht kein Vergleich zu den Reisestrapazen des 18. Jahrhunderts war. Damals hatte man mit Straßenräubern rechnen müssen, der Zustand der Straßen war miserabel, gebrochene Achsen und zerborstene Deichseln waren an der Tagesordnung gewesen. Edmund hatte nur Fragmente seines Wissens aus dem Germanistikstudium behalten. Eines davon war der Bericht des englischen Schriftstellers James Boswell über die Reisestrapazen jener Zeit: »Was für ein Kind die Schaukel, sag ich dir, ist dieser Holterpolterwagen mir. Fürwahr, wie unerschütterlich robust ich bin, wird mir erst jetzt so recht bewußt, seit ich geprellt auf hartem Schragen liege, Jung-Herkules vergleichbar in der Wiege.«

Kaum hatte er an sein Studium gedacht, holten ihn die Alpträume wieder ein. Der Tag vor dem Examen erschien, ausgebreitet auf der Bühne seiner inneren Welt, das Bühnenbild aus Beton. Und tote Augen.

Fahrnholtz schüttelte die Gedanken ab. Er hatte eine Unterkunft im »GIRO – Hotel & Bistro im historischen Gasthof Weißes Lamm« gebucht. Nachdem er mehrere vergebliche Runden auf der Suche nach einem Parkplatz gedreht hatte, stellte er seinen Wagen auf einem Taxihalteplatz ab, in der Hoffnung, dass die Regensburger Kollegen sein Taxi mit dem Frankfurter Kennzeichen nicht abschleppen lassen würden.

Das GIRO befand sich in der Altstadt, nahe dem Donauufer, eben genau in dem Eckhaus, das zu Goethes Zeiten das »Gasthaus zum Weißen Lamm« beherbergt hatte. Die klassizistische Fassade mit dem gelb-weißen Dekor beeindruckte ihn. Am Erker in der Weiße-Lamm-Gasse prangte eine Tafel, die daran erinnerte, dass Goethe hier am 4. September 1786 genächtigt haben sollte. Im Erdgeschoss links befand sich ein Souvenirladen, im rechten Teil eine Gemäldegalerie. Auf der gegenüberliegenden Straßenseite stehend, die Donau und das Restaurant »Historische Wurstküche« im Rücken, blätterte Edmund noch einmal in Goethes Originaltext: »Die Donau hat mich an den alten Mayn erinnert … Wärest du nur mit mir, ich wäre den ganzen Tag gesprächich, denn die schnelle Abwechslung der Gegenstände giebt zu hundert Beobachtungen Anlaß … Das Obst ist nicht sonderlich, doch leb ich der Hoffnung, es wird nun kommen und werden.«

Nichtssagende Sätze, die zu jeder deutschen Stadt gepasst hätten. Des Weiteren allgemeine Aussagen über Jesuiten und die Behauptung, in einer Buchhandlung in der Regensburger Innenstadt von einem Angestellten erkannt worden zu sein. Selbstverherrlichung – anders konnte man das nicht nennen.

Goethe schmückte die höchst unwahrscheinliche Begegnung mit dem Hinweis aus, der betreffende Angestellte habe zuvor in der Hoffmann'schen Buchhandlung in Weimar gearbeitet. Edmund schüttelte den Kopf. Ein von Goethe eigenhändig gezeichnetes Bild der Donau bei Regensburg lag den Ausführungen bei, zu drei Viertel Wasser und Himmel, substanzlos, ohne wiedererkennbare Merkmale. Ein Fluss. Irgendwo auf der Welt.

Der Eingang zum »GIRO – Hotel & Bistro im historischen Gasthof Zum Weißen Lamm« befand sich seitlich in der Weiße-Hahnen-Gasse. Edmund Fahrnholtz trat ein und meldete sich an der Rezeption des GIRO. Eine hübsche junge Frau mit dunkler Kurzhaarfrisur lächelte ihn an. »Willkommen im GIRO. Mein Name ist Tanja, was kann ich für Sie tun?«

Edmund war überrascht von der natürlichen Freundlichkeit der Frau. »Ich habe ein Zimmer gebucht, bis morgen. Fahrnholtz ist mein Name.«

Tanja sah auf ihren Computerbildschirm. »Herr Edmund Fahrnholtz aus Frankfurt am Main?«

»Richtig.«

Edmund erwartete nun den üblichen Spruch mit der hoffentlich guten Anreise. Stattdessen sagte sie: »Willkommen in Regensburg, hier ist Ihr Schlüsselkärtchen, Zimmer 103 im ersten Stock, das Brückenzimmer.«

»Aha«, meinte Edmund lächelnd, »das passt ja, so nah an der Steinernen Brücke.«

Tanja schien etwas entgegnen zu wollen, besann sich dann aber und sagte lediglich: »Frühstück gibt es morgen ab 6 Uhr im Bistro. Kann ich sonst noch etwas für Sie tun?«

»Ja, Sie könnten mir sagen, welche Beweise es gibt, dass Goethe tatsächlich hier in diesem Haus übernachtet hat.«

»Sie bezweifeln das?«

»Nicht unbedingt, ich habe mich nur auf der Fahrt nach Regensburg gefragt, ob der einzige existierende schriftliche Nachweis aus dem Naturalienkabinett dieses Pfarrers …«

»Schaeffer?«

»Genau, ob der wirklich ausreicht, um Goethes Anwesenheit nachzuweisen. Wissen Sie, ich habe darüber nachgedacht, weil ich nach meiner Buchung zufällig erfuhr, dass der große Meister hier gewesen sein soll.«

»Na ja, Goethe hat selbst in seinem Tagebuch beschrieben, dass er unter dem Decknamen Johann Philipp Möller in Regensburg abgestiegen war.«

»Dichtung und Wahrheit«, meinte Edmund, nahm seine Reisetasche und entschwand, die junge Frau ratlos zurücklassend, in den ersten Stock. Kaum dort angekommen, bemerkte er, dass die Bezeichnung »Brückenzimmer« nichts mit der Regensburger Donaubrücke zu tun hatte. An der Tür zu Zimmer 101 hing ein kunstvoll bemaltes Schild mit der Aufschrift »Gelber Salon«, Nummer 102 hieß »Kleines Esszimmer« und hinter seinem Brückenzimmer setzte sich die Reihe mit dem »Gartenzimmer« und den »Christiane-Zimmern« fort. Eindeutige Reminiszenz an Goethes Wohnhaus am Weimarer Frauenplan. Er öffnete die Tür zu seinem Zimmer und warf leicht verärgert die Reisetasche aufs Bett. Überall wurde Goethe als Aushängeschild missbraucht, ohne darüber nachzudenken, ob das überhaupt gerechtfertigt war. Demnächst würde noch irgendwo an einer zweitklassigen Imbissbude ein handgeschriebener Zettel hängen: »Hier verspeiste Goethe 1786 einen Hühnerschenkel.« Er öffnete die Minibar und nahm eine kleine Flasche Mineralwasser heraus. Nun ja, er konnte nicht von allen Menschen erwarten, sich so intensiv mit Goethes Fake-Reise auseinanderzusetzen, wie er das selbst getan hatte. Nur von Wilmut, ja, von dem erwartete er das. Und Edmund wusste, dass sein Studienkollege nicht ruhen würde, bis er seine Theorie widerlegt hatte. Aber daran sollte er sich die Zähne ausbeißen.

✳

Freitag, 5. September, morgens

Das Bistro im GIRO war nicht besonders groß, Edmund Fahrnholtz schätzte, dass etwa 40 Personen darin Platz fanden. Mit den hellen Möbeln und dunkelroten Sitzkissen war es in süddeutscher Wirtshausmanier gemütlich eingerichtet. Kaum hatte er sich Kaffee eingegossen, betrat ein etwa 60-jähriger Mann den Raum. Die Bedienung grüßte ihn sofort, er schien ihr bekannt zu sein. Seine Erscheinung entsprach dem Klischee eines nativ bayrischen Geschäftsmanns: schwarze Hose, weißes Hemd mit Stehkragen und Hirschhornknöpfen, darüber ein Trachtenjanker. Ohne Umschweife setzte er sich zu Edmund an den Tisch. Sein Bauch wölbte sich bis zur Tischkante.

Edmund war leicht verwirrt. »Guten Morgen, äh …«

Der Mann lachte auf. »Guten Morgen!« Er gab sich Mühe, hochdeutsch zu sprechen. »Ich bin der Moser Albert. Mir gehört das GIRO. Lassen Sie's sich schmecken!«

»Danke. Was kann ich für Sie tun?«

»Sie glauben nicht, dass Goethe hier war?«

»Ah ja, die Tanja.«

Moser nickte.

»Ich habe mir nur so meine Gedanken gemacht«, sagte Edmund, »zum Beispiel über den Eintrag im Gästebuch dieses Pfarrers.«

»Der Eintrag hängt hinter Ihnen an der Wand!«

Edmund drehte sich um.

»Natürlich nur eine Fotografie«, ergänzte Moser. »Habe ich selbst angefertigt. Und wie Sie sehen, hat nicht irgendein Möller unterschrieben, sondern Johann Philipp Möller aus Leipzig. ›Johann‹ hat Goethe dabei von seinem eigenen Namen entlehnt, ›Philipp‹ von seinem Diener Philipp Seidel und in Leipzig war er zum Studium, das ist ja bekannt.«

Edmund registrierte, dass Albert Moser ihm fast ebenbürtig war. Fast. »Hatte Goethe auch einen Pass auf den Namen Möller, um vom Kurfürstentum Bayern nach Österreich, von dort in die Republik Venedig und weiter zu reisen?«

Moser stutzte. Nun bemerkte auch er, wen er vor sich hatte. »I woas net …«

»Na ja«, fuhr Edmund fort, »ist nicht wichtig. Es hat mich nur interessiert, welche Nachweise Sie haben, da Sie Ihr Haus mit Goethes Aufenthalt intensiv bewerben.«

»Sind S' heute Abend noch bei uns?«, fragte Moser.

»Nein, ich fahre gleich weiter.«

»Wohin, wenn ich fragen darf?«

»Mal sehen, vielleicht nach München, kleine Bayerntour.«

»Gut, gut, ich muss los, es pressiert. Aber falls Sie tatsächlich nach München kommen, lade ich Sie gerne auf ein Bier und einen Schweinsbraten mit Thüringer Klößen ein. Ich hab dort nämlich auch ein GIRO, hier ist die Adresse.« Damit schob er Edmund eine Karte über den Tisch.

»Oh, vielen Dank, das ist sehr nett.«

Moser winkte ihm lächelnd zu und verließ das Bistro.

Immerhin hat er sich Mühe gegeben mit seiner Goetherecherche, dachte Edmund, sonderlich erfolgreich ist er damit zwar nicht gewesen, aber er ist ja auch ein Gastwirt, kein Literaturexperte. Die Einladung fand er jedenfalls nett. Wahrscheinlich würde er sie nicht annehmen, denn sein Fokus in München lag auf dem Gebäude in der Kaufingerstraße, das früher einmal den »Schwarzen Adler« beherbergt hatte.

*

Freitag, 5. September, vormittags

Als Edmund Fahrnholtz zu seinem Taxi zurückkehrte, hatte er den Eindruck, der Wagen sähe kleiner aus als sonst. Langsam ging er um das Fahrzeug herum, lauernd, prüfend. Endlich erkannte er das Problem: Das Auto lag viel tiefer als gewöhnlich. Alle vier Reifen waren zerstochen. Meine Güte, dachte er. Dass die Regensburger Kollegen sein Parkverhalten missbilligten, konnte er verstehen, aber das ging zu weit. Ärgerlich schüttelte er den Kopf. Er beschloss, auf die Polizei zu verzichten, das hätte sowieso nichts gebracht. Stattdessen lief er zurück zum GIRO und bat die junge Frau namens Tanja, ihm einen Reifenhändler in der Nähe herauszusuchen. Dann rief er Karla an und teilte ihr mit, dass er zusätzliches Geld für einen neuen Satz Reifen brauchte. Er hatte einen Notfonds angespart, in dem sich 1.000 Euro für unvorhergesehene Fälle befanden. Mit einem Schlag würde er nun drei Viertel des Betrags aufbrauchen, aber davon ließ er sich nicht beeindrucken. Zum Glück lief der Geldfluss dank seiner Kreditkarte und diverser Geldautomaten problemlos. Wieder ein Punkt, der deutlich einfacher war als zu Goethes Zeiten.

Endlich, gegen 15 Uhr an diesem 5. September, konnte er Regensburg verlassen, etwa zweieinhalb Stunden später als Goethe es in seinem Tagebuch vermerkt hatte. Edmunds altes Taxi hatte nur zwei Einrichtungen aufzuweisen, die man als Luxus hätte einstufen können: ein Schiebedach und ein Navigationssystem. Das Schiebedach blieb den gesamten Tag über geöffnet, die Navigation hatte er auf »Autobahn meiden« eingestellt. Beides passte gut zusammen. Edmund Fahrnholtz war ein Frischluft- und Freiheitsfanatiker, und das herrliche Spätsommerwetter passte gut dazu. Er freute sich an der hereinströmenden Luft, an seiner Unabhängigkeit und an der selbst gestellten Aufgabe. Ab und zu kreuzte er die Autobahn und war froh, sie an einem Freitagnachmittag nicht nutzen zu müssen. Überlegungen solcher Art hatte der Geheimrat auf seiner Reise nicht angestellt. Vorausgesetzt, er hatte sich überhaupt hier aufgehalten. Edmund folgte der Landstraße in Richtung Bad Abbach, das in Goethes Tagebuch Aburg hieß, ein Unterschied, der nur schwer als uneinheitliche Namensgebung abgetan werden konnte. Wie in der »Italienischen Reise« beschrieben, durchquerte er die Hallertau, vorbei an Hopfenfeldern, und erreichte über Saal, Neustadt an der Donau und Geisenfeld schließlich Pfaffenhofen an der Ilm. Noch heute kreiste in diesem Ort die spaßhaft gemeinte, wenngleich auch absichtlich irreführende Nachricht, Goethe habe ein Gartenhaus an der Ilm besessen. Nun ja, natürlich an »der Ilm«, aber nicht am bayrischen Fluss, sondern an der Thüringer Namensschwester. Fahrnholtz wollte nicht noch eine weitere Nacht im Auto verbringen, ganz so authentisch musste sein Reiseverlauf nun doch nicht sein. Somit übernachtete er in einer kleinen, schlecht gepflegten Pension in Pfaffenhofen. Sein Plan war, am nächsten Tag in der Frühe des 6. September gegen 9 Uhr in München einzutreffen, drei Stunden hinter Goethes angeblichem Zeitplan. Der Aufenthalt von Edmund Fahrnholtz in der bayrischen Hauptstadt sollte jedoch weitaus spektakulärer verlaufen als der von Goethe am gleichen Ort.

3 FRANKFURT A. M.

Donnerstag, 4. September, vormittags

D as Telefon klingelte. Sie nahm ab. »Hannas Wohnzimmer, guten Tag!«

»Bist du's, Hanna?« Eine Frauenstimme.

»Äh, ja, wer ist denn da?«

»Hier ist Karla.«

»Entschuldigung, wer bitte?«

»Karla aus dem Yogakurs.«

Langsam tauchte das aufgeschwemmte Gesicht ihrer neuen Yogakollegin auf Hannas innerem Bildschirm auf. »Ach, um was geht es denn?«

»Nichts Besonderes, ich wollte bei euch frühstücken, habt ihr geöffnet, heute, am Donnerstag?«

»Aber sicher, wie jeden Donnerstag, ab 10 Uhr, in gut einer Stunde. Früher geht's nicht, wir müssen noch alles vorbereiten …«

»Kein Problem, das reicht, kannst du mir bitte einen Tisch reservieren?«, fragte Karla.

»Natürlich, gerne.«

»Super, danke, bis später!« Damit legte sie auf.

Hanna war froh, dass es sich nur um die Reservierung zu handeln schien. Zugleich wurde sie von dem untrüglichen Gefühl getrieben, dass da noch mehr kommen würde. Sie schaltete den Eierkocher ein. Dann begann sie, Kichererbsenmus anzurühren. Karla hatte auf eine Art mit ihr gesprochen, die ihr nicht gefiel. Sie konnte es kaum definieren, aber irgendetwas störte sie an Karlas Sprechweise. Sie wies ihre Mitarbeiterin an, die Tische vorzubereiten, mehr brauchte sie nicht zu sagen, es waren professionelle Arbeitskräfte. Sie schnitt Obst, danach bereitete sie zwei Frühstücksetageren für eine angemeldete Gruppe vor. Lachs, Frischkäse, bunter Obstsalat und ein paar Gurkenscheiben für die obere Etage, Marmelade, Schinken, Scheibenkäse, Camembert, einige rote Paprikastreifen, Petersilie und Karottenstifte für die untere Etage, dazu der Brotkorb und zwei gekochte Eier – fertig. Als sie ihr Werk betrachtete, fiel ihr ein, was sie an Karlas Stimme gestört hatte: dieser unterschwellig vertraute Ton, als wollte sie eine Freundschaft zwischen ihnen beiden herbeireden.

Um 10.05 Uhr betrat Karla das Café. Sie sah gut aus. Ihr dunkles Haar fiel offen auf die Schultern, lediglich von einem Haarreif gehalten. Sie trug eine Bluse in Ockertönen mit Stehkragen und hatte ein dezentes Auftreten. Als Hanna sie begrüßte, erschrak sie vor ihren eigenen Gedanken vom vergangenen Dienstag. Vorurteile zu haben, war ihre Sache sonst nicht. Als Karla sie bat, sich ein paar Minuten zu ihr zu setzen, meinte Hanna, es wiedergutmachen zu müssen, und folgte dem Wunsch, obwohl sie eigentlich genug Arbeit hinter der Theke hatte.

»Ich wollte dich um einen Rat bitten, ist das okay?«

Hanna nickte. Sie hatte keine andere Wahl. Karla holte eine Packung Zigaretten aus ihrer Handtasche.

»Tut mir leid«, sagte Hanna, »wir sind ein Nichtraucher-café.«

»Ach so.« Karlas Hand zitterte. »Können wir vielleicht rausgehen?«

»Nein, sorry, das geht nicht, ich muss hier drin alles im Auge behalten.«

»Na klar, entschuldige.« Karla sah sie unsicher an. »Es geht um meinen Freund. Der ist richtig ... launisch ...« Sie stockte, machte aber den Eindruck, als wollte sie noch weitersprechen.

»Was meinst du genau mit launisch?«, fragte Hanna.

»Manchmal blafft er mich an, weil ihm irgendetwas quergekommen ist, ohne dass ich weiß, *was* ihn geärgert hat. Und meistens stellt sich dann heraus, dass der Grund für seinen Ärger überhaupt nichts mit mir zu tun hatte, aber ich muss es ausbaden.«

»Ist das nur eine vorübergehende Laune, oder hält das schon länger an?«, fragte Hanna.

Karla schien nachzudenken, als sei dies eine Frage, die sie sich selbst noch nie gestellt hatte. »Schon etwas länger, seit einem Jahr, schätze ich.«

»Okay, also keine kurzfristige Sache.«

»Nein.«

»Wie lange seid ihr denn überhaupt schon zusammen?«, fragte Hanna.

»Seit drei Jahren.«

»Aha.«

»Ich weiß gar nicht, ob er mich noch mag.«

»Sagen wir's doch mal direkt: Du fragst dich, ob er dich noch liebt, oder?«

Karla strich sich verlegen eine Strähne aus dem Gesicht. »Das stimmt.«

Hanna überlegte. »Wenn ich mal offen sein darf, warum fragst du eigentlich mich um Rat, wir kennen uns doch kaum?«

»Na ja, du bist die einzige Freundin, die ich habe.«

»Freundin?«

»Ja, oder?«

Hanna schluckte. »Hat er vielleicht irgendein Problem, dein Freund, also, ich meine, hat er sich vor einem Jahr irgendwie verändert?«

»Hm.« Karla überlegte und nippte an ihrem Kaffee.

»Geht es vielleicht um die Geschichte mit seinem Elternhaus?«, hakte Hanna nach.

»Nein, das Gezerre um das Haus in Düsseldorf fing erst vor fünf, sechs Wochen an. Aber etwas anderes …« Karla hob die Augenbrauen. »Seit einem Jahr redet er andauernd von einem ehemaligen Kumpel, diesem … äh, sorry, hab seinen Namen vergessen.«

Eine Gruppe von jungen Leuten betrat fröhlich plaudernd das Café. »Frag ihn doch mal genauer nach seinem Kumpel, vielleicht hat es ja damit zu tun. Sorry, ich muss!«

»Ist klar. Danke, Hanna!«

*

Donnerstag, 4. September, abends

Hendrik drehte sein Rotweinglas in der Hand. »Ich fahre morgen nach Weimar, also ganz normal, weißt du?«

Die warme Abendsonne fiel auf den Balkon in der Bodenstedtstraße.

»Ich weiß, dass du morgen nach Weimar fährst«, sagte Hanna, während sie die Balkonblumen goss. »Aber was meinst du mit ›ganz normal‹?«

»Ich meine: so richtig. Zum ersten Mal, seit wir dort weg sind.«

»Aber du warst doch schon letztes Jahr dort, zur Jahrestagung der Goethe-Gesellschaft, oder nicht?«

»Ja, schon. Aber da wollte ich nichts sehen und nichts

hören. Von damals, meine ich. Bin auch nicht die Berkaer Straße reingefahren.«

»Um nicht am Friedhof vorbeizukommen?«

Er war erleichtert, dass Hanna ihn verstand. »Genau. Ich bin extra in Weimar-Nord abgefahren und hab mir selbst eingeredet, in Nohra Bratwürste kaufen zu müssen.«

Sie strich zärtlich über seine Hand. »Es fällt dir ja noch schwerer als mir.«

Hanna hatte sich schon vor drei Jahren überwinden müssen, als sie zur Beerdigung von Tante Gesa und Onkel Leo nach Weimar gefahren war. Die beiden waren innerhalb einer Woche gestorben. Hendrik konnte nicht mitfahren, da er einen Fahrradunfall erlitten hatte und mit zwei gebrochenen Rippen im Krankenhaus lag.

Er hob die Schultern. »Kann sein. Jedenfalls morgen, also morgen … muss ich da durch.«

»Irgendwann muss es sein, Schatz. Und ich finde, morgen ist ein guter Tag dafür.«

Er lächelte und fragte sich, warum ausgerechnet morgen ein passender Tag für diese schwierige Aufgabe sein sollte.

Als hätte sie die unausgesprochene Frage vernommen, antwortete Hanna: »Weil der nächstmögliche Tag immer der Beste für so etwas ist. Besser als jeder folgende Tag.«

»Kann sein.«

»Übernachtest du im Hotel?«, fragte sie.

»Nein, bei Siggi. Er meint, das würde mir guttun.«

»Das stimmt. Ein alter Freund kann helfen, mit der Situation umzugehen. Ich würde Siggi auch gern mal wiedersehen.«

»Soll ich ihn nach Frankfurt einladen?«

»Warum nicht, vielleicht zusammen mit Richard, zwei Polizistenherzen an einem Tisch.«

Hendrik lachte. »Gute Idee!« Er nahm sein Glas in die Hand, sie stießen an.

»Auf dein neues Weimar!«, sagte Hanna.

Hendrik wusste nicht, ob er dem ohne Weiteres zustimmen konnte. »Ist es wirklich neu, mein Weimar?« Er stellte das Rotweinglas wieder ab.

»Du wirst es zumindest neu erleben«, sagte Hanna. »Und du weißt ja, Weimar hat sich oft selbst wiederentdeckt. Entdecken müssen.«

Hendrik nickte. Nicht nur er selbst, auch seine Heimatstadt hatte schwierige Zeiten hinter sich. Weimar und der Nationalsozialismus – bis heute eine tiefe Wunde in der Stadtgeschichte.

»Aber danach«, fuhr Hanna fort, »kam es quasi zur Auferstehung Weimars. Die Zeugen der alten Epochen sind noch vorhanden, wurden nicht schamhaft beseitigt, sondern ins aktuelle Leben der Stadt eingebunden. So geht es uns auch, Hendrik. Die Weimarer Erlebnisse stehen weiter in unserer Erinnerung, die positiven genauso wie die negativen. Wie … Monumente. Und ich denke, wir sollten sie akzeptieren, ohne alles nachträglich gutheißen zu müssen. Wir machen sie einfach zu einem Teil unseres Lebensbilds. Weißt du, was ich meine? Ich bin ja kein Wortprofi …«

Hendrik lächelte. Immer wieder trat Hanna innerlich einen Schritt zurück, war teils übertrieben vorsichtig, weil sie sich nicht in den Vordergrund spielen wollte. Sie hatte das in keiner Weise nötig, fand Hendrik, aber er konnte sie nicht überzeugen, diesen Charakterzug abzulegen. An manch anderer Stelle hingegen, zum Beispiel in ihrem Café, da entwickelte sie einen gesunden Erfolgsdrang. Und das war gut so. Eine Ehe – davon war Hendrik überzeugt – konnte nur funktionieren, wenn beide Partner unabhängig voneinander reiften, ohne sich aus den Augen zu verlieren. Ihre Lebenswege mussten parallel verlaufen, und Hendrik erinnerte sich an seinen Mathematiklehrer, der ihn oft genug mit dem Merksatz gequält hatte, dass Parallelen weder auseinanderdrifteten noch ineinander mündeten.

»Du bist zwar kein Wortprofi«, sagte er, »aber du hast ein untrügliches Gefühl dafür, die richtigen Worte zur richtigen Zeit zu finden.« Er küsste sie.

Ja, dachte er, ihre Worte würden ihm helfen, dem morgigen Tag entgegenzutreten. Mit Mut und einer kleinen Portion Zuversicht.

*

Trotz des wohltuenden Gesprächs mit seiner Frau konnte Hendrik Wilmut nicht einschlafen. Hanna lag in seinem Arm, ihr Kopf auf seiner Schulter. Sie schlief fest und atmete regelmäßig. Immer wieder fiel sein Blick auf die Leuchtziffern des Digitalweckers: 00.31 Uhr, 01.05 Uhr, 01.46 Uhr. Die Erinnerungen ließen sich nicht verdrängen. Sein erstes Treffen mit Siggi, die gestohlenen Exponate aus Goethes Wohnhaus, die fürchterlichen Tage im Untersuchungsgefängnis, der Brand der Anna Amalia Bibliothek, die absurden Gedankengänge des Reinhard Liebrich und die dramatischen Vorgänge um Sophie. Ruh, Glut und Sturm. All das zirkulierte in seinem Kopf. Der Unfall auf der Autobahn bei Alsfeld, wie er versuchte, gegenzulenken, dann der Crash, dieses Geräusch, nie würde er es vergessen. Und immer noch die Schuldgefühle.

Als um 5 Uhr in der Früh die ersten Flugzeuge über Sachsenhausen zogen, fiel er endlich in den ersehnten Schlaf.

4 WEIMAR

Freitag, 5. September, vormittags

Eigentlich hatte Hendrik frühzeitig aufbrechen wollen.
Doch nach der unruhigen Nacht war das nicht möglich.
Hanna hatte ihn gegen 8 Uhr geweckt, kurz bevor sie die
Wohnung in Richtung Café verlassen hatte. Er war danach
noch einmal weggedämmert, um wenig später erschrocken
hochzufahren. Siggi wartete auf ihn zum Mittagessen. Zum
Glück hatte er seinen Koffer bereits am Vorabend gepackt.
Er duschte, trank einen Espresso – Hanna hatte die Maschine
schon eingeschaltet –, überlegte, wo das Auto stehen konnte,
und entdeckte am Schlüsselbrett einen Zettel mit Hannas
Handschrift: »Vor Haus Gutzkowstraße 10«. Er lächelte,
warf ihr einen Handkuss nach, griff Koffer und Laptop und
schloss die Wohnungstür.

Der Parkplatz war sehr eng, wie immer, er rangierte mehrmals hin und her und war froh, ein Automatikgetriebe im
Fahrzeug zu haben. Die Autobahn A 5 war an diesem Frei-
tagvormittag gut frequentiert, aber nicht überlastet. Das
würde sich im Laufe des Nachmittags ändern. Er tankte am
Autohof Homberg an der Ohm und kaufte sich im Tankstel-
lenshop ein belegtes Toastbrot in Dreiecksform. Es war wie
ein englisches Sandwich aufgemacht, schmeckte jedoch wie
zwei Lagen deutscher Pappe mit einer vertrockneten Scheibe
holländischem Industriekäse und einem Stück Formschin-
ken irgendwo aus den Weiten der europäischen Möchtegern-

landwirtschaft. Hendrik merkte die Geschmacksverirrung zunächst nicht, weil er über seinen geplanten Tagesablauf nachdachte. Zuerst wollte er mit Siggi im »Cielo« zu Mittag essen, danach im Goethe- und Schiller-Archiv seine Kollegin Elke Richter treffen. Dann plante er, sich bei Siggi in der Windmühlenstraße einzurichten, sich umzuziehen und ins Dorint-Hotel am Beethovenplatz zu fahren. Die Goethe-Gesellschaft hatte ihn als Referent im Rahmen der Herbstakademie eingeladen. Teilnehmer waren zum größten Teil interessierte Laien, zu denen teils sehr belesene Menschen zählten, die den Redner mit tiefgehenden Fragen forderten. Er freute sich darauf, zumal er mit einem reizvollen Thema beauftragt worden war – zumindest aus Sicht eines Literaturbegeisterten: »Goethes Einfluss auf die italienische Literatur des 19. Jahrhunderts«. Beim anschließenden Empfang wollte er einige Mitglieder der Goethe-Gesellschaft treffen, insbesondere Prof. Wachshauer. Er musste mit ihm über seine martialische Ausdrucksweise sprechen.

Kopfschüttelnd steckte Hendrik das angebissene Europa-Sandwich zurück in die Verpackung.

Er passierte Alsfeld und versuchte, nicht an Benno zu denken. Es klappte nicht. Die Stadt würde für immer mit dem Namen seines toten Cousins verbunden sein. Wenigstens vergaß er ihn auf diese Weise nicht – eine versöhnliche Erkenntnis. Bei Kirchheim bog Hendrik auf die A 4 ab und konzentrierte sich vollkommen auf den Verkehr. Seinen Gedankenfluss parkte er im Unterbewussten. Kaum hatte er den Anstieg der Autobahn in Richtung Bad Hersfeld erklommen, griff er das zurückgestellte Thema wieder auf: die Goethe-Gesellschaft. Zum Glück hatten die Nazis mit Goethe wenig anfangen können und nicht gewusst, ob sie ihn verbieten oder vereinnahmen sollten. Zwar hatte die Goethe-Gesellschaft während des Krieges ihre offiziellen Aktivitäten einstellen müssen, doch bereits Anfang 1946 war ihr von der russischen Besatzungsmacht die Wiederaufnahme der Tätigkeit gestattet worden. So war diese Gemeinschaft seit ihrer Gründung im Jahr 1885 fast durchgehend ihrer Bestimmung nachgegangen: der Bewahrung von Goethes Erbe und der Förderung der literaturwissenschaftlichen Institutionen in Weimar. Hendrik spürte Respekt vor solch einer Leistung. Und je länger er darüber nachdachte, desto mehr gab ihm das nicht nur Mut und Zuversicht für den heutigen Tag, sondern auch einen Grund zur Vorfreude.

Er warf einen kurzen Blick auf die Raststätte Eisenach an der ehemaligen Grenzabfertigungsanlage. Es schien immer noch wie ein böser Traum, dass er hier früher mit klopfendem Herzen hatte anhalten müssen, um sich in jeder nur erdenklichen Weise kontrollieren zu lassen. Vom Durchleuchten der Waschmittelpakete bis zur Leibesvisitation. Nur um von einem Deutschland ins andere zu fahren. Auch dieses Monument gehörte zu seinem Lebensbild, es stand dort und war nicht wegzudenken.

Zehn Minuten später näherte er sich den »Drei Gleichen«, zwei Burgen rechts der Autobahn, eine links davon. Hendriks Großeltern hatten ihm oft von der Sage berichtet, dass die Burgen im Mittelalter von drei konkurrierenden Brüdern erbaut worden seien. Im Blut vereint, im Leben getrennt. Inzwischen wusste er, dass die Geschichte nicht der Wahrheit entsprach, aber sie hatte ihm schon immer gefallen und gefiel ihm auch noch heute.

Dabei fiel ihm Edmund ein. Wenn er Goethes Reiseroute konsequent folgte, musste er jetzt auf dem Weg nach München sein. Noch immer war die Frage offen, warum er damals, kurz vor der Prüfung, so plötzlich verschwunden war. Solange das nicht beantwortet war, würden Hendrik und Edmund wohl weiter auf getrennten Burgen leben.

Um kurz nach zwölf verließ er die Autobahn. Er durchquerte den kleinen Ort Gelmeroda, den Feininger-Vorposten Weimars. Diesmal nahm er die von früher gewohnte Route über die Berkaer Straße. Er passierte das Tor zum historischen Friedhof. Hendrik war froh, dass er sich auf den dichten Verkehr konzentrieren musste. Sein Großvater, Benno, Goethe und Schiller – alle ruhten hier in Frieden. An der Belvederer Allee bog er links ab, passierte das Liszt-Haus und die Bauhaus-Universität, um am Wielandplatz rechts in die Ackerwand einzuschwenken.

Ein Lächeln umspielte seine Lippen, als er an den Strafzettel vom letzten Jahr dachte: Es bestand eine Limitierung auf 20 Kilometer pro Stunde, er war mit 28 geblitzt worden – 15 Euro Strafe. Und das direkt an der rückwärtigen Mauer von Goethes Garten. Hanna war damals stolz auf ihn gewesen, weil er nicht noch schneller gefahren war.

Vor ihm lag der Ilmpark, die Straße führte in einer engen Linkskurve um das Haus der Frau von Stein herum direkt zum historischen Teil der Herzogin Anna Amalia Bibliothek. Er fand einen Parkplatz auf dem Platz der Demokratie, direkt neben dem Eingang zum Studienzentrum der Bibliothek. Glück gehabt.

Er sah auf die Uhr. Noch eine Dreiviertelstunde bis zum Treffen mit Siggi, genug Zeit für einen Spaziergang durch die Innenstadt. Das war der große Vorteil von Weimar: Die meisten Sehenswürdigkeiten waren zu Fuß gut erreichbar. Früher gehörte für Hendrik eine Rundfahrt mit dem Auto zu jedem seiner Weimaraufenthalte. Ab heute war es ein Spaziergang – das hatte er soeben beschlossen. Sein neues Weimar.

Er wandte sich in Richtung Marktplatz. Linkerhand das berühmte Hotel Elephant, Goethes 80. Geburtstag war dort gefeiert worden. Über 40-mal hatte Adolf Hitler hier übernachtet, während die Menschen draußen standen und riefen: »Lieber Führer, komm heraus aus dem Elefantenhaus!« Hendriks Mutter hatte ihm von diesem unseligen Satz berichtet, mit Scham, wie sie zugab, denn sie war als junges Mädchen Teil der Menschenmenge gewesen. Ein Monument ihres Lebensbildes.

Hendrik vernahm einen Signalton seines Smartphones – eine neue Nachricht. »Jemand hat mir in Regensburg alle vier Reifen zerstochen, hoffe, das bleibt der einzige Angriff auf mich. Gruß, Eddie.« Hendrik schüttelte den Kopf. Reifenstecher waren in der Oberpfalz vielleicht ungewöhnlich, in Frankfurt nicht. Außerdem, wieso bezeichnete Edmund das als Angriff? Sehr theatralisch. Hendrik steckte sein Handy wieder ein und setzte seinen Rundgang fort.

All die berühmten Menschen gingen ihm durch den Kopf, die hier am Weimarer Marktplatz einst gewohnt hatten. Die Sängerin Corona Schröter, der Optiker Carl Zeiß, Goethes »Urfreund« Ludwig von Knebel sowie die beiden Cranachs, Lucas der Ältere und Lucas der Jüngere. Damals hätten sich die zwei Letztgenannten wohl nicht träumen lassen, dass ihr Haus einmal eine Touristeninformation beherbergen würde. Hendrik entschied sich, durch die kleine Windischenstraße zu gehen, sentimentale Erinnerungen an Pepes Pizzeria, in der er oft mit Hanna gesessen hatte. Er passierte die ehemalige Wohnstätte von Charlotte von Kalb, Friedrich Schillers vorehelicher Geliebter. Das Schillermuseum sah er nur von hinten und folgte dem Straßenverlauf in einem sanften Rechtsbogen. Hier war der Touristenandrang nicht so stark wie in der parallel verlaufenden Fußgängerzone. Dort, wo vor Jahren Pepes Pizzeria gewesen war, befand sich inzwischen ein Souvenirladen.

Wieder piepste sein Smartphone. »Warum antwortest du nicht?« Eigentlich hätte er die Frage ignorieren müssen. Eigentlich. Er schaffte es aber nicht. »In Frankfurt würde dich das nicht wundern. Also keine Panik!«, schrieb er zurück. Zumindest verbot er sich jeglichen Lösungsvorschlag, da musste Edmund allein durch. Als erfahrenem Taxifahrer würde ihm sicher etwas einfallen.

An der nächsten Kreuzung überlegte Hendrik, noch einen Blick auf das bekannte Goethe- und Schillerdenkmal am Theaterplatz zu werfen, doch wegen der fortgeschrittenen Zeit entschied er sich dagegen und folgte der Rittergasse bis zum Herderplatz. Sein Blick fiel auf die Stadtkirche St. Peter und Paul, heute allgemein Herderkirche genannt, in der er getauft worden war. Johann Gottfried Herder und Herzogin Anna Amalia lagen hier begraben. Die Außenansicht der Kirche genügte Hendrik heute, er schwenkte nach rechts, um über die Kaufstraße und einige kleine Gässchen den Grünen Markt zu erreichen. Das Restaurant Cielo und das Café Residenz rahmten den kleinen Platz ein.

Direkt vor der Terrasse des Restaurants stand ein Mann mit kahlem Kopf: Kriminalhauptkommissar Siegfried Dorst.

✳

Freitag, 5. September, mittags

»Ich warte schon 'ne Weile!«, sagte Siggi.

Hendrik warf einen Blick auf die Uhr. »Wie? Ich dachte, wir sind jetzt verabredet, genau jetzt …«

Siggi lächelte. »Nein, vor einer halben Stunde. Du hast

dich offensichtlich nicht geändert, stehst immer noch mit der Zeit auf Kriegsfuß.«

»Ach Mensch, Siggi!«

»Was macht deine Espressomaschine?«

»Wieso? Also, der geht es gut, ich meine, sie funktioniert einwandfrei, warum ...?«

»Und Hanna?«

Hendrik musste lachen. »Der geht es auch gut, sehr gut sogar.«

»Wunderbar, also sind die drei markantesten Pfeiler deines Lebens konstant geblieben.«

Hendrik staunte. Er gab Siggi recht. Auch wenn es ihn nicht begeisterte, dass Unpünktlichkeit eines der Monumente seines eigenen Lebensbilds sein sollte. Vielleicht musste er einfach dazu stehen. Zu Unpünktlichkeit? Er zweifelte. Es gab genug Zeitgenossen, die diese Angewohnheit verabscheuten und keinerlei Verständnis haben würden, wenn man sie als Teil seiner selbst bezeichnete. Anderseits hatte er von afrikanischen Sprachen gehört, in denen die Worte »pünktlich« und »unpünktlich« überhaupt nicht existierten.

Sie begrüßten sich, schüttelten Hände, klopften Schultern und betraten lachend das Restaurant.

Nach ein paar floskelhaften Sätzen begann sich ein Gespräch zu entwickeln. Ein gegensätzliches Gespräch. Einerseits die vertraute Unterhaltung zweier Freunde, anderseits das fremdelnde Abtasten von zwei Menschen, die sich lange nicht gesehen hatten.

»Hendrik, ich muss dich etwas fragen. Ganz ehrlich. Okay?«

»Natürlich.«

»Letztes Jahr im Juni, da haben wir uns auf ein Bier an der Hotelbar im Dorint getroffen, du erinnerst dich?«

»Ja.«

»Das war ein … seltsames Gespräch. Du hast oberfläch-lich auf mich gewirkt, fast abwesend.«

Hendrik registrierte mit wachem Empfinden den Aus-druck »auf mich gewirkt«. Das klang verbindlicher als »du warst oberflächlich«. Und es blieb der Ausweg, dass der andere die Wirkung des Gesagten falsch eingeschätzt hatte.

»Ja, Siggi, du hast recht. Es war mein erster Weimarbesuch nach all den Jahren. Ich war wie im Tunnel, wollte nur meine fachlichen Aufgaben bei der Goethe-Gesellschaft abarbeiten und möglichst wenig an die alten Zeiten erinnert werden.«

Siggi nickte.

»Tut mir leid!«, schob Hendrik hinterher. »Selbst heute ist es mir schwergefallen, nach Weimar zu kommen.« Er merkte, dass es nicht leicht war, über seine Gefühle zu sprechen. Aber gerade deswegen musste es sein. Heute. Weil es keinen bes-seren Tag dafür gab. Er hoffte, dass Siggi das anerkennen würde. Und er sollte recht behalten.

Siggi nickte erneut, sein Gesichtsausdruck entspannte sich. »Ich weiß, was du meinst.«

Hendrik ahnte, worauf er anspielte. Vor vielen Jahren hatte Siegfried Dorst, damals noch bei der hessischen Kriminal-polizei, eine Kinderleiche im Rhein gefunden. Am nächsten Tag hatte er sämtliche Haare verloren.

Hendrik bemerkte, wie Siggi ihn ansah, fast schon mus-terte. Er lächelte und fasste sich an den grauen Haarschopf. »Älter geworden!«

Siggi zeigte auf seinen Kahlkopf: »Bei mir sind da keine Erkenntnisse zu gewinnen.« Er grinste. »Eher schon hier!« Damit strich er über sein Kinn mit dem angegrauten Dreita-gebart. »Auch meine Augen haben gelitten«, erklärte er. »Die Speisekarte kann ich nur noch mit Lesebrille erkennen.«

An ihrem Tisch im Cielo bediente Liliane, eine großgewachsene junge Frau, die auch auf dem Laufsteg imponiert hätte. Doch sie fühle sich wohl als Bedienung, berichtete Siggi, und strahle immer gute Laune aus. Der Laufsteg sei nichts für sie. Hendrik wunderte sich, wie gut Siggi die Beweggründe der jungen Frau kannte, offensichtlich hielt er sich regelmäßig hier auf.

Die beiden Männer bestellten Flammkuchen, Siggi mit Serranoschinken und Rucola, Hendrik mit Blauschimmelkäse und Spinat. Das Cielo war in der Speisenauswahl nicht abgehoben, aber etwas Spezielles, Überraschendes, meist Mediterranes, wurde immer angeboten. Ohne beim Preis zu übertreiben. Die Spezialität des Tages war Birnen-Chili-Risotto.

»Hast du etwas von Karola gehört«, fragte Hendrik.

»Du meinst Hannas Schwester?«

»Genau. Hanna hatte seit drei Jahren keinen Kontakt mehr mit ihr. Angeblich ist sie aus Weimar weggegangen, stimmt das?«

»Das ist richtig. Sie hat das Haus in der Humboldtstraße verkauft und ist weggezogen, wohin, weiß ich nicht.« Siggi wohnte nicht weit davon entfernt und kam auf Spaziergängen oft an dem Haus vorbei, konnte aber nicht sagen, wer es gekauft hatte.

Hendriks Magen verkrampfte sich. Hannas und Karolas Elternhaus – dieses wunderbare Anwesen, mit dem imposanten Walmdach und den drei hohen Tannen davor, drinnen der riesige Kachelofen –, wie konnte man das aus der Hand geben? Aus finanzieller Not? Er atmete tief aus.

»Das nimmt dich ziemlich mit«, fragte Siggi. »Oder?«

Hendrik nickte. Wenn Männer einmal die Gefühlsschranke überwunden hatten, lief es.

Liliane brachte die Flammkuchen auf großen blauen Tellern und stellte jedem ein goldgelbes Ehringsdorfer dazu. Bei all dem Duft und der Genussvorfreude löste sich Hendriks Verkrampfung. Sie genossen das Essen schweigend, ebenso wie das Bier und den folgenden Espresso.

»Hast du mitbekommen, wo Reinhard Liebrich sich inzwischen aufhält?«, fragte Siggi.

Liebrich … oh ja, Erinnerungen an den Mann, der letztlich die Ereignisse um Hendriks und Hannas Flucht aus Weimar ausgelöst hatte.

»Er ist vergangenes Jahr als Intendant nach Dessau gewechselt. Stand in der Zeitung. Mehr weiß ich nicht.« Seine Zunge fühlte sich schwer an.

»Möchtest du morgen zum Friedhof gehen?«, fragte Siggi. »Ich kann dich gerne begleiten.«

Die Frage überraschte Hendrik. Er stotterte vor sich hin und kam sich dabei dumm vor. »Ich … also, ich weiß es noch nicht.«

Siggi hob die Hände. »Entschuldige, ich wollte dich nicht bedrängen.«

Liliane fragte, ob alles in Ordnung sei. Die in dieser Situation zweideutige Frage bejahte Hendrik, während Siggi sie verneinte, was zuerst Liliane, dann alle drei zum Lachen brachte. Die junge Frau meinte, aus solch einer Lage komme man nur mit einem Vanilleeis heraus, inklusive heißer Himbeersoße und Sahne. Die Männer stimmten dem sofort zu und waren sich einig, dass Liliane den richtigen Beruf gewählt hatte.

Erneut ertönte ein Signalton von Hendriks Smartphone. »Bin jetzt auf dem Weg nach München, Gruß, Eddie.«

Er musste wohl einen irritierten Eindruck machen, denn Siggi sah ihn fragend an. Hendrik entschied spontan, die kuriose Geschichte um Edmund Fahrnholtz, die sich langsam, aber sicher zu einer Belastung entwickelte, mit Siggi zu teilen. Er berichtete also von Edmunds bizarrer Eingebung und seiner Anti-Goethe-Reise.

Siggi überlegte eine Weile, leerte sein Bierglas und wollte wissen, ob es nach Hendriks Expertenmeinung tatsächlich Gründe für Edmunds Theorie gab.

»Nun ja«, meinte Hendrik, »es gibt schon Unschärfen in der örtlichen und zeitlichen Reisebeschreibung, aber das ist kein Wunder, weil Goethe den Bericht dazu erst 30 Jahre später verfasst hat. Da war er bereits Ende 60.«

»Wie, erst 30 Jahre später? Da beurteilt man doch sowieso alles anders und hat die Hälfte schon vergessen. Was weiß ich denn noch von den Kriminalfällen, die ich vor 30 Jahren bearbeitet habe? Ich verstehe gar nicht, warum ihr Literaturwissenschaftler solch einen Aufstand macht rund um diesen demenzdurchtränkten Reisebericht.«

Hendrik lachte. »Ich gehe heute noch ins Goethe- und Schiller-Archiv, dort befinden sich viele der Briefe, die Goethe von seinen verschiedenen Reisestationen an Frau von Stein und andere Weimarer Freunde geschickt hat. Also die Dokumente, die er zeitnah, während der Reise, verfasst hat. Ohne Altersverklärung. Ich erhoffe mir dadurch zusätzliche Erkenntnisse.«

Siggi zog erstaunt die Augenbrauen hoch. »Du meinst, dort liegen die echten Briefe, die Goethe quasi … höchstpersönlich geschrieben hat?« Eine gewisse Ehrfurcht klang aus seiner Stimme.

»Ganz genau«, bestätigte Hendrik, »viele Autografen, also die Originalhandschriften, sind dort archiviert. Über 1.000 Stück. Daraus entstand das Goethe-Archiv, später umbenannt in Goethe- und Schiller-Archiv.«

»Und was ist mit den Briefen von Charlotte von Stein an Goethe?«

»Die hat sie zurückgefordert und verbrannt.«

»Hm, schade. Mal angenommen, dieser Eddie hat recht, wie könnten sich dann diese vielen Briefe erklären? Die hätte er alle in seinem Versteck schreiben müssen, oder?«

»Ja, das ist richtig. Und das wäre theoretisch sogar möglich gewesen. Damals wurden kaum Briefumschläge verwendet, es gab in Deutschland noch keine Briefmarken und nur wenige, uneinheitliche Poststempel. Man versiegelte die Briefe und gab sie dem Postkutscher mit. Der reichte sie an den nächsten Kutscher weiter und so fort. Das Porto musste der Empfänger bezahlen. Den Absender hätte wohl niemand nachvollziehen können.«

»Also gut, Hendrik, an der Echtheitsbestimmung des Reiseberichts kann ich mich nicht beteiligen, das ist dein Revier. Aber ich würde doch gerne wissen, was du eigentlich mit dem Besuch im Goethe- und Schiller-Archiv beabsichtigst. Willst du diesen Eddie von seiner Reise abhalten oder einfach nur seine Theorie widerlegen und dein Ego befriedigen?«

Hendrik bemühte sich – auch wenn es ihm schwerfiel –, nicht verärgert zu reagieren, denn die Frage war berechtigt. Trotzdem war sie unsensibel formuliert, in einer direkten Art, wie sie für Polizisten bei Vernehmungen wohl üblich war. Offensichtlich eine Berufskrankheit.

»Von der Reise kann ich ihn sowieso nicht mehr abhalten«, antwortete Hendrik. »Mein Ego … Na gut, da ist schon was dran, das muss ich zugeben. Aber ich möchte auch verhindern, dass er ein Buch veröffentlicht. Und irgendwie hängt beides zusammen.«

»Was wäre denn so schlimm an einem Buch? Ist doch nur ein wissenschaftlicher Diskurs – oder wie nennt ihr das?«

»Es wird aber nicht als ›wissenschaftlich‹ anerkannt werden. Eddie wird sich lächerlich machen und kann seinen

Traum vom Wiedereinstieg in die Literaturwissenschaft begraben. Außerdem wird er mit dem Buch nichts verdienen. Es besteht also auch ein finanzielles Risiko.«

»Hm, es scheint dir wirklich ernst zu sein.«

Hendrik sah erstaunt auf. Dann winkte er Liliane zum Zahlen.

»Sag mal ehrlich«, schob Siggi nach. »Wenn du einen Traum hättest, eine wirkliche Vision, wie dieser Eddie, würdest du dich von einem eventuellen finanziellen Risiko davon abhalten lassen?«

*

Freitag, 5. September, nachmittags

Dr. Elke Richter empfing Hendrik Wilmut in ihrem Büro im zweiten Stock des Goethe- und Schiller-Archivs. Von hier aus hatte man einen herrlichen Blick über die Stadt. Schon die Lage des klassizistischen Gebäudes, hoch oberhalb der Ilm, verdeutlicht seinen herausragenden kulturellen Standpunkt in Weimar und Deutschland, vielleicht sogar weltweit.

»Herr Wilmut, was führt Sie zu mir?« Elke Richter sagte das in einem offenen, freundlichen Ton, der jedoch keinen Zweifel daran ließ, dass sie direkt zur Sache kommen wollte.

Hendrik verstand das. Sie hatten sich zwar schon mehrmals auf Empfängen der Klassik Stiftung Weimar getroffen, aber bisher noch nie zusammengearbeitet. Und auch jene lockeren Begegnungen waren schon etliche Jahre her. Sie setzten sich.

»Was würden Sie als Expertin für Goethes Briefe dazu sagen, wenn jemand behauptete, Goethes Italienreise 1786/1788 sei nur vorgetäuscht gewesen, habe tatsächlich gar nicht stattgefunden?« Er beobachtete sie.

Ihr linkes Augenlid zuckte. »Wer behauptet denn so was?«

»Tut mir leid, das kann ich Ihnen nicht sagen. Ich bin hier, um mir einige der Autografen anzusehen, auch die wissenschaftlichen Anmerkungen, die unter Ihrer Herausgeberschaft entstanden sind. Aber zuvor würde mich Ihre persönliche Sicht der Dinge interessieren. Ich …« Er zögerte.

»Ja, bitte?«

»Ich lege sehr viel Wert auf Ihre Meinung. Schließlich haben Sie zusammen mit Herrn Kurscheidt und Herrn Oellers Goethes Briefe historisch-kritisch editiert und kommentiert. Und in dem besagten Zusammenhang sind seine Briefe aus Italien natürlich äußerst wichtig.«

Sie lächelte. »Danke, Herr Wilmut. Aber Sie sind doch selbst ein anerkannter Goetheexperte.«

»Das schon, aber da derjenige, der diese Theorie aufgestellt hat, einer meiner Freunde ist, fühle ich mich befangen.«

»Sie meinen also, er könnte Sie überzeugen?«

»Nein, das nicht. Aber ich könnte versuchen, ihn mit emotionalen, nicht stichhaltigen Argumenten abzuqualifizieren und ihn dadurch zu verlieren.«

Elke Richter nickte. »Sie sind ehrlich. Das ist gut.«

Hendrik hob beide Hände, um ihr zu zeigen, dass er keine andere Wahl hatte. »Ich habe zwei Kernpunkte bereits mit ihm diskutiert«, sagte er. »Dann wurde es mir zu viel und ich habe das Gespräch abgebrochen. Das war sicher nicht klug.« Er berichtete von ihrer Diskussion über die Ungenauigkeiten im Reiseablauf und die angebliche Bequemlichkeit Goethes.

Elke Richter erhob sich und sah eine Weile aus dem Fenster. »Wie schön Weimar ist!«, sagte sie. Hendrik trat neben sie. Die Septembersonne verlieh der Stadt einen gelben Glanz. Die Türme des Residenzschlosses und der Herderkirche ragten heraus wie graue Bleistifte. Nur das zwölfstöckige Studentenwohnheim wollte nicht ganz ins Bild passen. Im dunklen Grün des Horizonts lag der Ettersberg mit dem Buchenwalddenkmal.

Sie zeigte hinaus. »Wenn jemand solch eine wunderbare Stadt verlässt, muss er einen triftigen Grund haben. Ich habe schon mehrmals Kritik an einzelnen Passagen von Goethes Reisebeschreibung gehört, aber dass jemand die gesamte Reise anzweifelt, ist neu.«

Hendrik stimmte ihr zu.

Frau Richter drehte sich um. »Herr Wilmut, ich mache Ihnen einen Vorschlag.«

»Gerne.«

»Ich nenne Ihnen einige Argumente, die Ihr Freund sehr wahrscheinlich einbringen wird, um seine Sichtweise zu untermauern, und wir überlegen uns zusammen stichhaltige Gegenargumente. Wie lange haben Sie Zeit?«

»Bis 18 Uhr. Heute Abend halte ich einen Vortrag im Dorint-Hotel.«

»Gut, das sollte reichen. Setzen Sie sich!« Sie schien Feuer gefangen zu haben.

Als Hendrik zwei Stunden später das Goethe- und Schiller-Archiv verließ, hatte er begriffen, wie Edmund tickte, und kannte seine vermutlichen Hauptansatzpunkte. Und es waren mehr, als er vermutet hatte. Von den orthografischen Ungereimtheiten in den Aufzeichnungen des wohl größten deutschen Dichters über die Geldbeschaffung während der Reise ohne Bankkonto und seine angeblich so guten Italienischkenntnisse bis zu der Frage, warum Herzog Carl August ihn ohne jegliche Konsequenzen zwei Jahre lang aus seinen Staatsdiensten entlassen hatte. Weiter ging es mit den Fragen, wie Goethe während der Reise von September bis Dezember 1786 die komplette Iphigenie von Prosa in Lyrik umgeschrieben haben soll und ob er wirklich der viel gerühmte Frauenheld war. Ein zentrales Thema war der tatsächliche Grund für Goethes Italienreise. War es die viel diskutierte Flucht aus dem Amt zwecks künstlerischer Wiederauferstehung? Oder hatte er ganz andere Motive gehabt, dieser schönen Stadt den Rücken zu kehren? Ganz zu schweigen von Tischbeins Gemälde »Goethe in der Campagna«, in dem jener seinem angeblich so guten Freund zwei linke Füße und ein überlanges Bein zugedacht hatte.

Auf dem Fußweg zum Auto rief Hendrik bei Siggi an und berichtete ihm, dass es bei Frau Richter länger gedauert habe, er also erst nach dem Vortrag in die Windmühlenstraße kommen könne. Kein Problem, meinte Siggi, Ella und er würden auf ihn warten. Ach ja, Ella, die hübsche Dunkelhaarige, die im Archiv des Polizeipräsidiums arbeitete. Hendrik freute sich, auch sie wiederzusehen.

Nach Beendigung des Telefongesprächs bemerkte er, dass eine weitere Nachricht eingegangen war. Nein, nicht schon wieder – er musste sich jetzt auf seinen Vortrag konzentrieren. Hendrik schaltete das Smartphone aus, ohne die Mitteilung gelesen zu haben. Dann holte er seine Laptoptasche aus dem Auto und marschierte hinüber zum Dorint-Hotel. Er freute sich auf den Abend.

*

Freitag, 5. September, abends und nachts

Der Vortrag lief sehr gut, die Akademie-Teilnehmer waren zufrieden und stellten zahlreiche Fragen. Hendrik Wilmut hatte das Gefühl, wieder in sein Weimar eingetaucht zu sein, mit Spaß am Thema und Freude an den Menschen.

Beim anschließenden Stehimbiss traf er viele Bekannte und Unbekannte: die Leiterin der Herbstakademie, den Präsidenten der Goethe-Gesellschaft Weimar, eine Referatsleiterin der Anna Amalia Bibliothek und den Direktor des Goethe- und Schiller-Archivs. Letzteren begrüßte er besonders herzlich, um sich für die Hilfe seiner Mitarbeiterin Elke Richter zu bedanken. Hendrik schüttelte Hände, arbeitete sich im Small Talk durch den Raum, sprach mit einem Deutschlehrer aus Nürnberg, einem Goethe-Fan aus Kiel, einer Bibliothekarin aus Meißen und einer bücherfressenden Hausfrau aus Wuppertal. Nur einem begegnete er den ganzen Abend lang nicht: Prof. Heinrich Wachshauer.

Als Hendrik gegen 23 Uhr mit seinem Wagen in die Windmühlenstraße einbog, war es längst dunkel geworden. Schade, dachte er, die schönen Villen hier oben in dem Viertel um das Haus seiner Großeltern hatte er schon immer gemocht. Auch die Villa Silberblick, in der Nietzsche verstorben war. Allein der Name »Silberblick« löste so viele Erinnerungen an seine Kindheit aus, dass sein Verstand es kaum ertragen konnte. Nicht nur die Nietzsche-Villa trug diesen Namen, sondern auch eine kleine Straße, die seinerzeit mehr ein holpriger Feldweg gewesen war, ideal zum Entdecken und Verstecken. Und Hanna hatte dabei eine wichtige Rolle gespielt. Er nahm sich vor, am nächsten Morgen einen Spaziergang durchs Viertel zu unternehmen.

Ella und Siggi warteten mit einem Glas Rotwein und Hendrik entschuldigte sich für die Verspätung. Sie beschlossen, den Hauptteil der Unterhaltung aufs Frühstück zu verlegen. Kurz nach Mitternacht schlief Hendrik zufrieden ein. Sein Handy hatte er vergessen, es war immer noch ausgeschaltet.

*

Samstag, 6. September, vormittags

Siegfried Dorst bewohnte seit vielen Jahren das großzügig geschnittene Dachgeschoss einer dieser alten Villen. Das Haus in der Windmühlenstraße gehörte Dr. Matthias Lippke, einem Arzt, der im Herzzentrum Bad Berka arbeitete und die beiden unteren Stockwerke mit seiner Frau und drei Kindern bewohnte. Für Lippke und den ehemaligen Kriminalhauptkommissar Siegfried Dorst war es eine Art symbiotische Verbindung. Lippke fühlte sich besser während seiner Nacht- und Bereitschaftsdienste, wenn ein Mann mit Polizeierfahrung im Haus war und seine Familie beschützte. Siggi, der wie viele Männer ungern zum Arzt ging, fragte ab und zu nach Lippkes medizinischem Rat und bildete sich ein, damit genug für seine Gesundheit getan zu haben. Kurz nachdem Hendrik und Hanna Weimar verlassen hatten, war Ella bei ihm eingezogen.

Siggi kam gerade mit einer dicken Brötchentüte vom Bäcker zurück, als Hendrik verschlafen ins Wohnzimmer stolperte und »'n Morgen!« brummte.

Ella lachte und schwenkte ihren dunklen Lockenkopf. »Guten Morgen! Es ist kurz nach zehn. Hast du gut geschlafen?«

»Hm, brauche erst mal 'n Kaffee.«

»Immer noch wie früher.«

»Hm.«

»Mehr wirst du aus ihm vorläufig nicht herausbekommen!«, meinte Siggi.

Hendrik trank den ersten Schluck Kaffee und begann zum großen Erstaunen seines Freundes eine Unterhaltung. Wahrscheinlich wollte er seinen Gastgebern beweisen, dass er kein Morgenmuffel war. »Wie war deine Arbeitswoche, Siggi?«

Siggi warf Ella einen kurzen Blick zu. »Och, geht so«, antwortete er und überlegte fieberhaft, wann er Hendrik beibringen sollte, dass er nicht mehr bei der Polizei arbeitete. Besser erst nach dem Frühstück, wenn sein Freund wieder voll bei sich war.

»Und bei dir, Ella?«, versuchte Hendrik das Gespräch fortzusetzen.

Sie lachte. »Du weißt ja, die Arbeit im Polizeiarchiv ist nicht sehr spannend, aber wichtig. Ich mache das nun seit über 20 Jahren und werde es wohl auch noch zehn weitere Jahre machen. Ist okay.«

Hendrik nickte und nahm den nächsten Schluck Kaffee.

»Brötchen?«, fragte Siggi.

»Gleich …«

»Übrigens!« Ella drehte ihren Kopf in Hendriks Richtung. »Hanna hat vorhin angerufen, sie kann dich nicht erreichen, hast du dein Handy ausgeschaltet?«

»Ach ja, hab ich vergessen«, sagte Hendrik, taumelte ins Gästezimmer und kehrte mit seinem Smartphone zurück. Er rief Hanna an und berichtete ihr in kurzen, mühevollen Sätzen von dem erfolgreichen Vortrag. Kaum hatte er aufgelegt, erklang der wohlbekannte Signalton: neue Nachricht.

Siggi runzelte die Stirn. »Schon wieder?«

»Ja.« Hendrik öffnete die Mitteilung und las vor: »Ruf mich bitte dringend an, brauche deine Hilfe!«

Siggis Polizistenherz schlug Alarm. »Wann wurde die Nachricht abgeschickt?«

»Gestern Abend um 19.05 Uhr«, antwortete Hendrik. »Danach hat er dreimal versucht, mich anzurufen. Aber hier ist noch eine Nachricht, von heute früh, 6.30 Uhr: ›Hallo, Hendrik, bin in München, jemand hat auf mich geschossen, im Hotel‹.«

Sie sahen sich konsterniert an. Konnte das wahr sein?

»Wer schreibt denn da?«, fragte Ella. Siggi klärte sie mit ein paar kurzen Sätzen auf. Hendrik wanderte unruhig im Zimmer hin und her, setzte sich wieder, trank eine weitere Tasse Kaffee, bekam doch noch Hunger und biss in ein Schinkenbrötchen. »Der nervt!«, sagte er. »Der terrorisiert mich ja förmlich.«

»Das klingt hart, Hendrik!«, meinte Ella. »Bist du sicher, dass es nicht stimmt, was er schreibt?«

»Nein, natürlich nicht.«

Alle waren in Gedanken versunken.

Hendrik goss sich die dritte Tasse Kaffee ein. »Pass auf, Siggi, ich habe eine Idee. Wenn wirklich auf Eddie geschossen wurde, müssten deine Münchener Kollegen ja darüber Bescheid wissen. Kannst du bitte Verbindung aufnehmen? Dann wären wir sicher, ob es stimmt oder ob er nur rumspinnt.«

Ella und Siggi warfen sich erneut Blicke zu.

»Was ist?«, fragte Hendrik.

Jetzt war es so weit, dachte Siggi. »Also, pass auf, Hendrik«, begann er schwerfällig. »Ich … arbeite nicht mehr bei der Polizei.«

»Wie? Was? Aber …«

»Sie haben mich in den vorzeitigen Ruhestand geschickt, weil ich mit dem ganzen PC-Kram nicht mehr umgehen konnte.«

Hendrik atmete tief durch. »Puh!«

»Er hat deswegen psychische Probleme bekommen«, sagte Ella, »und er hat sich geschämt«.

Hendrik stand auf und ging auf Siggi zu. »Tut mir leid, Junge! Seid ihr denn …? Also ich meine … Ist denn die Thüringer Polizei schon in solch hohem Ausmaß digitalisiert?«

Siggi musste lachen. »Das hast du sehr diplomatisch ausgedrückt. Ja, die Digitalisierung ist tatsächlich schon weit fortgeschritten. Alle Fallakten, die Berichte von der Gerichtsmedizin, die daktyloskopischen Gutachten vom LKA, alles läuft über den PC. Meine eigenen Berichte durfte ich nicht mehr diktieren, musste sie selbst eintippen – der Horror!«

»Hm, verstehe.« Hendriks Hand lag verschwörerisch, zugleich schwerwiegend auf Siggis Schulter. »Dann hast du jetzt wenigstens genug Zeit zum Tennisspielen.«

»Leider nicht«, antwortete Siggi. Er deutete auf sein Bein. »Knie kaputt!« Er merkte, wie Hendrik zusammenzuckte.

»Was ist nun mit dem Freund in München?«, fragte Ella dazwischen.

Siggi hob den Zeigefinger. »Ich weiß was, ich rufe Richard an.«

Hendrik kannte ihn von einem früheren Fall in Frankfurt am Main, deswegen war keine Erklärung notwendig. Es dauerte nur wenige Minuten, bis Siggi Kriminalhauptkommissar Richard Volk am Telefon hatte und ihm die Situation erklärte. Mitten im Gespräch rief er: »Wie heißt dieser Eddie mit vollem Namen?«

»Edmund Fahrnholtz«, antwortete Hendrik. »Vorne mit h und hinten mit tz.«

Siggi gab es weiter und legte auf. »Geht klar. Richard muss sich nur einen Grund ausdenken, warum die Frankfurter Kollegen Infos dazu brauchen. Er meint, da fällt ihm schon etwas ein, schließlich wohnt Eddie ja im Bereich des Polizeipräsidiums Frankfurt.«

Ella setzte eine weitere Kanne Kaffee auf, Siggi berichtete seinem Freund von seinem Feind, dem PC.

Eine halbe Stunde später klingelte das Telefon. Siegfried Dorst nahm ab, hörte zu, machte mehrmals »Hm«. Schließlich sagte er: »Danke, Richard!«, und legte auf. »Es ist tatsächlich auf Edmund Fahrnholtz geschossen worden. Drei Schüsse, wahrscheinlich aus einem Kleinkalibergewehr. Zum Glück wurde er nur leicht verletzt.«

✳

Samstag, 6. September, nachmittags

Hendrik packte sofort seinen Koffer. Er dachte kurz an den geplanten Spaziergang zum Silberblick, und schon schweiften seine Gedanken zurück zu Edmund. Siggi bot ihm an, mit nach München zu fahren, doch Ella warf ein, dass er seit Wochen über Schmerzen im Knie klage und am kommenden Montag zu einer MRT-Untersuchung ins Weimarer Klinikum bestellt sei. Sein Gesundheitsberater Dr. Lippke habe ihm dazu geraten. Siggi nickte missmutig. Außerdem meinte Hendrik, er brauche Unterstützung hier vor Ort, zum Beispiel könne Siggi sich mal mit Prof. Wachshauer unterhalten, den er selbst am Vorabend nicht angetroffen habe. Hendrik berichtete von dessen seltsamer Wortwahl während des Besuchs in Frankfurt. Klar, bestätigte Siggi, das mache er gerne, dann sei er wenigstens beschäftigt. Zum Abschied schärfte er Hendrik ein, vorsichtig zu sein und sofort die Münchener Kollegen zu rufen, wenn es gefährlich würde. Ja, die Kollegen, die inzwischen gar nicht mehr Siggis Kollegen waren, dachte Hendrik. Aber er sagte nichts dergleichen.

Am frühen Samstagnachmittag befand sich Hendrik auf der Autobahn in Richtung München. Er fühlte sich getrieben und gedrängt, mehr von sich selbst als von anderen. Vor wenigen Tagen hatte er den Satz eines intelligenten Mannes gelesen, der ihm seitdem nicht mehr aus dem Kopf ging: »Es ist besser zu handeln und es zu bereuen, als nicht zu handeln und es zu bereuen.« Immer wieder rotierten seine Gedanken: Wer wollte Eddie verletzen oder sogar töten? Und warum? Er fand keine Erklärung, noch nicht einmal ansatzweise. Dann beschloss er, sich mit der naheliegenden Situation zu beschäftigen: Was konnte er für Edmund tun? Moralische Unterstützung bieten? Das war nicht viel, aber eine Art Minimalhilfe, die er ihm schuldig war. Er hatte Edmund nicht geglaubt, als er geschrieben hatte, er werde bedroht. Hendrik spürte das schlechte Gewissen fast körperlich. Es nagte an seinem Innern. Sein Fuß presste das Gaspedal nach unten. Bis zum Anschlag.

5 FRANKFURT A. M.

Samstag, 6. September, vormittags

Karla Bingmann lehnte am Geländer ihres Balkons in Frankfurt-Oberrad. Vom achten Stock in der Wiener Straße hatte sie einen weiten Blick nach Südwesten, über den Stadtwald, den Goetheturm und den Stadtteil Sachsenhausen.

Sie klopfte die Asche ihrer Zigarette in den Blumenkasten, so wie immer, die Geranien dankten es ihr mit üppigen Blüten bis in den Herbst hinein.

Sie machte sich Sorgen um Edmund. Warum hatte man ihm die Reifen zerstochen? War das reiner Zufall? Das Frankfurter Kennzeichen hatte vielleicht ein paar unausgelastete Jugendliche in der oberpfälzischen Provinz herausgefordert. Oder stand eine Absicht dahinter?

Ihr Handy vibrierte, sie zog es aus der Hosentasche und meldete sich nuschelnd, die Zigarette im Mundwinkel hängend.

»Karla, bist du das?«

»Klar, wer is 'n da?«

»Dieter hier, hallo. Ist Eddie schon losgefahren?«

»Ja, warum?«

»Woher hat er nur das Geld?«

»Hör mal, Didi, du bist zwar sein Bruder, aber ich denke, das ist allein Eddies Sache.«

»Oder eure Sache.«

»Ja, kann sein.«

»Trotzdem, ich mach mir Sorgen«, sagte er.

»Normalerweise machst du dir nur Sorgen um dein Geld, nicht um unser Geld«, antwortete Karla. »Also, um was geht's?«

Er lachte auf. »Genau darum geht es. Ich möchte gern verhindern, dass Eddie meint, er bekäme Geld aus dem Verkauf unseres Elternhauses. Es wird nicht verkauft, da kann auch sein komischer Anwalt nichts machen, klar!«

»Warum sagst du ihm das nicht selbst?«

»Er geht nicht dran, ist irgendwo unterwegs auf seiner dämlichen Goethereise, in Prag oder was weiß ich.«

»Du hast ja noch weniger Ahnung von Goethe als ich.«

»Sag ihm, dass unser Elternhaus auf keinen Fall verkauft wird, noch nicht einmal über meine Leiche!«

»… noch nicht einmal über deine Leiche. Das klingt ziemlich krass.«

»Ist aber Fakt. Und Inge sieht das wie ich.«

»Inge! Eure Schwester hat es noch nicht ein Mal geschafft, uns zu besuchen oder uns einzuladen. Ich kenne sie überhaupt nicht.«

»Ich weiß, da kann ich auch nichts machen. Sie ist eben so.«

»Natürlich, jeder Mensch, der sich asozial benimmt, der ›ist eben so‹.«

»Nun mal langsam, Karla, asozial ist wohl ziemlich übertrieben.«

»Von mir aus, dann eben unsozial.«

»Mag sein. Sagst du ihm das? Das mit dem Haus, meine ich.«

»Mache ich. Ich verstehe dich ja, ich hänge auch an meinem Elternhaus, aber ihr seid Geschwister, ihr müsst euch doch irgendwie einigen. Bitte!«

»Da gibt es nichts zu einigen. Tschüss, Karla.«

❊

»Hanna's Wohnzimmer« war gut besucht. Das schöne Spätsommerwetter trug dazu bei. Die Tische im Innenbereich waren sowieso alle reserviert, auch die Plätze auf der Terrasse füllten sich zusehends. Hanna beobachtete immer wieder die Gäste, um einen Überblick über ihr Kundenklientel zu bekommen. Sie wollte kein reines Studentencafé führen, erst recht kein traditionelles Aber-bitte-mit-Sahne-Café. Sie zielte auf Gemütlichkeit und Wohnzimmeratmosphäre, wie es der Name schon sagte, und wollte Menschen aus verschiedenen Gesellschaftsgruppen zusammenbringen. Dabei legte sie Wert auf qualitativ hochwertige Speisen und Getränke. Nichts Abgedrehtes – nein, einfach, aber gut.

Bisher war ihr das gut gelungen. Junge Alternative in ausgelatschten Sandalen mischten sich mit Sachsenhäuser Geschäftsleuten in dunklen Anzügen, Besuchern des Museumsufers und älteren Damen von der Sahnetortenfraktion. Irgendwie teilten sie sich die Zeiten untereinander auf, fast automatisch, nur die Studenten, die waren unberechenbar, die kamen jederzeit.

Während der Arbeit war Hanna konzentriert den Gästen zugewandt, weshalb sie mit Hendrik vereinbart hatte, er solle sie nur im Notfall auf der Café-Nummer anrufen. Als sie jetzt seinen Namen auf dem Telefondisplay sah, erschrak sie. Für einen Moment überlegte sie sogar, ob sie überhaupt drangehen sollte. Dann nahm sie ab: »Hallo, Schatz, ist was passiert?«

»Kann man sagen«, antwortete Hendrik. »Es ist auf Eddie geschossen worden.«

»Es ist was?« Hanna war schockiert. Sie ging hinaus, die wenigen Stufen zum Affentorplatz hinunter, um die Gäste nicht mit ihrem Telefonat zu belästigen.

»Ja«, sagte Hendrik, »das klingt unglaublich, aber es stimmt. Zwar nur mit einem Kleinkalibergewehr, aber auch damit kann man jemanden schwer verletzen oder sogar töten. Richard hat mir das bestätigt.«

»Moment, äh, Richard, der steckt da auch schon mit drin?«

»Ja, er hilft uns, Siggi hat ihn darum gebeten.«

Hanna spürte eine unheilvolle Mischung aus Angst und Wut in sich aufsteigen. »Was heißt das denn: Er hilft uns? Bist du jetzt bei der Kripo, oder wie?«

»Nein, natürlich nicht. Ich bin auf dem Weg nach München, ich muss Eddie helfen.«

»Wie? Du fährst zu ihm? Bis vorgestern war das für dich doch völlig … undenkbar!«

»Ja, Hanna, das stimmt, aber da war Eddie noch nicht in Gefahr, ich muss ihm beistehen, er hat es verdient.«

»Ach so, er hat es verdient. Und dass du dabei selbst in Gefahr gerätst, habe ich das etwa verdient?«

»Aber Schatz, mir passiert doch nichts, wenn überhaupt, hat der Attentäter es auf Eddie abgesehen.«

»Klar, und seinem ehemaligen oder neuen Freund – wie auch immer –, dem kann dabei natürlich nichts passieren, oder wie?«

»Aber Schatz …«

»Nichts Schatz!«, rief Hanna. Inzwischen konnte der halbe Affentorplatz mithören. »Ich finde deine Aktion total unnötig!«

Hendrik hatte offensichtlich gemerkt, dass es ihr ernst war. Er senkte seine Stimme und sprach langsamer. »Hanna, bitte, hör mir zu. Du bist der wichtigste Mensch in meinem Leben, meine Frau, meine Geliebte, meine Seelenverwandte. Ich möchte gern, dass du mich verstehst.«

Hanna hörte, wie er tief Luft holte, bevor er weitersprach.

»Bereits vor Jahren habe ich einen Freund verloren, weil ich unachtsam war. Ich fühle mich deswegen immer noch sehr schlecht, weißt du. Die meisten Menschen würden das wohl Schuldbewusstsein nennen. Ja, das ist wohl der richtige Ausdruck.«

Kurze Pause, es rauschte durch die Leitung.

»Nun bin ich ohne mein Zutun in eine ähnliche Situation geraten. Eddie war damals mein Freund, ich kann dir nicht sagen, ob er es heute immer noch ist, aber eine mahnende Stimme in mir sagt, dass ich ihm helfen muss. Das hat nichts mit seinem seltsamen Projekt zu tun. Stell dir nur mal vor, er wird erschossen und ich habe ihm nicht geholfen. Der gleiche Fehler noch einmal – das darf nicht passieren. Bitte!«

Hanna nickte, obwohl ihr bewusst war, dass Hendrik es nicht sehen konnte. Tränen standen ihr in den Augen. »Ist ja gut, Hendrik, ich verstehe dich. Aber bitte, bitte … pass auf dich auf!« Sie kannte ihren Mann gut genug, um zu wissen, dass er jetzt ebenfalls nickte.

»Die Münchener Polizei ist im Bilde und setzt alles daran, den Schützen zu finden. Ich bin gerade auf der Raststätte Greding, melde mich wieder aus München.«

Sie nahm ein Kussgeräusch vom anderen Ende der Leitung wahr. Dann legte Hendrik auf.

Hanna Wilmut konnte sich nicht erinnern, seit den damaligen Vorgängen in Weimar so erschüttert gewesen zu sein. Sie ging in die Küche, zum Glück wussten ihre Angestellten, was sie zu tun hatten, und alles lief wie am Schnürchen. Sie nahm ein Tablett mit drei Kaffeetassen und einem Frühstücksteller, um es auf die Terrasse zu bringen. Kaum hatte sie die Tür erreicht, stolperte sie über die Schwelle, die sie schon immer hatte beseitigen wollen. Das Tablett rutschte ihr aus der Hand und das Geschirr landete krachend auf dem Boden. Der Kaffee ergoss sich über die Kleidung einer Frau, die gerade im Begriff war, das gemütliche Café »Hanna's Wohnzimmer« zu betreten.

✻

Samstag, 6. September, mittags

Als Karla Bingmann das Telefongespräch mit Didi beendet hatte, drückte sie sie ihre Zigarette in den Balkongeranien aus und ging laut seufzend zurück in die Wohnung. Geschwister. Familie. Ein schwieriges Kapitel.

Die Diskussion mit Dieter Fahrnholtz hatte sie daran erinnert, dass sie noch Edmunds Anwalt in Dortmund anrufen musste. Sie ging an seinen Schreibtisch und griff nach den Unterlagen, die er für sie bereitgelegt hatte. Dabei sah sie seinen Tischkalender. Ein Wochenkalender zum Umklappen. Am vergangenen Mittwoch war in dicker roter Schrift »Abfahrt« eingetragen. Ihr Blick fiel auf den Montag: »Hendrik Wilmut«. Aha, der ominöse Hendrik, der nicht hatte mitfahren wollen. Moment, Wilmut – der Name kam ihr bekannt vor. Woher? Hanna? Ja, Hanna! Sie hieß doch Wilmut, oder nicht?

Sie setzte sich, fuhr den PC hoch und gab »Hendrik Wilmut« in das Suchfeld des Browsers ein. Sofort wurden hunderte von Ergebnissen aufgelistet: Dr. Hendrik Wilmut, Universität Frankfurt a. M., Goethespezialist, Weimar, Sachsenhausen, Bodenstedtstraße, Hanna Wilmut, gleiche Adresse. Tatsächlich! Die beiden waren verheiratet. Sie hatte Hanna ihre Beziehungsprobleme gebeichtet und von Edmund erzählt – hatte sie seinen Namen genannt? Karla wusste es nicht mehr. Kannte Hanna die Zusammenhänge? Hatte Hanna sie ausgehorcht? Oder war alles ein Zufall?

⁕

Samstag, 6. September, mittags

Kaum hatte Hanna Wilmut die Folgen ihres Servierunfalls beseitigt, klingelte erneut das Telefon. Diesmal würde sie nicht drangehen, dachte sie, sonst kam sie ja nicht zum Arbeiten.

Eine ihrer Aushilfskräfte nahm das Telefongespräch an. »Hanna, für dich!«

»Was ist denn heute los?« Sie griff nach dem Telefon und meldete sich.

»Hier ist Karla …«

»Sorry, Karla, aber im Café ist wahnsinnig viel los, ich kann jetzt nicht mit dir sprechen!« Sie beschleunigte ihre Schritte in Richtung Küche.

»Schönen Gruß von meinem Freund …«

»Karla, bitte!«

»Er heißt Eddie. Edmund Fahrnholtz.«

Hanna blieb stehen.

»Bist du noch dran?«, fragte Karla.

»Natürlich. Der Eddie, also … Das ist dein Freund, von dem du mir erzählt hast?«

»Genau. Tu bloß nicht so, als hättest du das nicht gewusst.«

»Nein, Karla, das habe ich tatsächlich nicht gewusst.«

»Ach, hör doch auf, du hast mich ausgehorcht im Auftrag von deinem Mann, das ist doch klar!«

Hanna schüttelte unwillig den Kopf. »Was erzählst du da? Was für ein Quatsch! Wozu sollte ich dich aushorchen?«

»Wegen Eddies Plänen und seiner Idee mit Goethes Italienreise natürlich.«

»Sorry, Karla, ich habe weder Zeit noch Lust, mir solch einen Unsinn anzuhören.« Damit legte sie auf. Sie war in diese Freundschaft – wenn man ihr Verhältnis zu Karla überhaupt so nennen konnte – sowieso nur zufällig reingerutscht. Besser, das gleich zu beenden. Kein guter Tag heute.

6 MÜNCHEN

Samstag, 6. September, nachmittags und abends

Hendrik Wilmut hatte sich zwingen müssen, während der Autofahrt eine Pause einzulegen, um sich zu erholen. Er war so angespannt, als seien alle seine Muskeln ein paar Millimeter zu kurz. Jetzt saß er in der Raststätte Greding bei einem Espresso, der leider mit einem der typischen Allzweckautomaten zubereitet worden war – das hatte er zu spät bemerkt. Er überlegte, an den Petitionsausschuss des Bundestages zu schreiben und zu beantragen, dass in Deutschland nur mit einer Siebträgermaschine zubereiteter Espresso tatsächlich diese Bezeichnung tragen dürfte. Schnell verwarf er die Idee, denn auch der Mensch, der die Maschine bediente, war wichtig. Also hätte er gleichzeitig den Ausbildungsberuf des Baristas einfordern müssen, wie in Italien. Das wäre für den Deutschen Bundestag wohl zu viel gewesen.

Nach dem Telefonat mit Hanna schrieb er Edmund, dass er auf dem Weg nach München sei und gegen 18 Uhr bei ihm eintreffen werde. Als Reaktion kam nicht etwa eine freudige Antwort, auch kein schlichtes »Danke«, sondern lediglich eine Adresse: »GIRO Hotel & Bistro im historischen Gasthof Zum Schwarzen Adler, Eingang Liebfrauenstraße 1«. Hendrik war überrascht, ließ sich aber nicht beirren und schrieb die sehr sachliche Antwort Edmunds Verwirrung nach dem Anschlag zu. Noch erstaunter war Hendrik, als er mithilfe eines Internet-Stadtplans feststellte, dass dieses GIRO in der Münchener Innenstadt lag, mitten in der Fußgängerzone, direkt neben der Frauenkirche. Wie konnte sich Edmund so etwas leisten? Er bat ihn mit einer weiteren Nachricht, im GIRO ein Zimmer auf den Namen Wilmut zu reservieren. Anschließend setzte er seine Fahrt fort. Diesmal ruhiger und langsamer. Nachdem die Autobahn die Hopfenfelder der Holledau durchquert hatte, streifte sie Garching und die Vororte von München. Dann steckte er in einem Stau bei Freimann fest, Feierabendverkehr. Endlich konnte er auf Höhe der großen Fußballarena auf die A 99 abbiegen, um der Ingolstädter Straße stadteinwärts zu folgen. Er war lange nicht in München gewesen und freute sich, dank des Staus die Stadt von der Landstraße kommend langsam zu erfassen: die immer dichter werdende Bebauung, die zahlreichen Pappeln, auch die bekannten, aber ihm unbekannten Eigenheiten des Stadtbilds, wie die olympischen Sportstätten und die typischen Münchener Mietshäuser aus der Nachkriegszeit.

Goethe musste bei seiner Kutschfahrt ein völlig anderes Stadtbild vorgefunden haben. Zu seiner Zeit war München eine von Mauern umschlossene Residenzstadt, die sich erst zu Beginn des 19. Jahrhunderts in eine offene Hauptstadt gewandelt hatte.

Schon befuhr Hendrik die Leopoldstraße: Bürohäuser, Jugendstilfassaden, die Cafés der Münchener Schickeria, klassizistische Gebäude. Sein Navigationssystem führte ihn über die Ludwigstraße in die Altstadt. Kurze Zeit später rollte er in eine Tiefgarage am Frauenplatz, unmittelbar neben dem Dom. Als er das Gebäude verließ, stand er in der Fußgängerzone zwischen dem Café »Leger am Dom« und einem Bekleidungsgeschäft. Das GIRO erblickte er sofort, direkt gegenüber auf der anderen Straßenseite, ein mit Steinköpfen geschmückter bogenförmiger Durchgang mit einer modernen Glastür – alt und neu intelligent kombiniert. Links ein Hutgeschäft, rechts ein Herrenausstatter für Segelbekleidung – Hendrik wunderte sich, dass solche Geschäfte in einer deutschen Großstadt überhaupt existieren konnten. Auf der Glastür prangte in großen dunkelroten Lettern: »GIRO – Hotel & Bistro im historischen Gasthof Zum Schwarzen Adler«.

Er durchschritt den Eingang, den Koffer hinter sich herziehend, und entnahm einem Hinweis neben dem Aufzug, dass sich die Rezeption und das Bistro in der dritten Etage, die Zimmer im vierten und fünften Stockwerk befanden. Eine junge dunkelhaarige Frau namens Mia begrüßte ihn freundlich. Er bekam den Schlüssel für Zimmer 504 ausgehändigt, das Junozimmer. Hendrik war zu müde, um nach der Sinnhaftigkeit des Zimmernamens zu fragen, doch als er das Große Sammlungszimmer, das Majolikazimmer und das Deckenzimmer passiert hatte, verstand er die Systematik. Offensichtlich hatte der Besitzer des GIRO ein Faible für Goethe – oder zumindest für sein Wohnhaus am Weimarer Frauenplan. Eigentlich hatte er sich noch ausruhen wollen, aber es war bereits 18.30 Uhr, also kam er wieder einmal zu spät. Diesmal war allerdings nicht das ihm eigene Zeitgefühl daran schuld, sondern der Stau bei Freimann. Hendrik nahm eine kaltwarme Dusche und zog frische Kleidung an. Danach fühlte er sich deutlich besser. Er rief die Rezeption an, um sich zu erkundigen, wo er Edmund Fahrnholtz finde. Der sitze mit Herrn Moser im Bistro, gab Mia zur Antwort. Hendrik kontrollierte kurz seine E-Mails und sah, dass Richard Volk einen Polizeibericht aus München geschickt hatte, in Kopie auch an Siggi. Gut so, dachte er, den würde er später mit Edmund durchgehen. Zunächst brauchte er etwas zu essen und ein Bier. Vielleicht sogar zwei.

Hendrik ging in den dritten Stock hinab und betrat das Bistro. Helles Holz, dunkelrote Sitzkissen. Er entdeckte Edmund sofort, seine Haare waren noch wirrer und strähniger als sonst, die rechte Hand war mit einem weißen Verband umwickelt. Ihm gegenüber saß ein grauhaariger Mann, hohe Stirn, deutlicher Bauchansatz, etwa Hendriks Alter. Beide hatten ein Bier vor sich stehen.

»Guten Abend!«

Edmund sah auf. »Wilmut!« Es klang, als sei er erstaunt, ihm zu begegnen. »Das ist Bertl!«

Der Angesprochene erhob sich. Er war einen Kopf kleiner als Hendrik und trug eine Trachtenjacke. »Griaß di God, ich bin der Moser Albert.«

»Hallo, ich bin Hendrik Wilmut.«

»Bertl, du kannst ruhig Hendrik zu ihm sagen«, meinte Edmund.

»Ein Bier, Hendrik?«, fragte Albert Moser. »Geht aufs Haus.«

»Gern, danke«, antwortete Hendrik und setzte sich. »Heißt das, Ihnen … also … dir gehört das GIRO?«

»Ja, richtig.«

»Hm, gut. Du scheinst eine Vorliebe für Goethe zu haben.«

»Allerdings, ich habe mich mit dem GIRO in München extra in das alte Gebäude des Gasthofs Zum Schwarzen Adler eingekauft.« Er lächelte. »Hier hat Goethe am 6. September 1786 übernachtet.«

»Nun ja, zumindest hat er in dem Haus übernachtet, das ehemals auf diesem Grundstück stand. Der Originalbau des Schwarzen Adler wurde ja in den 1890er-Jahren abgerissen.«

Moser hob die Augenbrauen. »Du kennst dich aus?«

Hendrik nickte, die Bedienung brachte sein Bier. Er sagte »Prost!«, und sie stießen an. »War sicher teuer, sich in dieses Gebäude einzumieten, oder?«

»Passt schon«, antwortete Moser. »Ich musste den Kaufhausbesitzer überzeugen, mir einen Teil seiner Räume abzutreten. Ist es aber wert.«

»Bertl hat mich eingeladen«, sagte Edmund. »Wir haben uns schon gestern in Regensburg kennengelernt. Er hat dort auch ein GIRO.«

»Im Weißen Lamm?«, fragte Hendrik.

Moser lächelte. »Genau.«

Hendrik wandte sich Edmund zu. »Wie geht es dir?«

»Ganz gut. Bin gestern zum Glück nur leicht verletzt worden.« Dabei hob er seinen rechten Arm. »Kann die Hand zwar gut bewegen, aber der Arzt meint, ich soll mir lieber noch einen Tag Ruhe gönnen, bevor ich weiterfahre. Außerdem ... musste ich ja auf dich warten.«

»Du musstest?«

»Klar. Warum bist du eigentlich gekommen? Hast dich doch erst geweigert.«

»Ich ... will dir helfen, dich beschützen.«

»Mich beschützen?«

Hendrik registrierte einen leicht spöttischen Unterton in Edmunds Frage, aber er ließ sich nicht beirren. »Ja«, antwortete er. »Ich will ein wenig auf dich aufpassen.«

»Warum das denn? Und wie?«

»Den Grund besprechen wir ein anderes Mal. Und wie ... Na ja, das weiß ich selbst noch nicht.«

»Zumindest ist er ehrlich«, warf Bertl ein.

»Willst du mich denn auf der weiteren Reise begleiten?«, fragte Edmund.

»Ja, das möchte ich.«

»Wo soll's denn hingehen?«, fragte Moser.

»Entlang der Route von Goethes Italienreise«, sagte Hendrik.

Edmund hob den linken Zeigefinger: »Genauer gesagt, entlang der Route, die Goethe angeblich gefahren sein soll!«

Albert Moser kniff die Augen zusammen und fixierte sein Bierglas. Es war leer. Er bestellte eine weitere Runde.

»Habt ihr schon gegessen?«, fragte Hendrik.

»Ja«, antwortete Edmund. »Wir wussten ja nicht genau, wann du kommst.«

»Ich hab' den Eddie eingeladen, dich lad' ich natürlich auch ein.« Moser winkte der Bedienung. »Eine Speisekarte, bitt' schön!«

Als er Hendrik die in Leder gebundene Kladde überreichte, sagte er: »Als Goethekenner wirst' staunen!«

Hendrik hatte sich vor der Eröffnung von »Hanna's Wohnzimmer« zu Vergleichszwecken nahezu alle verfügbaren Speisen- und Getränkelisten in Frankfurt-Sachsenhausen angesehen, teils die Originale in den Gastbetrieben, teils die Internetseiten. Er griff nach der Speisenkarte des GIRO in dem sicheren Gefühl, von nichts und niemandem überrascht werden zu können. Doch da hatte er sich getäuscht. Zunächst betrachtete er die erste Seite, die einige geschichtliche Erläuterungen enthielt: »*Das ›GIRO Hotel & Bistro im historischen Gasthof Zum Schwarzen Adler‹ erinnert an den Aufenthalt von Johann Wolfgang von Goethe am 6. September 1786 in München.*«

Hendrik nickte wohlwollend. Das war so vorsichtig formuliert, dass niemand Albert Moser Vorhaltungen bezüglich des Originalgebäudes machen konnte. Er blätterte um.

»Unsere Spezialitäten: Thüringer Bratwurst mit Frankfurter Grüner Soße und Röstkartoffeln. Handkäs' mit klassischer

Musik und Ilmtaler Bauernbrot. Rippchen mit Sauerkraut und Thüringer Klößen«.

Wow! Damit hatte er nicht gerechnet. Goethes Geburtsregion mit seiner Wahlheimat kulinarisch zu verbinden – das war eine interessante Idee.

Er lächelte. »Was bedeutet denn der Begriff ›klassische Musik‹ in diesem Zusammenhang?«

Moser lachte auf. »Ja weißt, kleines Wortspiel mit der deutschen Klassik und der klassischen Art der Hessen, die Musi zum Käse anzumischen. Die enthält nämlich keinen Essig, sondern Essigessenz und ein bissl Wasser. Dazu Öl und Zwiebeln.«

»Respekt!«, sagte Hendrik. »Das wissen nur wenige. Aber Thüringer Bratwurst mit Grüner Soße … ich weiß nicht.«

»Probier's halt mal!«, sagte Bertl und winkte erneut die Kellnerin herbei. »Dazu passt hervorragend ein Ehringswein.«

»Was, bitte?«

»Ehringsdorfer Pils gemischt mit Apfelwein.«

Hendrik und Edmund sahen sich konsterniert an. Nein, das ging zu weit.

»Immer schön offen bleiben, ihr Buam!«, meinte Bertl. »Noch sind wir zu jung für kulinarischen Altersstarrsinn, oder?«

Die »Buam« lachten. Sie stießen an. In dem Moment betrat eine Frau das Bistro. Hendriks Blick fiel sofort auf sie. Dunkles, schulterlanges Haar, Bluse in Pink, Bluejeans, helle Segeltuchschuhe, sportlich-natürliche Ausstrahlung. Sie kam näher, blieb direkt vor ihrem Tisch stehen. Dabei machte sie einen in sich ruhenden Eindruck

»Guten Abend!« Ihre Stimme war überraschend tief. Ein wenig rau sogar.

»Servus, Naddl«, sagte Moser. Und an die beiden Männer gewandt: »Das ist Nadine, meine Tochter. Sie ist meine Heldin!«

*

Samstag, 6. September, nachts

Hendrik genoss die Unterhaltung, besonders mit Nadine Moser. Nach der nächsten Runde Bier duzten sich alle und die Themen wurden persönlicher. Irgendwann fragte Hendrik nach Nadines Mutter. Sie war bisher nicht aufgetaucht und auch nie erwähnt worden. Das hätte ihn warnen müssen. Eine Art dunkler Vorhang schien sich für einen Moment über Nadines Gesicht zu legen. Sie holte tief Luft und sagte: »Meine Mutter ist tot. Sie starb, als ich 16 Jahre alt war.«

Für einen Moment verstummte die Unterhaltung am Tisch. Dann sagte Hendrik: »Das tut mir leid. Ich weiß …«

Er meinte damit den Tod seines eigenen Vaters, Hendrik war damals in ähnlichem Alter gewesen. Ob Nadine das verstanden hätte, wusste er nicht. Jedenfalls gelang es ihm nicht, weiterzureden. Nadine brachte das Gespräch wieder in Gang, indem sie einen Abschluss-Obstler bestellte. Danach war Hendrik nicht mehr sicher, ob es sinnvoll war, den Polizeibericht noch am selben Abend zu lesen. Zumindest nicht mit Edmund, denn der schien nicht mehr viel aufnehmen zu können. Kein Wunder nach solch einem Tag. Zudem wusste Hendrik nicht, wie viel Bier Edmund schon vor ihrem Zusammentreffen getrunken hatte. Er brachte ihn in Zimmer 506, das Urbinozimmer, half ihm, die Tür zu öffnen, prüfte kurz, ob in dem Raum alles in Ordnung war, schloss die Vorhänge und ließ ihn allein.

Hendrik schaute auf die Uhr. 23.10 Uhr. Egal, er musste sich einen Überblick über die Umstände des Attentats auf Edmund verschaffen, bevor sie morgen losfuhren. Er öffnete seinen Tablet-Computer und überflog den Bericht zum sogenannten Sicherungsangriff, erstellt von Polizeihauptmeister Dietrich Seltzer und Polizeiobermeister Lukas Kurzer. Außer der Beschreibung und Identifizierung des Geschädigten und der Zeugen sowie der Auffindesituation waren nur zwei Punkte interessant: Erstens hatten die Beamten in Zimmer 405 zwei Einschussöffnungen entdeckt, in der Wand gegenüber des Balkons. Zweitens war ihnen bei der Anfahrt zum Tatort ein schwarzer SUV, Typ Mercedes Benz, mit hoher Geschwindigkeit entgegengekommen. Das Fahrzeug war in München zugelassen – der Rest des Kennzeichens hatte nicht abgelesen werden können. Der Fahrer des SUV war im Begriff gewesen, die Tiefgarage des Gebäudes Kaufingerstraße 24 zu verlassen, nur durch die schnelle Reaktion des POM Kurzer war eine Kollision vermieden worden.

Richard Volk hatte in seiner E-Mail vermerkt, dass der Bericht des Auswertungsangriffs, in Hessen Tatortbefundbericht genannt, nicht mitgeschickt worden war, da werde er nachhaken.

Hendrik dachte nach. Einige Begriffe der Polizeiarbeit, wie zum Beispiel das Wort »Sicherungsangriff«, irritierten ihn, klangen eher militärisch. Andere Ausdrücke wiederum kannte er aus seiner Zusammenarbeit mit Siggi bei den drei früheren Fällen in Weimar. Trotz dieser Erfahrung war er natürlich kein Polizist und konnte lediglich seinen gesunden Menschenverstand und – falls erforderlich – seinen Sachverstand zu Goethe und dessen Leben einbringen.

Er las den Bericht noch einmal und fasste die Fakten gedanklich zusammen: Eddie war beschossen worden, mit welcher Waffe auch immer, das herauszufinden war Sache der Polizei. Wahrscheinlich waren die Schüsse vom gegenüberliegenden Gebäude abgefeuert worden, es war dasselbe, in dem er selbst seinen Wagen in der Tiefgarage geparkt hatte. Aus eben dieser Tiefgarage war der mysteriöse schwarze Mercedes-SUV gekommen, der es offenbar sehr eilig gehabt hatte. Die Identität des Fahrers musste von der Polizei geklärt werden. Hendrik selbst konnte sich nur mit den möglichen Motiven befassen, insbesondere mit solchen, die in Edmunds Privatleben begründet waren. Die Gelegenheit dazu würde sich sicher während der bevorstehenden Reise auf Goethes Spuren ergeben.

Mitten in seine Gedanken hinein klopfte es plötzlich an seiner Zimmertür. Er öffnete. Draußen stand Nadine Moser.

7 WEIMAR

Sonntag, 7. September, vormittags

Der ehemalige Kriminalhauptkommissar Siegfried Dorst war entschlossen, gleich an diesem Sonntag zu handeln. Er wollte dem Zustand als Zwangspensionär mit Unzufriedenheitsgarantie entkommen. Sein Knie schmerzte, aber er versuchte, die Beschwerden zu ignorieren.

Bereits um 7 Uhr war er wach und nahm ein kurzes Frühstück ein. Ella schlief noch. Zunächst las er den Bericht seiner Münchener Kollegen, den Richard Volk per E-Mail geschickt hatte. Viel mehr als seine elektronische Post konnte er dem PC nicht entlocken. Der Bericht war nicht sonderlich aufschlussreich, er musste auf den angekündigten Tatortbefundbericht warten. Hoffentlich hatte Richard genug Durchsetzungsvermögen oder das entsprechende diplomatische Geschick, um ihn aus München zu bekommen.

Im Telefonbuch fand er Prof. Wachshauers Adresse. Er wollte ihn nicht vorwarnen, um ihm keine Gelegenheit zu Ausflüchten zu geben. Der Sonntagvormittag war gut geeignet für unangemeldete Besuche, das wusste er aus seiner aktiven Zeit. Die meisten Leute waren zu Hause und lungerten in der Wohnung herum oder bereiteten das Mittagessen vor.

Prof. Wachshauer wohnte in der Damaschkestraße, Weimar-West, nahe dem Lottenbach. Es hatte zu regnen begonnen. Siggi parkte, nahm den Schirm aus dem Kofferraum und ging auf das Haus zu. Man konnte es als renovierungsbedürftig bezeichnen. Ein Fensterladen hing schräg herab und die Dachrinne war undicht, ein steter Regenfluss schlängelte sich an der Hauswand hinunter. Der grauen Spur war deutlich zu entnehmen, dass dieser Zustand schon länger andauerte. Der Vorgarten passte sich dem Eindruck des Hauses perfekt an.

Er klingelte. Nichts rührte sich. Siggi sah auf die Uhr. 9.20 Uhr. Es war gut möglich, dass Wachshauer noch schlief. Er klingelte erneut. Endlich öffnete sich ein Fenster. Ein Mann im Unterhemd erschien, ungekämmt, verärgert. Siggi schätzte ihn auf etwa 80 Jahre. »Was wollen Sie?«

»Herr Prof. Wachshauer?«

»Ja, natürlich!«

»Kriminalhauptkommissar Dorst. Ich muss Sie sprechen.« Siggi zuckte innerlich zusammen. Zu spät. Die Worte hatten seine Lippen verlassen und konnten nicht zurückgeholt werden. Im Herzen war er eben immer noch ein Polizist.

»Kriminalpolizei. Um was geht es denn?«

»Ich denke, das sollten wir im Haus besprechen.«

»Meinetwegen. Ich brauche zehn Minuten, neben der Haustür steht eine Bank.« Damit schloss Wachshauer das Fenster.

Als Siggi sich gerade fragte, wie er das Gartentor öffnen sollte, bemerkte er, dass das Schloss völlig verrostet war und seine Funktion nicht mehr erfüllte. Er schob das Tor auf, die Scharniere quietschten. Neben der Haustür stand eine klapprige Bank. Siggi musterte sie. Er traute ihr nicht zu, das Gewicht eines erwachsenen Mannes zu halten. Stattdessen setzte er sich auf einen mit Moos überzogenen Stein. Neben ihm blühende Astern, darunter wucherte Unkraut.

Endlich öffnete sich die Haustür. Wachshauer erschien, gekämmt und rasiert, jünger aussehend als zuvor. Er forderte Siggi mit einer Kinnbewegung auf, hereinzukommen. Im Wohnzimmer war es nahezu dunkel, dicke Vorhänge vor den Fenstern, die Wände komplett mit Bücherregalen bedeckt. Der Professor öffnete einen der Vorhänge, der graue Himmel schickte ein wenig Licht herein. In dessen Gefolgschaft tummelten sich Staubkörner und Fliegen. Die beiden Männer setzten sich in klobige Sessel, englischer Stil.

»Ich kann Ihnen nichts anbieten, bin gerade erst aufgestanden«, brummte Wachshauer.

»Kein Problem«, antwortete Siggi.

»Meine Frau ist vor zwei Jahren verstorben«, sagte der Professor. Es klang wie eine Entschuldigung für alle Missstände dieser Welt.

»Herr Dr. Wilmut hat sie vermisst, Freitagabend im Dorint«, sagte Siggi.

Wachshauer öffnete den Mund und vergaß, ihn wieder zu schließen. »Äh, Wilmut … Er hat einen Vortrag gehalten, richtig. War das letzten Freitag?«

»Genau. Und er hätte gern mit Ihnen gesprochen.«

»Ach so. Nun gut, das können wir ja nachholen. Hat er deswegen die Polizei zu mir geschickt?«

»Nein, sicher nicht. Aber er ist … Besser gesagt, es wurde ein Verbrechen begangen und in diesem Zusammenhang kontrollieren wir alle Personen, die bei Herrn Wilmuts Vortrag anwesend waren. Außerdem diejenigen, die sich angemeldet hatten und nicht gekommen sind.«

»Ein Verbrechen, soso. Was ist denn passiert?«

»Das darf ich Ihnen leider nicht sagen. Also, wo waren Sie am Freitagabend?«

»Heißt das, Sie fragen mich nach meinem Alibi?«

»Ja.«

»Und wenn ich keins habe?«

Siggi atmete tief durch. Er kannte diese Reaktion. »Beantworten Sie doch bitte einfach meine Frage!«

»Ich war hier, zu Hause.«

»Gibt es dafür Zeugen?«

»Wie gesagt, meine Frau lebt nicht mehr.«

»Sonst jemand? Ein Nachbar vielleicht?«

Wachshauer schüttelte den Kopf.

»Was haben Sie gemacht?«

Der Professor überlegte. »Gelesen und ferngesehen.«

»Welches Buch, welcher Film?«

»Was Sie alles wissen wollen …«

Siggi sah ihn schweigend an. Er war darin geübt, zu warten und sein Gegenüber kommen zu lassen.

»Das Buch dort!« Wachshauer zeigt auf den Wohnzimmertisch.

Siggi nahm das Buch zur Hand und las den Titel: »Die Sprachdidaktik der Bronzezeit« von Prof. Heinrich Wachshauer. Er hatte ihn eigentlich nach dem Inhalt des Buchs fragen wollen, doch das ergab in diesem Fall keinen Sinn. »Welcher Film?«

»Der um Viertel nach acht im ersten Programm.«

»Wie hieß der?«

»Das weiß ich nicht mehr. Wenn Sie das so interessiert, schauen Sie doch in die Programmzeitschrift.«

Mit seiner üblichen Befragungstaktik lief Siggi gegen die Wand. »Wie geht es Ihnen gesundheitlich?«, fragte er.

»Gut, warum?«

»Entschuldigung, aber *ich* stelle die Fragen. Waren Sie in letzter Zeit mal verreist?«

»Ja, ich war in Frankfurt wegen meines Vortrags über die Sprachdidaktik der Bronzezeit, das ist ein wichtiges Thema, wissen Sie …«

»Wo sonst noch? In den letzten drei Monaten.«

»Einmal Hamburg, einmal Dresden.«

»Wie sind Sie hingekommen?«

»Mit dem Auto.«

Siggi sah ihn prüfend an.

»Ich kann noch gut Auto fahren!«

»Was für einen Wagen haben Sie denn?«

»Steht in der Garage, Sie können reinschauen.«

»Gut, das war's erst mal. Vielen Dank, es kann sein, dass ich mich noch mal bei Ihnen melden werde.«

»Hm«, machte Wachshauer.

Siggi verabschiedete sich und war froh, wieder im Hellen zu sein, obwohl es immer noch regnete. Er öffnete die Garage: ein schwarzer SUV.

Er fotografierte das Fahrzeug samt Kennzeichen und fuhr zurück in die Windmühlenstraße. Als er das Wohnzimmer betrat, lag ein Stapel Kopien neben dem Telefon. Ella lächelte ihn an.

»Was sind das für Papiere?«, fragte er.

»Ich war inzwischen im Archiv.«

Siggi glaubte, sich verhört zu haben. »Am Sonntag?«

»Klar, da stört mich wenigstens niemand. Ich konnte die elektronische Datenbank nicht nutzen, jedes Einloggen wird ja dokumentiert. Also habe ich eine Weile in den Papierakten gewühlt. Das sind die Kopien von drei Akten zu einem Heinrich Wachshauer aus Weimar. Er ist einschlägig vorbestraft. Einmal wegen Beleidigung, zweimal wegen Körperverletzung. Ist allerdings schon etliche Jahre her.«

Siggi lächelte. Er umarmte Ella. »Und ich dachte, du schläfst noch!«

Sie schlang die Arme um seinen Hals. »Nein, ich wollte dir helfen. Aber jetzt könnte ich noch etwas Bettwärme vertragen …«

8 MÜNCHEN BIS MITTENWALD

Sonntag, 7. September, vormittags

»Wir fahren mit *meinem* Auto!«, sagte Edmund Fahrnholtz während des Frühstücks im Münchener GIRO. Er sprach das ganz ruhig aus, um Hendrik nicht das Gefühl zu geben, seine Worte seien wichtig. Doch tatsächlich waren sie ihm sehr wichtig. Er brauchte die Unabhängigkeit, Hendrik jederzeit aus dem Wagen werfen zu können, falls er dummes Zeug redete. Edmund war sich nicht sicher, ob er das wirklich tun würde, aber er wollte zumindest die Möglichkeit haben. Als Taxifahrer und Single, als Mensch mit geringem Einkommen in einer reichen Stadt, die in bestimmten Dingen auch eine Reichenstadt war, hatte er über die Jahre gelernt, auf einem niedrigen Niveau unabhängig zu sein. Und genau das liebte er am Taxifahren: Wenn er einen schwierigen Fahrgast hatte, konnte er jederzeit damit drohen, ihn einfach abzusetzen. Am besten hinter dem Frankfurter Hauptbahnhof, wo die Albaner-Mafia sich herumtrieb, oder im Gallusviertel, wo Fabriken und Energieversorger einen unwirtlichen Eindruck erweckten, oder sogar in Offenbach, das fürchteten viele Frankfurter am meisten. Das war mit unliebsamen Kunden in einem Büro oder einem Laden nicht möglich.

»Von mir aus«, antwortete Hendrik. »Ich fahre sowieso nicht gerne selbst durch die Berge.«

»Wieso?«, fragte Edmund.

»Ach, die vielen Kurven, das ewige Gedrehe rechts und links, nein, das ist nichts für mich. Lieber Autobahn, schnurstracks geradeaus und fertig!«

Edmund staunte. So hatte er Hendrik nicht in Erinnerung. Üblicherweise wollte er alles können und konnte auch alles. Eine Schwäche zuzugeben, das entsprach eigentlich nicht seiner Art.

Sie packten die Koffer und bezahlten die Hotelrechnung. Wieder stand Mia hinter dem Empfangstresen. Kurz vor der Abfahrt übergab sie Hendrik einen Briefumschlag. »Für Sie, Herr Wilmut, das hat … eine Dame hier abgegeben.«

Edmund sah ihn grinsend an. Hendrik konnte ihm das nicht verdenken, denn Mias Zögern vor »eine Dame« klang, als kenne sie die Briefschreiberin.

»Wo hast du geparkt?«, fragte Hendrik, um vom Thema abzulenken.

»Gegenüber in der Tiefgarage«, sagte Edmund und zeigte in Richtung Liebfrauenstraße. »Direkt neben dem Dom.«

Als sie in seinem Wagen saßen, kontrollierte Edmund sein Navigationsgerät, es stand immer noch auf »Autobahn meiden«. Sie folgten der Route, die Goethe damals angeblich genommen haben soll. Heutzutage fuhr man dazu die Passauer Straße hinaus und hielt sich dann auf der Bundesstraße 11 in Richtung Innsbruck. Sie kamen durch Solln, Grünwald und Pullach. An diesem Sonntagvormittag war das Autofahren ein Vergnügen, nur wenige Fahrzeuge waren auf den Straßen.

»Ehrlich gesagt, habe ich mich gewundert, dass du mit dem Taxi unterwegs bist«, sagte Hendrik.

»Ich hab kein anderes Auto«, antwortete Edmund. »Dafür gehört es mir. Viele Kollegen fahren mit Wagen einer Taxiorganisation und müssen sich dauernd rechtfertigen, wenn irgendwas mit dem Auto nicht in Ordnung ist. Das mag ich nicht.«

»Hm, verstehe ich«, sagte Hendrik. »Dafür musst du aber auch alle Reparaturen bezahlen. Die Stoßdämpfer deines Wagens verhalten sich wie eine 50-jährige Federkernmatratze.«

»Tja, Wilmut, ich muss sparsam sein.«

»Und was sind das für Geräusche?«, fragte Hendrik. »Ich meine das Klappern, dieses …«

»Das klappert schon lange und hält auch schon lange. Seit 280.000 Kilometern.« Edmund warf einen Blick auf seinen Beifahrer. Der sah nicht glücklich aus.

Sie fuhren langsam, aber stetig durch die Voralpenlandschaft, wie es mit einem alten Diesel eben möglich war. Eine Weile redeten sie kaum, hingen ihren Gedanken nach. Edmund war froh darüber, er wollte sich innerlich sammeln. Außerdem: Gemeinsam schweigen muss auch gekonnt sein. Im Gegensatz zu seiner inneren Harmonie wirkte Hendrik unruhig, drehte sich mehrfach um oder sah in den rechten Außenspiegel.

»Ist was nicht in Ordnung da hinten?«, fragte er.

»Ich schaue nur, ob der Motor nicht schon anfängt zu qualmen.«

»Der Motor ist aber vorn, Wilmut!«

»Ach ja, stimmt. Du weißt ja, dass ich mich mit Autos nicht auskenne.«

»Quatsch! Du meinst, wir könnten verfolgt werden?«

Hendrik hob die Schultern. »Kann doch sein!«

»Unsinn!«, brummte Edmund. »Erzähl mir lieber, von wem der Brief stammt. Vorhin im Hotel …«

Es dauerte einen Moment, bis Hendrik antwortete. »Von Nadine Moser.«

Edmund glaubte, sich verhört zu haben. »Von Nadine? Was will die denn?«

»Na ja, sie hat mich gestern Abend im Hotel besucht.«

»Wie, im Hotel besucht … auf deinem Zimmer?«

»Ja.«

»Das glaub' ich jetzt nicht …«

»Nun mach dir keine Sorgen. Sie wollte nur reden.«

»Natürlich, nur reden. Bei solchen Frauen ist *reden* immer mehr als unterhalten.«

»Was meinst du denn mit ›solche Frauen‹?«

»Na komm, Wilmut, während des Studiums haben wir viel über Frauen gesprochen. Ganz offen. Sie ist um die 40, sieht gut aus und hat diese spezielle Ausstrahlung, die einem sagt, ich bin keine verschlossene Auster.«

»Nein, sie ist nicht so. Ihre Mutter ist durch einen Unfall gestorben, als sie 16 Jahre alt war. Mir ist es ähnlich mit meinem Vater ergangen, darüber haben wir uns unterhalten. Mehr ist da nicht.«

»Hat sie eigentlich einen Mann oder Freund? Weißt du das?«

»Keine Ahnung. Einen Ehering trägt sie jedenfalls nicht.«

»Du aber.«

»Ja, ich weiß.«

»Und was stand in dem Brief?«

Hendrik spürte Hitze im Gesicht. »Sie hat uns eine schöne Reise gewünscht.«

»Uns oder dir?«

»Na ja, mehr eigentlich … mir.«

»Bitte pass auf, Wilmut, die Frau ist gefahrenträchtig.«

Hendrik schüttelte unwirsch den Kopf. »Gefahrenträchtig! Was für ein Wort … Hast du das absichtlich benutzt?«

»Ja.«

Ein Ortsschild: Ebenhausen. Hier war es. Edmund bremste abrupt und bog links ab auf den Hof einer Gaststätte. Hotel und Gasthof zur Post.

»Was ist los?«, fragte Hendrik.

»Schau dir mal den Giebel an, das soll eine Zeichnung sein, die Goethes Aufenthalt und den Pferdewechsel darstellt.«

»Aha, und?«

»Oben rechts, wo die Farbe abgeblättert ist oder eher abgekratzt wurde, da stand mal das Datum, das man heute noch auf der Webseite des Gasthofs findet: 7. August 1786.«

»Und?«

»7. August?«

»Na ja«, meinte Hendrik, »da hat sich der Maler eben in dem Monat vertan, August statt September geschrieben, damals haben die Leute das nicht so eng gesehen. Oder die Wirtsleute haben es falsch auf die Webseite übernommen, etwas in der Art wird da passiert sein.«

»Ja, bestimmt. So wie ein anderer Maler Goethe zufällig zwei linke Füße und ein überlanges Bein verpasst hat?«

»Du meinst das Tischbein-Gemälde?«

»Genau, ich war neulich extra noch einmal im Städel in Frankfurt, um mir ›Goethe in der Campagna‹ erneut anzusehen. Wirklich erstaunlich.«

»Aber, Eddie, das ist doch inzwischen geklärt. Damals haben die Schuster nur einen Typ Schuh angefertigt, ohne Rücksicht auf links oder rechts, die musste man erst einlaufen.«

»Hm, ja, sicher.« Das Argument kannte Edmund. »Dann ist Goethe mit neuen, noch nicht eingelaufenen Schuhen durch die Campagna gelatscht? Nee, sicher nicht. Und mit dem überlangen linken Bein wäre er sowieso nur durch die Gegend gehumpelt!«

»Tischbein hat das als grafische Methode eingesetzt, um die Diagonale im Bild zu betonen«, erwiderte Hendrik. »Das war ein künstlerisches Stilmittel.«

»Ach, der künstlerische Stil war ihm also wichtiger als seinen Freund mit ordentlichen Gliedmaßen darzustellen? Heute würde man solch ein Bein als schwere Behinderung einstufen. Einem Freund könnte man ja auch mal einen Entwurf zeigen oder wenigstens eine Skizze, um vorab seine Zustimmung einzuholen. Aber das geht natürlich nicht, wenn der eine in Rom malt und der andere sich so lange irgendwo versteckt.«

Hendrik schüttelte den Kopf. »Irgendwann wirst du mir mal erklären, wo Goethe sich – nach deiner Theorie – zwei Jahre lang versteckt haben soll. Aber jetzt lass uns bitte weiterfahren, ich bin gespannt, ob dein Taxiblitz die Kesselbergstraße hinaufkommt.«

»Wie hoch?«

»850 Meter.«

»Aha.« Edmund hatte durchaus Respekt vor diesem Pass, aber da er sein Auto kannte, war er gut vorbereitet und hatte drei Kanister Kühlwasser gebunkert, dazu etliche Ersatzteile und einen gut sortierten Werkzeugkasten. Er hatte keine Lust, seinen Zweifeln hinterherzujagen. Bedenken in Mut verwandeln – das war zur Stunde gefragt.

Benediktbeuern. Im Klosterbräustüberl nahmen sie einen kleinen Imbiss zu sich. Als sie das Klostergelände verließen und in Richtung Ortsmitte fuhren, stießen sie direkt auf den Gasthof zur Post.

»Die vielen Gasthöfe mit ›Post‹ im Namen zeigen, dass wir uns auf Goethes Spur befinden«, sagte Hendrik.

So leicht ließ sich Edmund nicht beeindrucken. »Nein, das zeigt lediglich, dass wir uns auf der Thurn-und-Taxis-Route befinden. Mehr nicht.«

Der Kochelsee, die Loisach, die ersten Berge: Eine prächtige Landschaft zog an ihnen vorüber. Dann erwartete sie der Anstieg zum Kesselberg.

※

Sonntag, 7. September, mittags

Hendrik Wilmut machte sich Sorgen. Er kannte sich zwar nicht mit Autos aus, aber dass dieses altersschwache Taxi, das bisher maximal den Lerchesberg in Frankfurt-Sachsenhausen hatte erklimmen müssen, mit dem Kesselberg Probleme bekommen würde, das war ihm völlig klar. Zum Glück hatten die Verantwortlichen auf der gesamten Kesselbergstraße eine Geschwindigkeitsbegrenzung auf 60 Kilometer pro Stunde und ein generelles Überholverbot eingerichtet. Das war gut, denn der alte Diesel hätte an den Steigungen sowieso nicht mehr hergegeben. Dennoch waren genügend Motorradfahrer unterwegs, die überholen wollten, dazu Fahrradfahrer, die sich so langsam den Berg hinaufquälten, dass Edmund an ihnen vorbeifahren musste, was an schmalen Stellen sehr schwierig war. Nach geschätzten 30 Kehren, gefühlt noch weit vom Pass entfernt, begann das, was Hendrik befürchtet hatte: Unter der Motorhaube stieg Dampf auf. Edmund sah häufiger als sonst aufs Armaturenbrett. Äußerlich blieb er völlig ruhig, was Hendrik einen gewissen Respekt abnötigte.

»In 200 Metern erreichen wir einen Parkplatz!«, sagte Hendrik.

»Ist gut, den nehmen wir. Erna braucht eine Pause.«

»Erna?«

»So hieß meine Oma. Hat ähnlich geschnauft wie mein Taxi, bis sie starb. COPD hieß das, eine Lungenkrankheit.«

Edmund steuerte Erna auf den kleinen Parkplatz nahe einer Felswand. Zum Glück stand dort kein anderes Auto, sodass niemand dumme Fragen stellen konnte. Edmund bremste, zog die Handbremse an und ließ den Motor laufen. Seufzend lehnte er sich zurück und zündete eine Zigarette an. Hendrik staunte, sein Freund hatte früher nicht geraucht, im Gegenteil, er hatte oft darüber geschimpft. »Du rauchst?«

»Eigentlich nicht«, antwortete Edmund. »Nur bei Stress.«

Also doch, dachte Hendrik. »Und was machen wir jetzt mit Erna?«

»Die muss sich erholen und abkühlen, Dreiviertelstunde etwa. Ich muss aber den Motor laufen lassen, sonst springt er nicht wieder an. Nachher kippe ich Wasser in den Kühler, hab' ich hinten im Kofferraum. Ein Kombi hat so seine Vorteile.«

Hendrik nickte. »So lange können wir uns ja unterhalten.«

»Gut. Worüber?«

»Vielleicht über das Thema, das wir neulich in der Uni nicht beenden konnten: den Grund für Goethes Italienreise.«

»Ach ja, stimmt.« Edmund zog an seiner Zigarette. Durch die geöffneten Fenster wehte eine angenehme Brise herein.

»Und?«, fragte Hendrik, ohne Druck. Er wollte Edmund reden lassen und darauf reagieren, das war seine Strategie.

»Du kennst doch sicher noch Jürgen von der Lippe und seine Fernsehsendung ›Geld oder Liebe‹?«, fragte Edmund.

»Natürlich. Aber jetzt kommst du nicht etwa mit Goethes angeblichen Liebschaften, oder?«

»Nein, Wilmut. Obwohl ich da genug Mutmaßungen anstellen könnte. Aber mit diesem Teil von Goethes Leben habe ich mich nur wenig beschäftigt. Einen gewissen Respekt vor seinem Intimleben sollte man doch haben.«

Zum ersten Mal seit ihrem Wiedersehen verspürte Hendrik etwas, was ihm in Zusammenhang mit Edmund Fahrnholtz fast fremd geworden war: Sympathie. »Du meinst also, es ging ums Geld?«

»Genau, Geld regiert die Welt. Und das galt auch schon damals.«

»Sprichst du von der Zapperi-Theorie?«

»Richtig. Goethe hatte einen Vertrag mit dem Göschen-Verlag, dem er seine gesammelten Werke, Teil 1 liefern wollte. Und das war auch dringend notwendig, denn es gab tausende Raubkopien, sogar schon einige von Goethe nicht lizenzierte Gesamtausgaben. Du weißt ja, wie das damals mit dem Urheberrecht war.«

»Ich weiß«, sagte Hendrik. »Nicht existent. Und selbst wenn es eine ähnliche Regelung gegeben hätte, wäre es bei der deutschen Kleinstaaterei nicht durchsetzbar gewesen.«

»Es ist schon krass, wenn man bedenkt, dass einer der größten deutschen Dichter nicht von den Einnahmen seiner Schreibkunst leben konnte.«

»Das stimmt. Aber nur damals. In der heutigen Zeit wäre er allein mit dem ›Werther‹ reich geworden.«

»Wahrscheinlich. Jedenfalls musste Goethe schnell handeln«, fuhr Edmund fort. »Er musste eine eigene, offizielle Gesamtausgabe herausbringen. Es gibt genügend Ankündigungen dazu, auch in einem Brief an Herzog Carl August. Wobei Goethe ihm gegenüber verschwieg, dass er einen wichtigen Text des ersten Teils noch nicht fertiggestellt hatte!«

»Ja, Eddie, ich weiß, die Iphigenie, die wollte er während der Reise noch in Versform bringen.«

»Warte mal!« Edmund drückte seinen Zigarettenstummel in den Aschenbecher und stieg aus. Er legte die Hand auf die Kühlerhaube, schüttelte den Kopf und kam zurück. »Erna braucht noch eine Weile.« Er setzte sich wieder.

Die Vögel sangen und die Männer hörten ihren Liedern zu. Abgesehen von Ernas Problemen fühlte sich Hendrik pudelwohl. Ein guter Espresso hätte das Ganze noch abgerundet, aber damit musste er wohl warten, bis sie in Italien waren. Er beschloss, sich Goethes Aussage zum Thema Glück anzueignen: »… dass der Mensch das Gute, das ihm widerfährt, wie einen glücklichen Raub dahinnehmen und sich weder um rechts noch links … bekümmern soll.«

Manchmal wurde Hendrik gefragt, was ihn denn an Goethe so fasziniere. Ein Teil seiner Faszination waren solche fast schon therapeutisch zu nennenden Alltagshilfen. Viele davon waren heute immer noch gültig. Nach rund 200 Jahren.

»Zurück zur Iphigenie«, sagte Edmund. »Mal ehrlich, Wilmut: Goethe ist auf der Flucht, fährt teilweise 30 Stunden am Stück, später angeblich sogar einmal 50 Stunden, das Ganze in einer rappelnden Postkutsche, er muss in der knappen Zeit seiner Aufenthalte abends im Wirtshaus bei Kerzenlicht mühsam seine Liebesbriefe an Charlotte von Stein und seine Huldigungsbriefe an Carl August verfassen, später in Rom schaut er sich die Altertümer an, wird von Tischbein und Bury gemalt, zeichnet selbst sehr viel, befasst sich mit der Pflanzenmetamorphose, trinkt Wein und ist den Frauenzimmern zugeneigt – wann soll er denn Zeit für die Iphigenie gehabt haben?«

»Na, ganz einfach, er hat diszipliniert jeden Morgen in seinem Zimmer – du weißt schon, dort in Tischbeins Wohnung – zwei bis drei Stunden an der Iphigenie gearbeitet, danach ist er in die Stadt gegangen, abends vielleicht zu Wein, Weib und Gesang. Und das zwei Monate lang. Für einen Goethe reicht das. Soweit ich mich erinnere, gibt es sogar einen Brief, in dem er Charlotte von Stein aus Verona schreibt, dass er den ganzen Tag die Feder in der Hand hatte, dort hat er ja während der Fahrt nach Rom die erste längere Pause eingelegt. Immerhin fünf Tage.«

Edmund schüttelte heftig den Kopf. »Die paar Tage in Verona bringen auch nicht viel. Er selbst hat das Projekt Iphigenie mal als ›böse Arbeit‹ bezeichnet, steht so in seinem Reisetagebuch …«

»Ich weiß …«

»… und in einem der letzten Briefe an seine geliebte Charlotte kurz vor der Abreise aus Karlsbad schrieb er: ›Sie‹, die Iphigenie, ›wird noch einmal geschrieben.‹ Außerdem, Wilmut, ich hab das alles mal durchgerechnet. Er musste die gesamte Prosafassung in Versform bringen, und das waren keine einfachen Formen, der streng alternierende fünfhebige Jambus, einen Teil im Trochäus. Das ist selbst für ein Genie wie Goethe so schnell nicht zu schaffen. Außerdem glaube ich, dass er das Risiko vorab schlecht einschätzen konnte. Er musste in passabler Zeit die Iphigenie abliefern. Wahrscheinlich hatte er Göschen sogar einen konkreten Abgabetermin zugesagt. Den konnte er nur garantieren, indem er sich in ein ruhiges Versteck zurückzog. Er hatte von Göschen 500 Taler als Vorschuss erhalten, mehr als ein Dreimonatsgehalt vom Fürstenhof. Den Vorschuss brauchte er als Sicherheit für die Abwesenheit, falls er bei Carl August in Ungnade fiel. Eine Gefahr, die ja erst mit dem generösen Brief des Herzogs im Januar des folgenden Jahres gebannt wurde. Er konnte also nicht Gefahr laufen, das Geld quasi … zu verspielen.«

Hendrik war erstaunt über Edmunds Detailkenntnisse. »Du hast dich wirklich ausführlich informiert!«

»Stimmt. Habe ich.«

Hendrik merkte, dass Edmund bemüht war, nicht zu viel Stolz in seine Stimme zu legen.

Edmund stieg erneut aus und prüfte Ernas Temperatur. Er nickte, zog sich ein Paar Arbeitshandschuhe an und öffnete die Kühlerhaube. Es dampfte und zischte. Hendrik war ihm gefolgt und stand nun gebannt neben ihm. Edmund schraubte vorsichtig den Verschlussdeckel des Kühlers auf, heißer Wasserdampf entwich. Er nahm einen Wasserkanister aus dem Kofferraum und füllte den Kühlerbehälter auf.

Hendrik dachte daran, dass er Edmund versprochen hatte, auf ihn aufzupassen. Eine schwierige Aufgabe. Der Attentäter konnte überall zuschlagen. Er sah sich um. Wald, Felsen, Straße, keine unmittelbare Gefahr. »Sollen wir in Mittenwald übernachten, oder willst du lieber gleich nach Innsbruck, vielleicht fühlst du dich in Österreich sicherer?«

Edmund hob erstaunt die Augenbrauen. »Nein, nein. Lass uns in Mittenwald bleiben. Wir müssen dort ermitteln.«

»Ermitteln? Was meinst du damit?«

»Im Fall der Fake-Reise.«

»In Ordnung. Nur eins noch zu unserer Diskussion eben gerade …« Hendrik zog die Worte in die Länge, als wisse er nicht, wie er seine Gedanken ausdrücken sollte. »Einige deiner Argumente beruhen auf persönlichen Annahmen.«

»Kann sein, sie sind aber schlüssig. Übrigens, was den Grund von Goethes Reise betrifft, da bin ich von der konventionellen Auslegung gar nicht so weit entfernt. Nur: Goethe wollte nicht wieder kreativ werden – er musste. Aus finanziellen Gründen. Ich denke auch, es war für ihn eine Frage der Ehre, nicht nur von seinen politischen Ämtern zu leben, die man überspitzt auch als ›Künstleralmosen des Herzogs‹ bezeichnen könnte, sondern von seinen eigenen Werken. Nicht lange vor der Flucht aus Karlsbad hat er einem Berliner Verleger eine Gesamtausgabe angeboten. Der lehnte ab, weil ihm die Honorarforderungen zu hoch waren und Goethe seit zehn Jahren nichts Substanzielles mehr veröffentlicht hatte. Göschen sagte dann zu, Goethe musste also unbedingt mit ihm klarkommen.«

In diesem Punkt stimmten sie tatsächlich weitgehend überein. Doch das wollte Hendrik nicht zugeben. Noch nicht.

*

Sonntag 7. September, nachmittags

Edmund Fahrnholtz war froh, dass sie eine halbe Stunde später den Pass bezwungen und weitere 30 Abwärtskehren überstanden hatten. Immer wieder wurden ihnen wundervolle Blicke auf den blau daliegenden Walchensee gegönnt. Er sah mehrmals zum Straßenrand, um das Goethedenkmal nicht zu verpassen, aber da er sich schwerpunktmäßig auf den Verkehr konzentrieren musste, fuhr er prompt vorbei.

»Da!«, rief Hendrik. »Da war es, da oben links!«

»Okay, ich drehe um, sobald es geht«, antwortete Edmund.

Erst hinter dem Ortsschild von Urfeld konnte er in der Einfahrt zu einer Ferienanlage wenden. Auch das war schwierig wegen all der Fahrrad- und Motorradfahrer, die bei dem schönen Wetter unterwegs waren. Auf einem kleinen Parkplatz oberhalb des Goethedenkmals hielten sie an. Irgendetwas quietschte in Ernas Motor. Wahrscheinlich der Keilriemen. Edmund sagte nichts, es war noch früh genug, Hendrik einzuweihen, sollte das Quietschen lauter werden. Auf der rechten Straßenseite führte ein kleiner Pfad hinab bis auf Höhe des Denkmals, das sich linker Hand auf der gegenüberliegenden Seite befand. Es war durchaus gefährlich, die Fahrbahn zu überqueren, da die von unten kommende Spur wegen einer Kehre nicht einsehbar war. Edmund schlug vor, zu warten, bis kein Fahrzeug zu hören war, und dann hinüberzusprinten. Ein sich näherndes Auto oder Motorrad von unten würde man in diesem Fall sicher hören. Hendrik war einverstanden. Kurz darauf betraten sie einen kleinen Buchenhain. Zwischen mehreren halbkreisförmig angeordneten Hecken stand das Denkmal. Ein schmaler, hoch aufgeschossener Steinquader. Darauf, etwa drei Meter oberhalb der Grasnarbe, wachte ein ernst über den Walchensee blickender Goethekopf. Sie ließen die Szene auf sich wirken.

Edmund war skeptisch. »Und was sagt uns das nun?«

»Ich finde das Denkmal schön«, meinte Hendrik. »Ästhetisch. Wie er ernsthaft versonnen über den See schaut.«

»Wer hat es denn errichten lassen?«

»Die Gemeinde Walchensee, zu seinem 100. Todestag.«

»Warum?«

»Weil Goethe mehrmals hier durchkam und die Gegend liebte.«

Edmund schüttelte den Kopf. »Angeblich war er hier! Und das soll alles sein? Nee, Wilmut, das reicht mir nicht. Gibt es keine schriftlichen Nachweise?«

»Wir könnten theoretisch in der Gemeindeverwaltung nachfragen«, sagte Hendrik.

»Wieso theoretisch?« Edmund begann, sich zu ärgern.

»Weil heute Sonntag ist.«

Jetzt musste Edmund lachen. »Okay, das ist ein Argument.«

Sie fotografierten das Denkmal von allen Seiten, dann liefen sie zurück zum Auto und setzten die Fahrt fort. Noch vor dem Ortsschild von Urfeld wurde das Quietschen immer lauter und wollte nicht mehr aufhören. Edmund hielt vor dem »Café Seeblick«, das mit seinen verschmutzten Hauswänden nicht sehr vertrauenswürdig aussah. Aber er hatte keine Wahl. »Du kannst dadrin einen Espresso trinken, Wilmut. Es dauert nicht lange, ich muss den Keilriemen nachziehen oder austauschen, habe drei Stück dabei.«

»Mache ich«, sagte Hendrik. »Du kennst deine Erna aber wirklich gut.«

Edmund nickte. Er stellte fest, dass der Keilriemen an einer Stelle eingerissen war. Nach einer Viertelstunde hatte er ihn gewechselt und zog den neuen Keilriemen an, indem er die Befestigung der Lichtmaschine auf Spannung justierte. Er schloss die Motorhaube, ging ins Café, wusch sich die Hände und setzte sich zu Hendrik. »Alles klar!«, sagte er.

»Gut«, entgegnete Hendrik. »Ich habe uns inzwischen Tee bestellt, warte aber noch darauf. Hier Kaffee zu trinken, halte ich angesichts der vorhandenen Allzweck-Kaffeemaschine nicht für sinnvoll. Abgesehen davon, Eddie, mal ehrlich: Bist du immer noch davon überzeugt, dass Goethe seine erste Italienreise gar nicht durchgeführt hat?«

Die Kellnerin kam endlich mit dem Tee und stellte die Tassen in der befürchtet lieblosen Art an die Tischkante. Edmund dachte nach, während er den Tee eingoss. Natürlich gab es Unsicherheiten in seiner Theorie, die wollte er klären, deswegen war er schließlich losgefahren. Er drehte seine Teetasse auf dem Unterteller, bis der Henkel nach Süden zeigte. Das war seine Reiserichtung. Dann hob er den Kopf und sagte: »Aber natürlich glaube ich daran, Hendrik. Sonst säßen wir ja nicht hier in einem zweitklassigen Café am Walchensee!«

※

Sonntag, 7. September, abends

Hendrik Wilmut buchte zwei Zimmer im »Hotel-Gasthof Post«, am Obermarkt, im Zentrum von Mittenwald. Schon wieder ein Post-Bezug, dachte er. Die Fresken, hier »Lüftlmalerei« genannt, zeigten zwischen den Fenstern feine Herrschaften, die gerade einer Postkutsche entstiegen, beflissene Bedienstete neben dem nächsten Fenster und staunende Zuschauer links davon. Das war eine gut vorstellbare Szene aus Goethes Tagen. Hendrik achtete darauf, dass Edmund ein Zimmer bekam, das von keinem anderen Gebäude aus einsehbar war. Er ging davon aus, dass ein weiteres Attentat, sollte es denn ein solches tatsächlich geben, wieder mit einer Schusswaffe von außerhalb des Hotels begangen würde. Quasi eine Kopie des Anschlags von München. Natürlich war dies nur eine Annahme, aber immerhin eine naheliegende.

Währenddessen prüfte Edmund sein Auto, alles schien in Ordnung zu sein. Die ständige Sorge um das Gefährt erinnerte Hendrik an die oft beschriebenen Schäden an Kutschen, Achsen und Deichseln während der Goethezeit. Man hatte es oft als Nachteil angesehen, dass Goethe nicht mit einer eigenen Reisekutsche gefahren war, denn die hatte er erst 1792 als Geschenk des Herzogs erhalten. Doch vielleicht war das auch ein Vorteil gewesen, denn anders als Edmund Fahrnholtz hatte Goethe sich nicht um sein eigenes Fuhrwerk kümmern müssen, sondern diese Sorgen den Profis derer von Thurn und Taxis überlassen.

Später liefen sie durch den Ort. Die Dämmerung hatte eingesetzt, die Berge waren nur noch als bedrohlich wirkende Silhouetten hinter den Häusern zu erkennen. Sie suchten das »Goethehaus« – so wurde es noch heute genannt. Dort, direkt neben der Kirche, Obermarkt 2. Es war leicht zu finden. Eine

Inschrift gab an, dass »Wolfgang Goethe«, ohne Johann, vom Walchensee kommend, in diesem Haus, damalige Post, am 7. September 1786 übernachtet hatte. Im Erdgeschoss des Goethehauses linksseitig befand sich ein Geigenbauer, laut Anzeige im Fenster bereits seit 40 Jahren, rechtsseitig eine Apotheke. Als sie sich näherten, stellten die beiden fest, dass das Schaufenster des Geigenbauers leer war, bis auf ein kleines handbeschriebenes Stück Papier: Wegen Geschäftsaufgabe ab 1. Oktober geschlossen. Schade. Am Apothekenfenster fanden sie keinen derartigen Zettel. Offensichtlich wurde in Mittenwald mehr Medizin gekauft als Musikinstrumente.

In der »Alpenrose« schien am meisten Betrieb zu herrschen, sodass sie sich entschieden, dort ihr Abendessen einzunehmen. Der Gastraum war gut gefüllt. Während sie noch auf das Essen warteten, bereits ein Bier vor sich stehend, drangen Gesprächsfetzen vom Nebentisch herüber, den Hendrik dank eines Schilds als Stammtisch identifizierte. Geigen-Toni … seit so vielen Jahren schon … man müsste mal was unternehmen gegen diese Leute … Geschäftsmann … woher? … unser Einzelhandel … rausgekauft … und so weiter.

Sie sahen sich an. Hendrik konnte die Männer am Stammtisch verstehen. »Schade, dass man sich nicht um alles Unglück der Welt kümmern kann. Trotzdem müsste man mal irgendwo anfangen, oder nicht?«

Edmund nickte. »Aber nicht hier in Mittenwald«, meinte er. »Wir haben keine Zeit, die Helden zu spielen, wir müssen morgen weiter.«

Hendrik machte eine zustimmende Handbewegung. Er fühlte sich schlecht dabei.

Wenig später wurden die Schweinsbraten serviert.

Sie hatten sich gleich zu Beginn ihrer gemeinsamen Reise geeinigt, immer separat zu zahlen, Essen, Getränke,

Hotelzimmer – alles. Als sie an diesem Abend die Rechnung beglichen, kam Hendrik auf Edmunds ursprüngliches Angebot zurück, ihm 200 Euro pro Tag plus Reisekosten für seine Dienste als Goetheexperte und Cicerone zahlen zu wollen.

»Mal ganz ehrlich, Eddie, woher wolltest du so viel Geld nehmen? Du hast doch nicht extra für die Reise …?«

Edmund sah ihn an. »Doch. Habe ich. Extra für diese Reise habe ich einen Kredit über 10.000 Euro aufgenommen.«

Hendrik lehnte sich zurück. »Wow!« Mehr konnte er nicht sagen.

»Bist du jetzt geschockt?«, fragte Edmund.

»Allerdings. Aber daran merke ich auch, wie wichtig dir diese Aktion ist. Ich hoffe, du bereust es nicht. Das Ganze kann in einem finanziellen Desaster enden.«

»Ein wenig fühle ich mich wie Goethe. Finanzieller Notstand. Abhängigkeit von anderen, höheren Personen. Nicht auf seine eigene wirtschaftliche Kraft vertrauen zu können, das ist hart. Trotzdem ziehe ich mein Ding durch. Mit einer hoffnungsvollen Geldquelle im Hintergrund. Und im Gegensatz zu Goethe habe ich eine Kreditkarte.«

Hendrik lachte. »Richtig, eine Kreditkarte hatte er nicht, dafür aber Banken und Bürgen.«

»Ach ja, das ist auch eine dieser unglaubwürdigen Sachen auf Goethes angeblicher Reise. Er konnte wohl kaum eine Kiste mit Münzen mit sich führen, die hätte ihm sofort jemand geklaut oder abgejagt. Auch wenn er zwei Pistolen bei sich trug. Der Mutigste war er sowieso nicht, denk nur mal an die Besatzung der Franzosen in Weimar 1806. Wie ging noch das bekannte Gedicht? Auf den Straßen: Pferdehufengetrappel, die französischen Schreie …?«

»Die hohen Mützen«, ergänzte Hendrik. »Und eine wackere Weimarerin, die, statt des großen Kopflosen, dem Eindringling die Stirn bietet.«

Edmund hob die Hand: »So erahnen wir Furcht und Elend zwischen all dem Glanz.«

»Klar, er war nicht der Mutigste, Christiane hat ihn gegen die Franzosen verteidigt. Und natürlich hatte er keine Geldkiste bei sich, es gab Banken, allen voran die Bethmann- und die Fugger-Bank. Und viel wurde über Wechsel abgehandelt, die mit Empfehlungsschreiben versehen waren.«

»Ja, ja, schon, aber dazu benötigte man Bürgen vor Ort. Eventuell war das in Rom noch möglich. Doch auch hier ist fraglich, ob jemand wie Tischbein oder Bury als vertrauenswürdig galt. Reiffenstein, ja, der vielleicht. Hat sich selbst als Hofrat betitelt und galt als inoffizieller deutscher Generalkonsul. Noch unklarer wird es in Neapel, da soll Goethe angeblich unter seinem Inkognito-Namen Filippo Moeller Geld ausgezahlt worden sein. Wie hat er sich ausgewiesen? Angeblich sollen sogar Belege aufgetaucht sein, in denen er mit Jean Philippe Moeller unterschrieben hat, also einem französischen Namen. Wie soll das funktioniert haben? Keine Bank zahlt Geld an einen Menschen, der sich nicht eindeutig ausweisen kann. Soweit ich in Erfahrung bringen konnte, hatte er keinen Pass auf den Namen Möller und erst recht kein Empfehlungsschreiben vom Herzog, der wusste ja noch nicht einmal, dass er losfahren wollte. Und immerhin hat ihn die Reise viel Geld gekostet: Nächtigung, Verpflegung, Barbier, Fahrgeld, Chausseegeld – die damalige Maut, Schmiergeld für Achsen und Lager sowie Trinkgeld für den Kutscher. Dazu mehr oder weniger spontane Zollabgaben bei nicht offiziell festgelegtem Münzfuß, dem damaligen Wechselkurs. Insgesamt kamen da immerhin 7.000 Taler zusammen, das entspricht mehr als dem Vierfachen seines damaligen Jahresgehalts vom Fürstenhof. Nein, sorry, der finanzielle Bereich um Goethes Italienreise ist völlig undurchsichtig und unglaubwürdig. Und damit auch die gesamte Reise.«

Hendrik merkte, dass er kämpfen musste. »Unterschätze die internationalen Verbindungen des Herzogs und der Bethmann-Bank nicht. Vieles lief über den Kaufmann Johann Jakob Paulsen in Jena, zu dem Philipp Seidel über die gesamten zwei Jahre Kontakt hielt.«

Edmund hob sein Glas: »Ich denke, hier kommen wir auf keinen gemeinsamen Nenner. Lassen wir es einfach mal so stehen. Prost!«

Hendrik war einverstanden. »Prost!«

Sie stießen an und beschlossen, sich zur Ruhe zu begeben. Irgendwann musste dieser bewegende Tag ein Ende finden. Auch für zwei verhinderte Helden.

9 WEIMAR

Montag, 8. September, vormittags

Wenn es um ein fehlendes oder fragwürdiges Alibi ging, konnte Siegfried Dorst wie ein Terrier sein. Dranbleiben, immer dranbleiben und irgendwann einmal zuschnappen.

Ella musste zeitig zur Arbeit, deswegen hatte Frau Lippke sich angeboten, ihn zu der MRT-Untersuchung ins Weimarer Klinikum zu fahren. Sie war sowieso auf Kindergarten- und Schultour. Zurück konnte er ein Taxi nehmen.

Während er mit geschwollenem Knie im Wartebereich der Radiologie saß, ging ihm Prof. Wachshauer durch den Kopf. War er wirklich ein sprichwörtlich verwirrter Professor? Ein Mittsiebziger, der ohne seine Frau dem Alltag unbeholfen gegenüberstand? Oder war er ein abgebrühter alter Mann mit militärischem Strategiegehabe, der, Columbo ähnlich, seine wahren Talente verschleierte? Auf jeden Fall musste Siggi seinen Freund Richard Volk anrufen und von dem SUV berichten. Auch wenn das Kennzeichen nicht passte, ein Münchener Nummernschild wäre schnell gestohlen und ans Auto geschraubt.

Eine schnarrende Ansage schallte durch den Warteraum: »Herr Dorst, bitte in Untersuchungsraum zwei! Herr Dorst, bitte!« Er erhob sich mühsam. Sein Knie schmerzte.

Als er die Klinik nach zwei Stunden wieder verließ, war klar, dass kein Bruch oder Riss vorlag, sondern lediglich eine

Bänderdehnung. Die Ärzte warnten ihn jedoch davor, die Knieverletzung auf die leichte Schulter zu nehmen – einer der üblichen Arztscherze mit ernstem Hintergrund. Siggi kannte diese Art der ärztlichen Beratung von Dr. Lippke. Er bekam eine Orthese zur vorübergehenden Stabilisierung des Knies verordnet, sollte selbiges mit Eispackungen kühlen und zu Hause hochlagern, aber auf keinen Fall komplett stilllegen. »Leichte Bewegung«, dieser Ausdruck war ihm mehrmals hinterhergerufen worden. Er beschloss, Autofahren mit in die »Leichten Bewegungen« einzureihen, ließ sich von einem Taxi in die Windmühlenstraße bringen, stieg dort direkt in seinen eigenen Wagen um und fuhr in die Weimarer Innenstadt. Im Sanitätshaus wurde sein Bein ausgemessen, um eine personalisierte Orthese bestellen zu können. Danach verspürte er einen unbändigen Appetit auf ein Spaghettieis. Er hatte das Gefühl, ohne Eis keinen klaren Gedanken mehr fassen zu können. Fußgängerzone, im Schatten unter Bäumen sitzen – das waren die Stichworte. Er brauchte nur wenige Minuten bis zum Eiscafé in der mittleren Schillerstraße. Das Spaghettieis war gut, die Erdbeersoße fruchtig. Er bestellte noch einen Espresso, mit dem wäre sogar Hendrik zufrieden gewesen.

Kurz darauf lief sein Gehirn auf Hochtouren. Und schnell wurde ihm klar: Er musste das Alibi von Heinrich Wachshauer überprüfen. Das hieß: Nachbarn befragen, Klinken putzen. Und zwar sofort. Er bezahlte und ging in mäßigem Tempo zurück zu seinem Auto. Zehn Minuten später fuhr er an Wachshauers Haus in der Damaschkestraße vorbei. Diesmal regnete es nicht, es herrschte ruhiges Herbstwetter bei stahlblauem Himmel und wärmender Sonne. Wachshauers Garagentor war angelehnt. Siggi parkte, ging durch das verrostete Gartentor zur Garage und warf einen Blick hinein: leer. Der Professor war unterwegs, eine gute Gelegenheit, die

Nachbarn zu befragen. Siggi behauptete, vom Ordnungs-
amt zu kommen und eine Befragung zu den Parkgewohn-
heiten der Anlieger in der Damaschkestraße durchzuführen.
Eventuell wolle man hier eine Anwohnerparkzone einrichten.
Einige Nachbarn wunderten sich, dass er mehrmals nach dem
vergangenen Freitagabend fragte, ein anderer wollte seinen
Ausweis sehen, den er jedoch leider – so die Entschuldigung –
heute vergessen hatte. Der Mann glaubte ihm, offensichtlich
machte Siggi mit seinem Kahlkopf und der Kombination aus
intelligent wirkender Brille und lässigem Dreitagebart einen
vertrauenswürdigen Eindruck. Es dauerte über eine Stunde,
bis er einen brauchbaren Hinweis erhielt. Eine Frau sagte aus,
in der Nacht von Freitag auf Samstag mit dem Fahrrad von
einer Feier nach Hause gefahren und dabei fast von einem
entgegenkommenden großen schwarzen Wagen touchiert
worden zu sein. Ob das tatsächlich der Professor gewesen
sei, konnte sie natürlich nicht sagen, aber sonst fuhr in diesem Abschnitt der Straße keiner solch ein protziges Auto,
so ihr Originalton. Wann das denn gewesen sei, wollte Siggi
wissen. Etwa gegen Mitternacht. Er fragte nach, warum sie
nicht die Kollegen von der Polizei informiert habe, worauf sie
mit leiser Stimme zugab, nicht mehr ganz nüchtern gewesen
zu sein. Siggi notierte sich Name und Adresse und bedankte
sich für ihre Offenheit. Ob denn nun eine Anwohnerparkzone eingerichtet würde, hakte die Frau nach. Siggi lächelte.
Das wisse er nicht und für ihr Fahrrad brauche sie diese ja
sowieso nicht. Murrend schloss sie die Tür.

10 TIROL

Montag, 8. September, vormittags

Die für diesen Tag geplante Etappe von Mittenwald nach Innsbruck war relativ kurz, sodass sie keinem Zeitdruck unterlagen. Hendrik Wilmut wollte gern ausschlafen und kam erst um 9 Uhr zum Frühstück. Edmund war bereits fertig und wartete auf ihn.

Ihr heutiges Ziel war klar: Das Hotel und Restaurant Goldener Adler in der Innsbrucker Altstadt. Hier hatte Goethe während seiner ersten Italienreise am Mittag des 8. September 1786 Station gemacht, ohne Übernachtung allerdings, da er direkt zum Brenner weiterreisen wollte.

Hendrik war der kurze Reiseabschnitt sehr recht, denn er wartete auf den Tatortbefundbericht aus München und wollte diesen ausführlich mit Edmund besprechen. Dafür hatte er den Nachmittag vorgesehen.

Der Abschied von Mittenwald verlief ruhig, die Fahrt über Scharnitz und Seefeld komplikationslos. Erna schnurrte zuverlässig und Eddie fielen keine weiteren Widersprüche in Goethes Reisebeschreibung auf. Hinter Seefeld öffnete sich die Sicht auf das Inntal. Ohne zu fragen, steuerte Edmund das Taxi auf einen Parkplatz, von dem aus man eine phänomenale Aussicht auf Innsbruck hatte. Da lag die Stadt, umarmt von den Bergen, beschützt von den Gipfeln. Die beiden Männer konnten sich kaum sattsehen an diesem grandiosen Panorama. Nach einer langen Zeit des Staunens sagte Hendrik: »Meine Güte, was für ein Anblick!«

Edmund nickte.

»Allein dafür lohnt es sich, zu leben«, meinte Hendrik.

»Hm, klingt zwar pathetisch, aber ich gebe dir recht.«

»Du gibst mir recht? Kann das wahr sein?«

Edmund grinste. »Ja, erstaunt mich selbst.«

»Ist ja auch etwas Unverfängliches, das Inntal-Panorama«, sagte Hendrik. »Das hätte sicher auch Goethe gefallen.«

»Falls er tatsächlich hier war.«

»Hm«, brummte Hendrik. Er fühlte eine gewisse Nähe zu Edmund in dieser Situation, sodass er sich entschloss, eine intime, wenngleich wichtige Frage zu stellen. »Hast du eigentlich keine Angst?«

Edmund sah ihn an. Wie immer hing eine blonde Haarsträhne in seine Stirn, der Dreitagebart schimmerte im Sonnenlicht. »Doch. Aber ich kann nichts an meiner Lage ändern. Wenn mich jemand töten will, wird er es irgendwo und irgendwann tun, in Frankfurt, in Italien, morgen oder nächste Woche.«

»Du könntest eine schusssichere Weste tragen.«

»Die gibt auch keinen kompletten Schutz. Kopfschuss, zack – bin ich weg! Außerdem, wie lange sollte ich so ein unbequemes Ding tragen? Eine Woche, ein Jahr, den Rest meines Lebens? Nein. Da kann mir niemand helfen, auch du nicht, Hendrik!«

»Vielleicht schon. Wir müssen den Täter finden. Dazu brauchen wir zunächst sein Motiv. Wir sollten darüber reden. Du und ich.«

»Ja, das sollten wir. Aber nicht jetzt. Ich möchte diesen Moment noch etwas genießen.«

»Gut.«

Wieder schwiegen sie eine Weile gemeinsam. Dann waren sie gesättigt.

Eine Stunde später standen sie vor dem Hotel Goldener Adler. In den Arkaden vor dem Hoteleingang entdeckten sie eine Steintafel mit den Namen vieler berühmter Persönlichkeiten, die hier eingekehrt waren, und eine zweite, die Goethe, Kaiser Franz Joseph und Andreas Hofer gewidmet war. Das Resümee am Ende der Inschrift lautete: »Der edle Mensch in seinem dunklen Drang ist sich des rechten Weges wohl bewusst. Ergo bibamus!« Der Zusammenhang zwischen den beiden Sätzen leuchtete Hendrik nicht ein, und er beschloss, bei nächster Gelegenheit nachzusehen, ob dies in seiner Gänze ein Goethezitat war oder nur ein willkürlich zusammengebautes Konstrukt. Direkt über dem Eingang befand sich ein Hinweis in Leuchtschrift auf die »Goethestube – Abendrestaurant mit Musik«.

An der Rezeption begrüßte sie eine freundliche Frau im Dirndl, buchte sie ein und vergaß nicht, darauf hinzuweisen, dass die Goethestube derzeit wegen eines Umbaus geschlossen sei. Anfang Oktober würde sie neu eröffnet werden. Auf Edmunds Frage, was denn geändert werde, antwortete sie, ein neuer Pächter habe die Stube übernommen, er richte alles anders ein, sehr schön, mit hellem Holz und dunkelroten Sitzbezügen, moderner, ohne den historischen Charakter zu verlieren. Ihr gefalle das sehr gut.

Hendrik und Edmund warfen sich Blicke zu.

»Ganz schön aktiv, der Moser!«, sagte Hendrik.

»Der scheint genug Geld zu haben«, murmelte Edmund leise.

Die Dirndlfrau sah die Männer an, als seien sie soeben vom Mars gekommen. »Da schau her, kennen S' den Moser Albert?«

»Wir haben vorgestern Abend ein Bier mit ihm getrunken. Oder zwei.« Hendrik grinste. »In München.«

Von diesem Moment an wurden sie behandelt wie Staatsgäste. Sie erhielten ohne Aufpreis ein Upgrade auf die Zimmerkategorie Deluxe mit Wurzelholz und rotem Teppich. Es fehlte nur noch, dass man ihnen eine eigene Erinnerungstafel unter den Arkaden spendierte.

*

Montag 8. September, mittags

Zum Mittagessen saß Hendrik mit Edmund im Restaurant des Hotels neben den als Wandgemälde verewigten Tiroler Freiheitskämpfern. Beide bestellten Wiener Schnitzel. Hendrik nahm den Gesprächsfaden wieder auf. Er suchte immer noch nach dem Motiv des Attentäters. »Stimmt es eigentlich, dass du ein Buch über Goethes sogenannte ›Fake-Reise‹ schreiben willst?«

»Ja«, sagte Edmund.

»Wie soll es heißen …? Ich meine, hast du schon einen Titel?«

»Klar. ›Goethe in Italien – Dichtung ohne Wahrheit‹.«

»Aha.«

»Findest du nicht gut?«

»Nein«, antwortete Hendrik.

»War mir klar.«

Hendrik nickte. »Kannst du dir vorstellen, dass dich deswegen jemand so hasst, dass er auf dich schießt?«

Edmund lachte laut auf. »Nee, wohl kaum. Dass mich jemand für einen Spinner hält, wie du zum Beispiel, das kann ich nachvollziehen, aber deshalb auf mich zu schießen? Nein.«

»Ich halte dich übrigens nicht für einen Spinner«, sagte Hendrik.

»Sondern?«

»Für jemanden, der dabei ist, sein Gedanken- und Gefühlschaos zu bereinigen.«

»Hm.«

»Wer weiß denn von diesem Buch?«, fragte Hendrik.

»Bisher nur mein Verleger.«

»Wer ist das?«

Edmund hob das Kinn und schob die Unterlippe nach vorn. »Das möchte ich derzeit noch nicht sagen. Ein kleiner Verlag in Nordhessen.«

»Kann man denen trauen?«

»Weiß ich nicht, aber ich tue es. Wenn ich noch nicht einmal meinem Verlag trauen kann, wem denn sonst?«

»Hast du schon den Vertrag unterschrieben?«

»Nee, habe nur eine Zusage per E-Mail. Der Rest folgt nach der Reise, wenn ich ein Exposé erstellt habe.«

Der Kellner brachte die Schnitzel. Wiener Schnitzel – nicht Schnitzel Wiener Art. Kalbfleisch, dünn wie Fladenbrot, fast so groß wie der Teller, schmackhafte Panade. Hendrik freute sich. Er war im Land des Wiener Schnitzels angekommen.

»Gibt es jemanden, mit dem du Streit hast?«, fragte er nach einer Weile.

»Nee, eigentlich nicht.«

»Eddie, bitte, ›eigentlich‹ bringt uns nicht weiter. Wer ist es?«

Edmund zögerte. »Mein Bruder.«

»Didi? Und was ist das Problem?«

»Na ja …« Er stockte.

»Los, Eddie, raus damit. Bitte!«

»Aber mein Bruder würde doch nicht auf mich schießen!«

»Vielleicht nicht er selbst. Außerdem müssen wir alle Möglichkeiten in Betracht ziehen. Alle!«

»Es geht um unser Elternhaus in Düsseldorf. Er möchte es unbedingt behalten, Inge auch …«

»Eure Schwester?«

»Ja, ich hab kaum noch Kontakt zu ihr. Mir ist das Haus egal, ich brauch das Geld.«

»Für die Rückzahlung des Kredits?«

»Auch, ja.«

In diesem Punkt wollte Hendrik momentan nicht weiter nachhaken, es wurde sonst zu persönlich. Vielleicht war das ein Thema für eine spätere Diskussion. »Und wie ist der aktuelle Stand?«

»Der Richter hat letzte Woche eine Entscheidung getroffen.«

»Ach … ihr wart schon vor Gericht? Du liebe Zeit!«

»Es ging nicht mehr anders. Didi will nicht verkaufen, kann mich aber nicht auszahlen.«

»Und nun?«

»Wenn die beiden das Haus behalten wollen, müssen sie mir sofort 30.000 Euro überweisen. Das ist ein Viertel meines Anteils, den Rest gibt es in Raten über fünf Jahre. Damit könnte ich leben. Aber mein Anwalt hat gestern geschrieben, dass Didi das Urteil nicht akzeptiert. Unser Elternhaus sei nicht so viel wert, er wolle es neu schätzen lassen. Karla hat mir den Brief gestern vorgelesen.«

»Karla?«

»Meine Freundin. Jetzt muss mein Anwalt Druck machen, ich kann nicht mehr lange warten.«

»Hm«, machte Hendrik. »Keine schöne Situation.«

»Aber deswegen würde mein eigener Bruder doch nicht auf mich schießen!«

Auch für Hendrik war das kaum vorstellbar, aber weder das erwartbare noch das nicht erwartbare Verhalten eines Bruders wagte er zu beurteilen. Er hatte keine Geschwister.

»Sorry, Eddie, aber es gibt noch etwas, worüber wir reden müssen. Dein damaliges Verschwinden, kurz vor der Abschlussprüfung … Kann der Anschlag auf dich damit zu tun haben?«

Edmund blickte zur Decke. Offensichtlich schaffte er es nicht, Hendrik in die Augen zu sehen. »Das ist lange her.«

»Stimmt, aber leider verfolgen uns unangenehme Dinge das halbe Leben lang. Oder das ganze.«

»Können wir später darüber sprechen? Ich bin … Also, ich brauche noch Zeit.«

»Ist gut«, sagte Hendrik. Er merkte, dass es keinen Sinn hatte, nachzubohren. Sie waren ja noch eine Weile zusammen unterwegs, da würde sich eine Gelegenheit ergeben.

Zunächst brauchten sie eine Ablenkung vom vielen Nachdenken und Grübeln. Sie verließen das Restaurant und machten sich auf den Weg zur Skisprungschanze.

＊

Montag, 8. September, nachmittags

Edmund Fahrnholtz saß auf dem »Zitterbalken« der Bergiselschanze und sah in die Tiefe. Von hier aus starteten die Skispringer ihren Ritt ins Tal. All die vielen Vierschanzentourneen, die er im Laufe seines Lebens verfolgt hatte, gingen ihm durch den Kopf. Namen wie Bjørn Wirkola, Jens Weißflog, Janne Ahonen oder Sven Hannawald geisterten durch sein

Gehirn. Er schätzte sie alle sehr, doch niemals wäre er auf die Idee gekommen, sich selbst in die Tiefe zu stürzen. In seiner Jugend hatte er Handball gespielt, und was für einen Handballtorhüter galt, das traf wohl auch auf die Skispringer zu: Eine gewisse Portion Wahnsinn musste dabei sein.

Damals, kurz vor dem Examen, da hatte er springen müssen, nein, er war gestoßen worden. Goethe hingegen hatte den Sprung ins Ungewisse aus eigenen Stücken gewagt.

Hendrik reichte ihm die Hand und zog ihn vom Balken herunter.

»Stell dir vor, hier oben ist Weimar«, sagte Edmund. »Oder Karlsbad. Vielleicht auch beides. Mit einem Sprung war er weg, der Herr Geheimrat. Fort, einfach so. Ich frage mich, warum Herzog Carl August das toleriert hat. Schließlich war Goethe sein Angestellter, der im wahrsten Sinne des Wortes ein fürstliches Gehalt erhielt. Das hat er ihm weitergezahlt, zwei Jahre lang, ohne dass er seinem Job auch nur annähernd nachgekommen wäre. Erstaunlich, oder?«

»In der Tat«, antwortete Hendrik. »Sehr erstaunlich.«

»In Preußen wäre er dafür wohl liquidiert worden«, fuhr Edmund fort. »Ich habe lange nachgedacht, was den Herzog wohl dazu bewegt hat.«

»Und?«

»Das dauert länger, sollen wir nach unten die Treppe nehmen?«

»Okay!« Hendrik ging voraus.

»Es gibt verschiedene Theorien dazu«, rief Edmund ihm hinterher. »Zuerst dieses Ding mit der Männerfreundschaft bis hin zur Männerliebe. Für mich kein Thema, Freundschaft, klar, aber an mehr glaube ich bei den beiden nicht.«

Hendrik blieb auf einem Treppenabsatz stehen und drehte sich um. »Sehe ich genauso.«

Edmund überholte ihn. »Ich bin schneller!«

»Von mir aus«, sagte Hendrik.

»Mann, wo bleibt dein Ehrgeiz?«

»Den hatte ich im sportlichen Bereich noch nie.«

Jetzt blieb Edmund stehen und wartete auf seinen Freund. »Ja, ich erinnere mich. Bei deinem Ehrgeiz ging es immer nur um den geistigen Bereich. Schade.«

»Wieso?«

»Ich mag Sport. Gehe viel joggen und war zweimal Frankfurter Meister im Kickboxen.«

»Oh …«

Edmund musste lachen. Die knappe Antwort zu einem Thema, das Hendrik offensichtlich fremd war, amüsierte ihn. »Macht Spaß und beeindruckt die Frauen.«

»Womit wir beim Thema wären«, sagte Hendrik und sprang die Stufen hinunter.

Edmund merkte, dass er ihm zeigen wollte, dass man auch als Sportanalphabet fit sein konnte.

»Ich meine die Theorie von den heimlichen Liebschaften, über die nur Goethe und der Herzog Bescheid wussten«, ergänzte Hendrik.

Edmund hatte Spaß an ihrem Doppelwettbewerb. »Hältst du die Annahme für tragfähig?«

»Nein. Die damaligen Fürsten hatten es nicht nötig, ihre Liebschaften geheim zu halten. Denk nur an Karoline Jagemann. Und Goethe waren die gesellschaftlichen Regeln sowieso egal, seine wilde Ehe mit Christiane ging über Jahre.«

»Stimmt«, sagte Edmund.

»Ich denke, abgesehen von der Freundschaft der beiden hatte der Herzog auch ein Eigeninteresse. Er wollte durch Goethe sein internationales Renommee stärken, hat ihn sogar als Diplomaten eingesetzt. Goethe sprach immerhin Französisch und Italienisch ...«

»Über seine Italienischkenntnisse müssen wir noch separat reden!«, beeilte sich Edmund einzuwerfen.

»Gut, jedenfalls hatte Carl August ihn schon als offiziellen Begleiter mit nach Frankreich und Berlin genommen. Er wollte seinen Sachsen-Weimar-Eisenach-Horizont ausdehnen, hinaus aus dem herzoglichen Miniuniversum, verstehst du?«

Edmund nickte, während er achtgab, nicht zu stolpern.

»Außerdem«, fuhr Hendrik fort, »brauchte er ihn zur ›politischen Observanz‹ der Geistesgrößen an der Universität Jena. Du erinnerst dich an Fichtes Entlassung Ende der 90er-Jahre. Außerdem wurde Goethes Abwesenheit dadurch erträglicher, dass er für das Organisatorische gesorgt hat. Entweder über seinen Diener Philipp Seidel oder über seinen Ministerkollegen Christian Gottlob von Voigt.«

Das Ende der Treppe kam in Sicht. Edmund hatte Hendrik wieder eingeholt. Beide blieben stehen.

»Ich habe zu diesem Thema eine ganz andere Meinung«, sagte Edmund.

»Aha ...«

»Goethe hatte den Herzog in der Hand, er wusste etwas, das Carl August zum Verhängnis hätte werden können.«

»Und was soll das gewesen sein?«

»Das werde ich noch herausfinden!«

»Also bisher nur eine Vermutung ...«

Edmund ließ sich nicht beirren. »Deswegen musste der Herzog ihn ziehen lassen. Und Goethe hat die Geheimnistuerei aus seinem Versteck heraus sehr intelligent organisiert. In einem Brief an den Herzog schrieb er: ›Es versteht sich, daß man glaubt, Sie wißen wo ich sey!‹ Du kennst den Satz sicherlich.«

»Natürlich«, antwortete Hendrik. »Aber nicht den angeblichen Erpressungsgrund.«

»Erpressung? Welch hässliches Wort, Herr Dr. Wilmut!« Edmund machte eine Hockwende übers Geländer und landete vor der Treppe. »Erster!« So langsam begann ihm die Reise Spaß zu machen.

✳

Montag, 8. September, nachmittags

Hendrik Wilmut prüfte seine E-Mails über das Tablet. Sofort fiel ihm die Nachricht von Richard ins Auge. »Anbei der Tatortbefundbericht, lass uns heute Abend telefonieren. Telefonkonferenz mit Siggi um 20 Uhr.«

Sie trafen sich in Edmunds Hotelzimmer. Es lag im obersten Stockwerk, man musste eine Wendeltreppe nutzen, um dorthin zu gelangen, und es verfügte über eine Dachterrasse, auf der die Männer es sich mit einem Cappuccino gemütlich machten. Hendrik nahm sein Tablet zur Hand und begann vorzulesen:

Tatortbefundbericht VNr. St-11-29687-18,

5. September

Tatort:	*»Hotel & Bistro GIRO im historischen Gasthaus Schwarzer Adler«, Liebfrauenstraße 1, 80331 München*
Einsatzkräfte:	*KHK Straußer, KOK Wanner (K91 Kriminaldauerdienst)*

KK Mauerle, KK Hinterbichler, (K92 Spu-
rensicherung/-auswertung).
Bereitschaftsdienst des K11 (vorsätzliche
Tötungsdelikte) wurde angefordert, war
jedoch unabkömmlich, da bereits am Tatort
des Anschlags auf ein Straßenfest im Einsatz.

Einsatzdatum:	*Freitag, 5. September*
Eintreffen:	*18.40 Uhr*
Wetter:	*leicht bewölkt, Sonnenschein, ca. 22 Grad*

*Am 5. September wurde der Kriminaldauerdienst von der
Einsatzzentrale darüber in Kenntnis gesetzt, dass ein Gast
im Hotel GIRO beschossen wurde. Das Opfer sei leicht verletzt, eine Streifenwagenbesatzung auf dem Weg zum Tatort. Gegen 18.40 Uhr trafen wir dort ein. PHM Seltzer teilte
uns Folgendes mit:*

*Der Hotelgast Edmund Fahrnholtz hat laut seiner Aus-
sage gegen 18.10 Uhr sein Hotelzimmer betreten. Das zur
Liebfrauenstraße liegende Zimmer sei sehr aufgeheizt gewesen, und er habe das Fenster geöffnet. Nach dem Öffnen eines
Fensterflügels seien kurz hintereinander drei Schüsse gefallen,
die ihn jedoch verfehlten. Nach dem zweiten Schuss habe er
sich hinter die Fensterbrüstung geduckt. Das dritte Projek-
til durchschlug die Scheibe des halb geöffneten Fensterflügels,
Glassplitter verletzten ihn an der Hand. Die Schüsse sollen
aus dem Zimmer eines gegenüberliegenden Hauses abgegeben worden sein. Zeugen und Geschädigte wurden von PHM
Seltzer in einem benachbarten leeren Hotelzimmer unterge-
bracht, eine weitere Streifenbesatzung durchsuchte auf der
gegenüberliegenden Seite ein Geschäftshaus.*

Nach diesen Schilderungen war neben dem Tatort im Hotel

(TO 1) von einem zweiten Tatort (TO 2) in dem gegenüber-
liegenden Haus auszugehen.

  A. Objektiver Befund TO 1

  Das Hotel Giro befindet sich in einem älteren fünfstöcki-
gen Geschäftshaus an der o. a. Adresse. Das Haus macht einen
gepflegten Eindruck. Der Hauptteil wird vom Kaufhaus Hir-
mer eingenommen, offizielle Adresse: Kaufingerstraße 28. Der
Eingang zum Hotel befindet sich an der rechten Seite zwi-
schen dem Ladengeschäft »Paul Shark Yachting« und dem
Hutgeschäft »Breiter«. Man gelangt dort in ein Treppenhaus
mit einer Aufzugsanlage. Der Empfang des Hotels befindet
sich in der 3. Etage, die Hotelzimmer in der 4. und 5. Etage.
Das Hotel verfügt über keine Videoüberwachung. Das Hotel
wird stark von Goethe-Liebhabern frequentiert, da dieser
dort einst übernachtet haben soll. Entsprechende Hinweise
finden sich im Empfangsbereich und den Zimmerfluren.

  Der engere Tatort befindet sich im Zimmer 405 in der
4. Etage. Nach Öffnen der abgeschlossenen Tür (Schlüssel-
karte wurde von PHM Seltzer übergeben) wird Folgendes
festgestellt:

  Von der Tür ausgehend im Uhrzeigersinn befindet sich ...

»Ich denke, die genaue Zimmerbeschreibung können wir uns
sparen, oder?«, fragte Hendrik.

  »Natürlich!«, antwortete Edmund.

  Hendrik las weiter.

Der rechte Fensterflügel steht offen, der linke ist geschlossen,
das Fensterglas ist fast komplett zerstört. Im Zimmer befin-
den sich vor dem Fenster in einem Radius von 2,50 m zahlrei-
che Scherben. Weitere Scherben befinden sich auf dem 60 cm
tiefen Balkon sowie auf dem Pflaster der darunter befindli-

*chen Fußgängerzone. Vom Fenster bis ins angrenzende Bad
zieht sich eine deutlich sichtbare Blutspur. In der Mitte des
Zimmers stehen ein Koffer und eine Reisetasche, beide mit
geschlossenen Reißverschlüssen. Die Temperatur im Zimmer
beträgt 26 Grad Celsius. Die Tür zum angrenzenden fens-
terlosen Bad steht offen, das Licht brennt. In der Badewanne
liegen ein geöffneter Verbandskasten, mehrere Mullbinden,
eine Schere und ein blutbeflecktes Handtuch. Waffen oder
Munition wurden nicht gefunden.*

Hendrik ließ sein Tablet sinken und nahm einen Schluck Kaffee. »Stimmt das alles so, Eddie?«

»Ja, alles korrekt.«

»Die sprechen da von einer Zimmertemperatur von
26 Grad. Verstehe ich das richtig: Du hast das Fenster geöffnet, weil es so warm war?«

»Genau. So habe ich es auch der Polizei gesagt. Der Grund
dafür war auch klar: Die Heizkörper liefen auf vollen Tou-
ren.«

»Und das bei sonnigem Herbstwetter und 22 Grad?«

»Hm«, machte Edmund. »Schon seltsam. Du meinst,
jemand hat die Heizkörper absichtlich aufgedreht, damit
ich das Fenster aufmachen musste?«

»Wäre möglich. Denn normalerweise achten die Hotels
darauf, wenig Energie zu verbrauchen. Aber derjenige müsste
Zugang zu den Zimmern haben. Ich lese erst mal weiter.«

*Der TO 1 wurde der Spurensicherung mit dem Hinweis über-
geben, sich auf die Sicherstellung der Projektile und die Zuordnung der Blutspuren zu konzentrieren. Noch während unserer Befragungen informierten uns die Kollegen, dass sie in
dem Raum zwei Projektile, vermutlich Kaliber 5,6 mm, in*

der dem Fenster gegenüberliegenden Wand und eines in der Polsterung eines Sessels gesichert hätten. Sie bestätigten, dass nach einer ersten Schussrichtungsbestimmung das gegenüberliegende Geschäftshaus Kaufingerstraße 24 (Dachgeschoss) als TO 2 angenommen werden müsse. Die Oberbekleidung des Geschädigten sollte von den Kollegen sichergestellt und eine Schmauchspurenuntersuchung veranlasst werden. Auch die Hände des Geschädigten sollten entsprechend untersucht werden.

B. Subjektiver Befund TO 1

In dem benachbarten Zimmer trafen wir den Geschädigten Fahrnholtz, die Zeugin Messner und den Zeugen Schetzky. Der am Ort befindliche Notarzt legte dem Geschädigten gerade einen Verband an. Nach telefonischer Rücksprache mit dem Leiter unserer Dienststelle sollten der Geschädigte und die Zeugen nach einer ersten Befragung unmittelbar zur Dienststelle verbracht und dort vernommen werden. Geschädigter und Zeugen wurden getrennt befragt.

Der Geschädigte Herr Edmund Fahrnholtz gab Folgendes an:

Er bestätigte die Angaben des PHM Seltzer und ergänzte, dass er mehrmals laut um Hilfe gerufen habe. Die Zeugin Messner sei kurze Zeit später in das Zimmer gekommen und habe seine stark blutende Hand verbunden. Sie informierte telefonisch den Sicherheitsdienst, dessen Leiter (Zeuge Schetzky) einige Minuten später das Zimmer betrat. Auf die Frage, warum er sich in München aufhielt, gab der Geschädigte an, sich auf einer Recherchereise zu befinden. Er wolle ein »revolutionäres« Buch über Goethes erste Italienreise schreiben, in dem er behauptet, diese habe tatsächlich nie stattgefunden. Der mögliche Wahrheitsgehalt dieser Behaup-

tung sollte geklärt werden. Auf die Frage, ob das Buch mit dem Anschlag in Verbindung stehen könne, meinte er, das sei möglich, da es eventuell Personen gäbe, die das Erscheinen seines Buchs verhindern wollen.

Hendrik war empört. »Was soll das denn? Heute Mittag hast du noch zu mir gesagt, du hältst das für unwahrscheinlich!«

Edmund sah ihn schuldbewusst an. »Das stimmt ja auch ...«

»Was stimmt?«

»Na, dass ich das für unwahrscheinlich halte, irgendwie habe ich mich da verplappert, die haben mich ziemlich unter Druck gesetzt.«

»Was heißt das denn? Unter Druck gesetzt?«

»Ehrlich gesagt, ich hatte den Eindruck, die glauben mir nicht. Als wenn ich mich selbst beschießen würde. Von da drüben ...«

»So ein Unsinn, da hast du etwas völlig falsch verstanden!«

»Möglich. Also, lies bitte weiter!

Hendrik schüttelte unwillig den Kopf.

Die Hotelangestellte Ilka Messner gab Folgendes an:
Sie säuberte bei geöffnetem Fenster das Zimmer 403, als sie ein »komisches Geräusch« wahrnahm, dem unmittelbar ein zweites folgte. Sie hörte Hilferufe und dann ein lautes Klirren. Mit ihrer Generalkarte öffnete sie den Raum 405 und sah den Geschädigten unterhalb der Fensterbrüstung liegen. Da er stark blutete, habe sie ihm im Bad die Hand verbunden. Sie habe keine verdächtigen Ereignisse in den letzten Tagen wahrgenommen.

Der Zeuge Oliver Schetzky gab Folgendes an:
Er fand Frau Messner und den Gast im Bad des Zimmers vor. Er habe sofort die Polizei über 110 informiert und das Zimmer

räumen und verschließen lassen. Zum Sicherheitskonzept des
Hotels befragt, gab er an, dass die Gäste beim Einchecken eine
Schlüsselkarte erhielten, mit der die Zimmertür geöffnet und der
Aufzug bedient werden könne. Auf die Frage, wer auf die Liste
der geplanten Zimmerverteilung zugreifen könne, erklärte er,
die Angaben seien im hoteleigenen Datensystem passwortgesi-
chert gespeichert. Der zur Zimmerbuchung verwendete Monitor
sei von Gästen nicht einsehbar. Auf unsere Bitte erfragte er tele-
fonisch bei der Rezeption, wann der Geschädigte das Zimmer
gebucht hatte. Dies erfolgte vor drei Tagen. Er wird eine Liste
aller aktuell im Hotel wohnenden Gäste sowie der 11 Hotel-
mitarbeiter kurzfristig zum Vorgang übersenden.

Der Notarzt Dr. Müller-Wolkenstein gab Folgendes an:
Er bestätigte, dass der Geschädigte mehrere teilweise stark
blutende Schnittverletzungen an der rechten Hand erlitten
habe. Den vorläufigen Verband entfernte er, desinfizierte die
Wunde großflächig mit Betaisodona und legte einen profes-
sionellen Verband an.
Mit der Empfangsdame, Frau Mia Zimmer, wurde kurz
Rücksprache gehalten und die Frage der Goethereise erörtert.
Sie bezeichnete sich als Goethe-Liebhaberin und stellte die
Kontaktdaten von Frau Prof. Gertrud Gottsleben zur Ver-
fügung, die bereits mehrfach im Hotel weilte und zu diesem
Thema forscht und Bücher veröffentlicht.

»Die Gottsleben!«, rief Edmund. »Die wird sicher sagen, dass
sie meine Theorie für Unsinn hält.«

»Das wird sie«, bestätigte Hendrik.

Gegen 19.20 Uhr suchten wir gemeinsam mit den Beamten
der Spurensicherung den TO 2 im Dachgeschoss des Hauses

*Kaufingerstraße 24 auf. Dort trafen wir auf PHM Moritz und
POMin Seiber, die den Tatort gesichert hatten.*

C. Objektiver Befund TO 2

*Bei dem Gebäude Liebfrauenstraße / Ecke Frauenplatz
(offiziell Kaufingerstraße 24) handelt es sich um ein sechsstö-
ckiges Wohn-Geschäftshaus mit Tiefgarage. Die einzelnen
Etagen sind frei zugänglich, weder die Eingänge noch die Etagen sind videoüberwacht. In den Verkaufsräumen herrschte
bei unserem Eintreffen reger Publikumsverkehr.*

*Die als engerer Tatort infrage kommenden Räume befin-
den sich im Dachgeschoss. Es handelt sich um vier Einzim-
mer-Appartements, die derzeit wegen Renovierungsarbeiten
leer stehen und unverschlossen sind.*

*Bei einer ersten Durchsicht konnten wir in drei Wohnun-
gen keine Besonderheiten feststellen, die Wohnungen waren
leergeräumt, aktuell scheinen Verputzarbeiten durchgeführt
zu werden.*

*Vom Hausflur aus führten anfangs eher schwache Abdruck-
spuren zu der zur Liebfrauenstraße ausgerichteten Wohnung,
die sich unmittelbar neben dem Aufzug befindet (Namens-
schild: Kleinschmitz).*

*Bei der auf den Boden übertragenen Substanz handelt es
sich vermutlich um bei Putzarbeiten angefallene Kalkreste. Sie
führten immer stärker ausgeprägt bis in das etwa 20 qm große
Wohnzimmer mit zwei doppelflügeligen, zur Liebfrauenstraße
ausgerichteten geschlossenen Fensterelementen. Nach erster
Einschätzung der Spurensicherungsbeamten sind sie einem
Schuh mit grobem Profil zuzuordnen. An verschiedenen Stellen im Treppenhaus waren ähnliche Abdruckspuren festzu-
stellen. Der Weg des Spurenlegers konnte bis vor die Tür zum
Erdgeschoss nachvollzogen werden, dort konnte eine letzte*

stark fragmentierte Spur nachgewiesen werden. Anschließend teilte uns KK Mauerle mit, dass der Tatort spurentechnisch aufgenommen sei und er lediglich auf der äußeren Fensterbank eine Zigarettenkippe unterhalb des Fensters gefunden und sichergestellt habe. Vorsorglich habe er auch den frisch gelegten Laminatboden mit Sicherungsfolie abgeklebt, um ggf. telogene Haare oder Faserspuren zu sichern.

D. Subjektiver Befund TO 2

   Der Zeuge Heinz Bergleitner ist der Hausmeister des Gebäudes Kaufingerstraße 24. Er gab an, dass die vier Wohnungen im Dachgeschoss wegen Renovierung leer stehen und die Wohnungstüren nur am Wochenende verschlossen würden. In der Tatortwohnung war heute Laminat verlegt worden, die Arbeiter hatten das Zimmer gegen 13 Uhr in gesäubertem Zustand verlassen. Er könne nicht feststellen, ob sich anschließend jemand in diesen Räumen aufgehalten habe. Herr Bergleitner wurde zur Vernehmung am kommenden Montag, 09.00 Uhr, in unser Kommissariat einbestellt.

Bei unserer Rückkehr in das Hotel Giro hatte sich der Geschädigte in sein Hotelzimmer zurückgezogen und auf unser Klopfen die Tür nicht geöffnet. Er wurde telefonisch kontaktiert und teilte uns mit, dass er aufgrund der Geschehnisse erschöpft sei und auch die Oberbekleidung nicht mehr herausgeben könne.

»Ist das wahr?«, fragte Hendrik.

   Edmund nickte.

   »Meine Güte, Eddie, du hast ein echtes Talent, Dinge zu tun oder zu unterlassen, die dich in Schwierigkeiten bringen.«

Edmund hob die Schultern. Hendrik wollte es zunächst dabei bewenden lassen und las weiter.

Da gegen ihn kein konkreter Tatverdacht wegen Vortäuschung einer Straftat vorliegt, waren die Durchsuchung des Hotelzimmers und Beschlagnahme der Oberbekleidung nicht zu begründen.

Mit ihm wurde daher vereinbart, dass er am morgigen Samstag um 10.00 Uhr auf der Dienststelle des K93 zu erkennungsdienstlichen Maßnahmen erscheint und seine ungewaschene Oberbekleidung für die Schmauchspurenuntersuchung mitbringt. Anschließend soll seine Vernehmung erfolgen.

E. Bewertung

Bei der Tatortaufnahme haben sich keine gravierenden Differenzen zwischen den objektiven und subjektiven Befunden ergeben.

- *Es scheint gesichert, dass zur Tatzeit drei Projektile in Wand und Polster des Zimmers 405 im Hotel GIRO eingeschlagen sind.*
- *Die Möglichkeit, dass ein Täter ohne weitere Motivlage auf eine rein zufällig ausgewählte Person oder beliebige Sachen geschossen hat, ist nicht auszuschließen, aber eher unwahrscheinlich. Entsprechende Fälle hat es in den letzten Jahren in München nicht gegeben.*
- *Der Geschädigte hält es für denkbar, dass die Schüsse gezielt auf ihn abgegeben wurden. Seine Begründung für ein Tötungsmotiv kann aktuell nicht widerlegt werden. Jedoch würde dies voraussetzen, dass der Täter entweder die Hotelzimmer beobachtete (ggf. von TO 2 aus) oder wusste, in welchem Zimmer der Geschädigte wohnen würde.*

- *Die Möglichkeit der Vortäuschung einer Straftat kann nicht ausgeschlossen werden, auch wenn am TO 1 keine Schusswaffe, insbesondere keine KK-Pistole, sichergestellt wurde. Das anschließende Verhalten des Geschädigten unterstützt diese Hypothese. Eine Stellungnahme von Frau Prof. Gottsleben kann hier zur Klärung beitragen.*

Hendrik starrte Edmund entsetzt an. Sein Freund war kalkweiß im Gesicht.

»Pass auf, Eddie, ich frage dich das nur einmal: Hast du in Bezug auf das Attentat in irgendeiner Form gelogen oder etwas verheimlicht?«

»Nein, Hendrik«, sagte er ohne jegliches Zittern in der Stimme.

»Gut. Klare Aussage.« Hendrik legte eine Pause ein, um seine Worte wirken zu lassen. »Und warum warst du am Samstagvormittag nicht auf dem Polizeipräsidium?«

»Ich weiß nicht, hatte keine Lust und … ich stand wohl noch unter Schock.«

Dagegen war nichts einzuwenden. Warum die zuständigen Polizeibeamten Eddie nicht angerufen oder sogar abgeholt hatten, war Hendrik unklar.

F. Weitere geplante Maßnahmen

- *K92 erstellt von beiden Tatorten Spurensicherungsberichte mit Bildband und maßstabsgerechten Tatortskizzen.*
- *K92 wird die Untersuchung von Schmauchspuren und DNA-Spuren an der Zigarettenkippe, der Blutspur von TO 1 und möglicherweise von an den Siche-*

rungsfolien haftenden Haaren bzw. Faserspuren veranlassen.

- *K92 wird den grünen Pullover Marke »Milan« des Geschädigten am Samstag entgegennehmen und die Schmauchspurenuntersuchung veranlassen.*
- *K92 wird vom Geschädigten eine DNA-Vergleichsprobe erbitten.*
- *K92 wird die Schuhabdruckspuren hinsichtlich einer Zuordnung zu einem Schuhtyp, einer Marke oder zu bisherigen Tatorten untersuchen.*
- *K92 wird die Untersuchung der Projektile durch den Schusswaffenerkennungsdienst veranlassen.*
- *K91 wird die Videoaufzeichnung der Tiefgarage auswerten, um den Fahrer des unbekannten schwarzen SUV (Zeitraum 18.20–18.40 Uhr) zu ermitteln. Das Büro des Garagenbetreibers ist Montagmorgen ab 08.00 Uhr geöffnet.*
- *K91 wird Kontakt zu Frau Prof. Gottsleben aufnehmen, um die vom Geschädigten dargelegte Motivlage auf Stichhaltigkeit zu prüfen (Kontaktdaten sind als Anlage beigefügt).*
- *K91 wird überprüfen, ob sich aus dem Verhalten des Geschädigten ein Motiv zur Aufmerksamkeitserhöhung für sein Buchprojekt ergibt.*

Gez. Wanner, KOK

»Du machst dir das Leben selbst schwer, Eddie!«

»Ich weiß. Das hat Karla schon oft gesagt. Und Erna auch.«

»Wie? Erna?«

»Meine Oma, die hat das gesagt.«

»Ach so. Deine Oma.« Hendrik nahm seine Kaffeetasse

in die Hand, doch sie war bereits leer. »Die war dir wichtig, oder?«

Edmund nickte.

*

Montag, 8. September, nachmittags

Hendrik Wilmut schlug vor, einen Spaziergang durch die Innsbrucker Altstadt zu machen, zum Goldenen Dachl, zur Maria-Theresien-Straße und zur Annasäule. Dann am Ufer des Inn entlang mit Blick auf die farbenfrohen Häuserfronten am Nordufer. Die gewohnte Gedankenwelt verlassen, neue Impressionen aufnehmen, andere Lebensfarben erfassen. Edmund war einverstanden.

Doch der Plan währte nur wenige Minuten. Als Edmund direkt vor Hendrik von seinem Zimmer in den Flur ging und die Wendeltreppe hinunterlief, leichtfüßig, froh gelaunt, da rutschte er aus. Es zog ihm förmlich die Füße unter dem Körper weg, er versuchte noch, sich am Geländer festzuhalten, Hendrik griff nach ihm, ein Reflex, doch er bekam ihn nicht zu fassen, Edmund hing Sekundenbruchteile in der Luft, wie ein schwebender Käfer, schlug dann mit dem Rücken auf die Stufen, glänzende Holzstufen mit Metallkanten, er schrie, vor Schreck und voll Schmerz.

»Hendrik, Hendrik, du wolltest auf ihn aufpassen! Was tust du? Und was tust du nicht?« So sprach Hendrik mit sich selbst, in Sekundenbruchteilen, während er versuchte, Eddie aufzufangen. Doch der schlitterte die Stufen hinab, stieß gegen das Geländer, rutschte weiter, bis er schließlich auf dem roten Teppich am Fuß der Treppe landete. Eine Hotelangestellte schrie auf.

»Rufen Sie den Notarzt!«, brüllte Hendrik, während er sich Edmund zuwandte, sich neben ihn kniete. Der stöhnte, konnte sprechen, aber seinen Hals kaum drehen. Hendrik redete auf ihn ein, er solle versuchen zu entspannen und auf keinen Fall ruckartige Bewegungen durchführen.

Die nächsten zwei Stunden flogen an Hendrik vorbei, als sei er kein aktiv Beteiligter auf der Lebensbühne, sondern lediglich ein Zuschauer auf der Galerie. Der Arzt kam, erledigte mit routinierten Handgriffen seinen Job, legte Edmund einen venösen Zugang, verabreichte ihm verschiedene Medikamente, ein Sanitäter platzierte vorsichtig eine aufblasbare Halskrause. Anschließend wurde Edmund auf eine Trage gehoben und in den Rettungswagen gebracht. Hendrik durfte mitfahren. Innsbruck zog an ihm vorbei wie in einem Film, die Universitätsklinik war zum Glück recht nah, dann hieß es warten. Untersuchungen. Wieder warten. Immer noch warten. Er konnte nichts weiter tun, als Edmund gut zuzureden, einmal hielt er seine Hand und fragte, ob er Karla anrufen solle. Nein, sollte er nicht. Wieder warten. Halbschlaf, ein Traum, ein Wort: glänzend. Glänzendes Holz. Er schrak auf. Edmund schlief. Hendrik sagte der Krankenschwester, dass er in einer Stunde wieder zurück sei, und nahm sich ein Taxi zum Hotel. Vom Foyer ging eine enge, sich windende Treppe nach oben in den ersten Stock, das war ihm zuvor nicht aufgefallen. Er sprang hinauf und stand Sekunden später am Fuß der Wendeltreppe: nichts glänzte, normales Holz, eingebettet in den Stahlrahmen der Treppenkonstruktion. Falsche Erinnerung? Fata Morgana? Schockamnesie? Langsam, Zentimeter für Zentimeter, prüfte er die Treppe, kniff die Augen zusammen, tastete sich vorwärts. Da, am Rand der Holzstufe, eine Art Fettfleck. Und weiter, in der Lücke zwischen Holz und Metallrahmen: ein kleiner Fettklumpen. Mit ruhigen Schritten, um kein Aufsehen zu erregen, ging Hendrik in sein Zimmer und holte aus seinem Waschbeutel ein Wattestäbchen, eine Nagelschere und zwei Pflaster. Zurück am Tatort nahm er mit dem Wattestäbchen den Fettklumpen auf und kratzte von der Holzstufe ein wenig des Oberflächenbelags ab. Er öffnete vorsichtig die beiden noch verschlossenen Pflastertütchen, ließ die Pflaster herausfallen und füllte seine Proben ein. Alles, auch sein Werkzeug, legte er auf die Treppenstufe, daneben eine Tageszeitung mit gut erkennbarem Datum und schoss mehrere Fotos.

Eine Hotelangestellte kam vorbei. Sie war es gewesen, die zuvor so laut geschrien hatte. Hendrik gab ihr einen kurzen Bericht zu Edmunds Gesundheitszustand. Dann wollte er wissen, ob die Treppe heute gebohnert worden sei. Die Frau legte die Stirn in Falten. Gebohnert? Aus welchem Jahrhundert er denn stamme, das sei hochwertiges Holz, das werde mit einem speziellen Wachs behandelt, immer mittwochs, also erst in zwei Tagen wieder. Hendrik bedankte sich.

Er ging zum Empfang, ließ sich einen wattierten Umschlag geben, steckte die Proben hinein und adressierte den Brief an Siegfried Dorst, Weimar, Windmühlenstraße. Versand per Expresskurier. Es kostete 80 Euro, aber das war es ihm wert.

*

Montag, 8. September, abends

Es war fast 20 Uhr, als Hendrik Wilmut von seinem zweiten Besuch bei Edmund ins Hotel Goldener Adler zurückkehrte.

Die MRT-Untersuchung hatte ergeben, dass kein Halswirbel gebrochen war. Glück gehabt. Die Ärzte behielten Edmund trotzdem eine Nacht zur Beobachtung in der Klinik, am nächsten Tag sollte ihm eine Cervicalstütze angepasst werden – so nannten die Mediziner die Halskrause, die zur vorübergehenden Stabilisierung der Wirbelsäule diente. Danach könnte er nach Hause zurückkehren.

Hendrik war sehr froh, dass sein Freund keine schwere Verletzung davongetragen hatte. Für den Rückweg nahm er die Straßenbahn. Er saß am Fenster, neben ihm eine ältere Frau, er sah hinaus auf die Straße, ließ seine Gedanken ziehen. Plötzlich kreischende Bremsen, rote Lichter unweit der Straßenbahn. Er schoss von seinem Sitz hoch. Seine Nachbarin warf ihm einen erstaunten Blick zu. Es war nichts passiert, ein Autofahrer hatte seinen Wagen Zentimeter vor der Stoßstange des Vordermanns zum Stehen gebracht. Hendrik setzte sich wieder, krallte sich an den Haltegriff vor ihm. Spiegelbilder der Wirklichkeit zogen durch seinen Kopf: Er selbst am Steuer, bei Alsfeld, der große LKW, sein eigenes Ausweichen und Gegenlenken, durch die Luft fliegen, Aufprall.

»'s iss guat!«, sagte die Frau neben ihm. »Schaun S', nix passiert.« Ihre Hand schien ihn beruhigen zu wollen, streckte sich ihm entgegen, zog sich wieder zurück. Er nickte dankbar.

Die Telefonkonferenz mit Siggi und Richard sollte um 20 Uhr beginnen, Hendrik verschob sie um eine Stunde, um Zeit zum Entspannen zu haben. Außerdem wollte er eine Kleinigkeit essen. Er war von den Ereignissen des Tages so erschöpft, dass er wenig Lust hatte, sich im Hotelrestaurant aufzuhalten. Per Telefon bestellte er sich einen Wurstsalat und eine Flasche Bier aufs Zimmer.

Die Wartezeit überbrückte Hendrik mit einem Anruf bei Hanna. Er erzählte nichts von Eddies Sturz, denn er hatte keine Erklärung dafür, konnte weder sagen, ob es ein weiteres Attentat oder ein Unfall gewesen war. Er hätte sowieso kaum eine Chance gehabt, davon zu erzählen, denn Hanna war ziemlich aufgebracht wegen Karla. Sie berichtete von deren Verdacht, Hanna wolle sie ausspionieren, damit Hendrik dieses Wissen gegen Edmund verwenden konnte. Hendrik lachte und meinte, das sei völliger Unsinn, Eddie und er hätten ihre Freundschaft wiedergefunden, da gäbe es nichts auszuspionieren. Außerdem werde Eddie sein Buch sowieso schreiben, unabhängig von Hendriks Meinung. Hanna schien verwirrt. Abgesehen davon, meinte Hendrik, würde ihn interessieren, ob Karla etwas über Edmunds Bruder gesagt habe. Ob er Didi meine, fragte Hanna nach. Ja, wieso, woher sie den kenne, wollte Hendrik wissen. Nur aus Karlas Berichten, antwortete Hanna, außerdem, viel habe sie nicht gehört, nur dass es um das Elternhaus der Geschwister ging. Und sie fügte an, dass sie auch nichts Weiteres hören werde, weil sie sich mit Karla gestritten habe und ihre sogenannte Freundschaft beendet sei. Ach ja, meinte Hendrik, vielleicht müsse man das nicht zu eng sehen.

»Doch, Hendrik!« Kurze Pause. »Ich vermisse dich aber trotzdem!«, schob sie hinterher.

»Ich dich auch, Hanna!« Gut, dachte er, dass sie das Telefonat nicht mit einem negativen Unterton beendet hatten.

Pünktlich um 21 Uhr begann das gemeinsame Telefonat von Hendrik, Siggi und Richard. Siggi begann mit den Neuigkeiten zu Prof. Wachshauer. Er berichtete von dessen Vorstrafen und seinem fehlenden Alibi. Hendrik konnte sich kaum vorstellen, dass der feingeistige ältere Herr nach München gefahren war, um auf Edmund zu schießen, während sich Siggi als ehemaliger Kriminalbeamter von solchen persönlichen Eindrücken nicht beeindrucken ließ. Als Hendrik von seinem Gespräch mit dem Professor in Frankfurt erzählte, war auch Wachshauers mögliches Motiv klar. Das geplante Buch: »Dichtung ohne Wahrheit«. Von dessen Planung hatte Wachshauer per Zufall in dem Kasseler Verlag erfahren. Den Autor des projektierten Werks herauszufinden war keine große Aufgabe.

Anschließend berichtete Hendrik von Edmunds Sturz, wobei er direkt anmerkte, dass er nicht sicher sei, ob es ein Unfall gewesen war. Siggi und Richard zeigten sich erstaunt und Hendrik informierte sie über die Wachsproben, die per Post unterwegs nach Weimar waren. Nun, meinte Richard, besser hätte es ein Kriminalbeamter auch nicht machen können. Sie beschlossen, auf die Auswertung der Proben zu warten, bevor sie eventuell weitere Maßnahmen ergriffen.

Dann kamen sie zum Tatortbefundbericht. Natürlich stellten die zwei Polizisten die gleiche wichtige Frage, die Hendrik bereits Edmund gegenüber geäußert hatte: Warum war er am Samstag nicht im K93 zur erkennungsdienstlichen Behandlung erschienen? Das hätte ihn entlasten können. Hendrik hatte den Eindruck, dass weder Siggi noch Richard die Theorie vom erlittenen Schock wirklich glaubte. Auch Hendrik zweifelte daran. Das behielt er allerdings für sich. Denn Edmunds Eigenschaft, Dinge zu sagen oder zu tun, die ihm schadeten, einfach nur aus reiner Opposition, die kannte er. Eine Art 68er-Relikt. Aber das konnte man niemandem erklären, das musste man erlebt und gefühlt haben.

Die Theorie, dass Edmund sich die Verletzung selbst beigebracht hatte, um damit Aufmerksamkeit für sein geplantes Buch zu erreichen, hielten beide für Unsinn. Richard konnte sich vorstellen, dass dieses Szenario von Wanners Chef stammte, der – vorsichtig ausgedrückt – ein eigenwilliger Mensch war.

Interessant fanden Siggi und Richard die Idee von Hendrik, jemand habe absichtlich die Heizung im Hotelzimmer 405 hochgestellt, um Edmund zu veranlassen, das Fenster zu öffnen. Bei den vielen Zugangsberechtigten war der praktische Wert der Theorie allerdings recht gering.

Richard hatte sich inzwischen telefonisch ein wenig mit dem Münchener Kriminaloberkommissar Donald Wanner angefreundet, der aus Offenbach stammte und vor zwei Jahren der Liebe wegen nach München gezogen war. Als die üblichen kleinen Sticheleien zwischen Frankfurt und Offenbach überstanden waren, bekannte Donald Wanner, dass er Heimweh nach Hessen hatte und dass sein Vorname bei der derzeitigen politischen Lage eine gewisse Bürde war. Wanner hatte zwischen den Zeilen zugegeben, dass der Fall Fahrnholtz wegen der Ermittlungen zu der Schießerei auf dem Münchener Straßenfest relativ »locker« behandelt wurde. Verständlich, wenn man bedenkt, dass während des Straßenfests sechs Menschen erschossen worden waren.

»KOK Wanner ist dankbar, dass ich ihm helfe«, sagte Richard. »Von euch habe ich natürlich nichts erzählt, und sein Chef darf das erst recht nicht wissen.«

»Wer ist eigentlich der Chef?«, fragte Siggi.

»Ein KHK Straußer, steht im Tatortbefundbericht«, antwortete Richard Volk. »Ich habe bisher nichts mit ihm zu tun gehabt, ich bekomme alle notwendigen Informationen von Wanner. Unter anderem hat er mir den Fahrer des schwarzen SUV genannt. Er heißt Albert Moser, ein Geschäftsmann aus München.«

»Was?«, rief Hendrik. »Der Moser Albert?«

»Kennst du den?«, fragte Richard.

»Mit dem haben Eddie und ich am Freitagabend in München ein paar Bier getrunken. Unglaublich …«

»Moser hat bestätigt, dass er den fraglichen SUV fuhr, für die Tatzeit aber ein Alibi hat. Er saß angeblich an wichtigen Steuerunterlagen. Seine Angestellte Mia Zimmer konnte das bestätigen. Außerdem führte er seine Tochter als Zeugin an, die ihn von Pullach aus – dort war sie bei ihrer Tante – mehrmals in seinem Büro angerufen habe, wegen eben dieser Steuerangelegenheiten. Die Tochter heißt ... Moment mal ...«

»Nadine Moser«, sagte Hendrik.

»Richtig. Kennst du die etwa auch?«

»Mit der haben Eddie und ich ...«

»... ein paar Bier getrunken?«

»Nein. Eine Runde Schnaps.« Hendrik war froh, die Blicke der beiden Polizisten nicht ertragen zu müssen. »Und weiter?«

»Moser hat ausgesagt, sich zur Tatzeit in seinem Büro im GIRO befunden zu haben, von dort aus sei er in die Tiefgarage Kaufingerstraße 24 gegangen und sofort losgefahren. Und zwar mit einem schwarzen Mercedes GLS. Er hatte es eilig, weil er einen Termin beim Steuerberater hatte. Den Streifenwagen hat er zu spät bemerkt und sich selbst erschrocken. Am gleichen Abend rief er das zuständige Revier an und entschuldigte sich. Die Aussage wurde telefonisch protokolliert. Wanner hat die Angaben der Zeugin Mia Zimmer auch bereits aufgenommen, die Tochter konnte er noch nicht sprechen, sie ist angeblich nach Italien gereist.«

Sie beschlossen, auf KOK Wanner und die Aussage von Mosers Tochter zu warten.

Dann berichtete Hendrik von seinen Gesprächen mit Edmund und Hanna bezüglich Didi Fahrnholtz.

»Na gut«, meinte Richard, »das sind bisher nur Vermutungen, die reichen nicht aus, um Ermittlungen gegen Dieter Fahrnholtz einzuleiten.«

»Das stimmt zwar«, entgegnete Siggi, »aber hier geht es um gefährliche Körperverletzung, da sollten wir alle Möglichkeiten in Betracht ziehen. Und immerhin ist Habgier das Motiv Nummer eins in den deutschen Kriminalstatistiken.«

Richard Volk brummte etwas Undefinierbares vor sich hin, offensichtlich war er immer noch anderer Meinung. »Also gut, ich rede mal mit Wanner darüber.«

Zu mehr war er vorerst nicht bereit, und da die Telefonkonferenz bereits über eine Stunde dauerte, ließen Hendrik und Siggi seine vage Aussage unkommentiert im Raum stehen. Die nächste Telefonkonferenz sollte am folgenden Tag um 20 Uhr stattfinden. Sie verabschiedeten sich.

Hendrik war todmüde. Er fiel in einen unruhigen Schlaf, durchzogen von Träumen, in denen Albert Moser, Heinrich Wachshauer und Dieter Fahrnholtz als Roboter mit Menschengesichtern auftraten. Alle drei gerieten außer Kontrolle, schlugen um sich, bedrohten die Menschheit und waren nicht mehr zu stoppen. Von nichts und niemandem.

11 FRANKFURT A. M.

Dienstag, 9. September, nachmittags

Zeit für den Yogakurs. Hanna suchte ihre Sportsachen zusammen. Sie freute sich auf die Bewegung. Alle Muskeln wurden zur Mitarbeit angeregt, und hinterher hatte sie das Gefühl, Körper und Geist seien im Einklang.

Karla. Natürlich, die würde sie dort treffen. Unbehagen machte sich in ihr breit. Ablehnung. Doch was waren die Alternativen? Von Gabi verlangen, dass sie Karla vom Kurs ausschloss? Nein, das war Kindergartengehabe. Den Kurs abbrechen? Nein, nicht wegen eines Streits mit einer Kursteilnehmerin, das war einfältig. Sie musste ja nicht mit allen befreundet sein. Einfach nebeneinander existieren, das reichte. Sie würde das schaffen.

Ihre Blicke trafen sich, ganz kurz, beim Auslegen der Yogamatte. Mehr Kontakt gab es zunächst nicht, kein Wort, keine Begrüßung. Doch dann: Zweiergruppen bilden, Partnerübungen. Beide zögerten zu lange. Damit blieb nur noch ein mögliches Pärchen übrig: das Hanna-Karla-Team.

»Hallo!«, sagte Karla.

Hanna nickte. Ruhig bleiben, keinen Ärger zeigen, jedes unnötige Wort vermeiden. Die »Bound Angle Pose«, Rücken an Rücken. Wenigstens nicht ansehen. Danach einhaken, gemeinsam aufstehen, umdrehen und die »Mountain«-Übung. Das ging gerade noch. Nun sich aneinander lehnen, der »Doppelte Baum«. Sie warteten. Standen einander stumm gegenüber. So geht das nicht, dachte Hanna, so verhalten sich keine erwachsenen Frauen.

Gabi kam zu ihnen. »Was ist los, ihr zwei? Habt ihr ein Problem?«

»Ja«, sagte Karla.

»Und wir werden es lösen«, erklärte Hanna. »Wir sind gleich zurück!«

Damit gab sie Karla einen Wink mit der Kinnspitze, die beiden gingen in den Flur und ließen die verdutzte Kursleiterin stehen.

»Es tut mir leid!«, sagte Karla sofort. »Ich habe mir da irgendwas eingebildet … ohne wirklichen Grund … Eigentlich habe ich nur Angst, Eddie könnte mich verlassen.«

Langsam fuhr Hannas innerer Entrüstungslevel herunter und ihr Erkenntnislevel hoch. »Hm«, sagte sie.

»Ich habe viel nachgedacht«, ergänzte Karla. »Eddie hat sich auf Hendrik gefreut, er wollte die Reise unbedingt mit ihm zusammen machen. Als Hendrik das abgelehnt hat, war er sauer, klar, das versteht man ja, aber er ist trotzdem gefahren. Und nun ist alles gut, beide sind zusammen unterwegs. Damit gibt es auch keinen Grund mehr zum Ausspionieren.«

»Hendrik würde außerdem niemals jemanden daran hindern, ein Buch zu schreiben«, sagte Hanna. »Er liebt Bücher und unterstützt jeden – wenn derjenige will. Vielleicht wird er Eddie ein paar Tipps geben. Aber immer nur Vorschläge. Kein Muss.«

»Echt?«

»Ja, wirklich. Was sagst du denn zu dem Attentat?«

»Du meinst das Attentat auf dem Münchener Straßenfest?«

»Nein, äh, ich meine … Hast du nicht mit Eddie telefoniert?«

»Doch, schon, aber vor drei Tagen zuletzt, er telefoniert nicht so gern von unterwegs, was ist denn los?«

Hanna überlegte.

»Was ist denn, Hanna? Was ist los?«

»Jemand hat auf Eddie geschossen.«

Hanna konnte sie gerade noch auffangen, sie rief nach Gabi, die anderen kamen schnell dazu, legten Karla eine Yogamatte unter und lagerten die Beine hoch. Nach kurzer Zeit war sie wieder bei sich.

»Es ist ihm nichts weiter passiert«, sagte Hanna. »Nur ein paar kleine Schnittwunden an der Hand.«

Karla nickte.

Gabi warf Hanna einen fragenden Blick zu.

»Es geht um ihren Freund«, erklärte sie. »Auf ihn wurde geschossen. Vielleicht nur ein Dummejungenstreich.« Sie sah an den skeptischen Gesichtern der umstehenden Frauen, dass bei einem Attentat niemand an Jugendeskapaden glaubte.

Gabi brachte ein Glas Wasser.

Karla trank, sie schien sich zu erholen. »Er hat mir nichts davon erzählt. Männer meinen oft, kritische Dinge mit sich allein ausmachen zu müssen.«

Allgemeines Nicken rundherum. Hanna registrierte genau, dass Karla den Ausdruck »oft« benutzt hatte. Die meisten Menschen hätten an dieser Stelle »immer« eingesetzt.

»Tut mir leid, dass ich die Yogastunde gestört habe«, sagte Karla.

»Kein Problem«, meinte Gabi. »Jeder kann mal in solch eine Situation geraten. Können wir dir sonst noch helfen?«

»Na ja, morgen … vielleicht.«

»Um was geht es denn?«, fragte Hanna.

»Sein Bruder, der Didi, der … besucht mich morgen Abend.

Ich weiß gar nicht, was er von mir will. Das ist mir sehr unangenehm.«

»Ich komme zu dir. Besser, wir sind zu zweit.«

»Danke. Vielen Dank!«

Zurück in der Bodenstedtstraße versuchte Hanna, Hendrik anzurufen. Sie wollte ihm erzählen, was passiert war, auch dass Didi morgen in Frankfurt sein würde. Die Mailbox sprang an, sie hörte Hendriks Stimme, vernahm die automatengleiche Ansage ihres Mannes, schaffte es jedoch nicht, eine Nachricht aufs Band zu sprechen. Sie spürte eine Gefahr. Eine Bedrohung. Nicht für Edmund oder Karla, nein, für Hendrik.

12 TIROL BIS TRIENT

Dienstag 9. September, vormittags

Als Hendrik an diesem Vormittag in die Innsbrucker Uniklinik fuhr, war er fest davon überzeugt, umgehend mit Edmund nach Frankfurt zurückzukehren.

»Wo denkst du hin?«, sagte Eddie. »Wir müssen weiter, mindestens über den Brenner, vielleicht bis zum Gardasee, mal sehen. Jetzt musst *du* eben das Steuer übernehmen, ich kann meinen Nacken kaum bewegen.« Dabei deutete er auf die Cervicalstütze, die ihn aussehen ließ wie einen Sumoringer ohne Unterleib. »Aber eine Bitte habe ich …«

»Ja?«, fragte Hendrik.

»Bitte tu Erna nicht weh!«, sagte er mit verklärtem Gesichtsausdruck.

Hendrik lachte. »Ich werde mir Mühe geben.« Er hatte noch nie verstanden, warum Männer ihr Auto wie eine Geliebte behandelten. Oder wie ihre Oma.

Hendrik lenkte das Taxi vorsichtig aus Innsbruck hinaus. Erna reagierte langsam, aber treu ergeben. Edmund hatte seinem Freund eingebläut, unbedingt auf die Temperaturanzeige und den Öldruck zu achten, da sei der alte Diesel sehr empfindlich. Jetzt saß er auf dem Beifahrersitz und beugte den Oberkörper ab und zu herüber, um einen Blick auf das Armaturenbrett zu werfen. Nach einer Weile gab er es auf, wahrscheinlich tat sein Nacken weh und er konnte nur noch geradeaus schauen. Aber reden, das konnte er problemlos. »Wie fährt sich Erna?«, wollte er wissen.

»Na ja«, brummte Hendrik. »Ganz normal, wie ein alter Diesel eben.«

»Aha«, erwiderte Edmund. Wahrscheinlich hatte er eine Lobeshymne auf seinen Wagen erwartet.

»Also gut«, schob Hendrik hinterher, »fährt sich gut, die Erna. Ich mag sie.«

Sie verließen Innsbruck. Die Bundesstraße 182 schlängelte sich den Berg hinauf Richtung Brennerpass.

»Was macht die Temperaturanzeige?«, fragte Edmund.

Hendrik sah auf das Armaturenbrett. »Ist in Ordnung, im grünen Bereich.«

»Und der Öldruck?«

»Auch gut, Eddie.«

»Alles klar. Du musst übrigens nicht vor jeder Kurve bremsen.«

»Ich weiß. Habe ich mir so angewöhnt, bin eben kein Rallyefahrer.«

»Okay, und ich bin kein guter Beifahrer.« Edmund grinste. »Werde es aber versuchen.«

»Danke!«, sagte Hendrik und grinste ebenso. Er staunte, wie sehr sich ihr gegenseitiges Verständnis im Laufe der Reise verbessert hatte.

Die Berge stiegen immer höher am Horizont hinauf, die Gipfel waren bereits schneebedeckt. Über sich erblickten sie die Europabrücke. Hendrik hielt an und schoss ein paar Fotos. Es war ein schönes Gefühl, nicht dort oben langrasen zu müssen, sondern hier unten in lässiger Gangart dahinzukutschieren. Je mächtiger ihnen die Berge entgegenstrebten, desto stärker verspürte Hendrik einen Kreativitätsschub, diesen Auftrieb, von dem so mancher gesprochen und geschrieben hatte. Es drängte ihn, seine Eindrücke festzuhalten, nicht nur in Bildern, sondern in Worten und Sätzen. Schade, dass er am Steuer saß, sonst hätte er alles sofort in den Laptop eingegeben. Deshalb reichte es nur zu Stichworten, die er bei kurzen Pausen auf einem Fetzen Papier oder auf dem Zeitungsrand notierte. Goethe hatte über jenes Gefühl in seinem Tagebuch notiert: »Diese wenigen Tage geben mir eine ganz andere Elastizität des Geistes!«

Matrei, Steinach, Gries am Brenner – ein Bergort reihte sich an den nächsten. Hendrik fragte sich, wie die Menschen zu Goethes Zeiten so weit hinaufgekommen waren. Mit Kutschen, mit zusätzlichen Pferden, sicher, ein Kriegsherr hatte die Alpen einst sogar mit Elefanten überquert. Trotzdem, das muss eine Tortur gewesen sein.

Endlich tauchte die Grenzstation vor ihnen auf. Sie ließen das Outlet-Center in der Mitte des Orts unbeachtet und fuhren durch die kleine Ortschaft Brenner. Das Haus, in dem Goethe übernachtet haben soll, fanden sie sofort. Eine alte Herberge, offensichtlich nicht mehr in Betrieb, mit Holzschindeln an der Front und einer Steintafel mit Inschrift. Direkt daneben ein Dönerimbiss. So wurde die Historie unbarmherzig von der Moderne eingeholt.

Sie standen vor der Tafel und versuchten, den Text zu entziffern und zu übersetzen. Hendrik wollte gerade aufgeben, seine rudimentären Italienischkenntnisse reichten nicht aus, da sagte Edmund: »Schau hier: ›Giovanni Volfgango Goethe, il 8. Settembre 1786‹, da passt das Datum wenigstens zu Goethes Reisebericht. Weiter heißt es: ›Er richtete seine Schritte gen Rom …‹ und ›Der Charme einer tausendjährigen Zivilisation …‹, weiter: ›Gehorchend der herrischen Stimme der Natur …‹. Nun ja, sehr pathetisch, aber zumindest passend zu Goethes Art der Aufarbeitung von wichtigen Erlebnissen. Aber dann hier …« Er zeigte auf die Mitte der Steintafel, während Touristen sich vorbeidrängelten. Der Bürgersteig vor der alten Herberge war schmal, einen Meter hinter ihnen wälzte sich die Autoschlange bergab in Richtung Südtirol. »Der 4. November 1918 ist ein unwiderrufliches Zeichen für das Schicksal Italiens«, las Edmund vor.

»Dieses Datum, was ist da passiert?«

Sie wurden von einer breit angelegten Touristin angerempelt. »Oh, sorry!«

»Lass uns etwas essen«, sagte Edmund, »ich habe Hunger. Schau, da drüben!«

Hendriks Blick folgte Eddies Zeigefinger. Ein Touristencafé, vermutlich teuer und geschmacklos. Er wäre lieber weitergefahren, aber Edmund war hungrig, und er selbst brauchte einen Kaffee. Notgedrungen stimmte er zu. Die Terrasse des Cafés war von der Straße gut einsehbar, und es herrschte reger Betrieb. Hendrik bestand darauf, einen Tisch im Innenraum zu nehmen. Edmund protestierte, doch Hendrik erinnerte ihn an den eigentlichen Grund seiner Anwesenheit. Edmund sollte ihn als seinen Bodyguard betrachten. Meinetwegen, murrte sein Freund.

Das Café war tatsächlich hochpreisig, die Qualität der Speisen und Getränke war jedoch in Ordnung. Hendrik bestellte eine Flasche Mineralwasser und einen Espresso. Später reihten sich drei Kaffeetassen aneinander. Edmund entschied sich für eine große Portion Spaghetti und zwei Gläser Zitronenlimonade. Hendrik sah ihm zufrieden beim Essen zu, denn er wusste, dass Edmund in seinem angeschlagenen Zustand Kraft brauchte. Als der Teller leer war, sagte Edmund: »Der 4. September 1918 war das Ende des Ersten Weltkriegs, hier in den Alpen, der Waffenstillstand von Villa Giusti. Einerseits gut, natürlich, das Ende der Kämpfe in der Region. Für die deutschstämmige Bevölkerung von Südtirol war es aber auch ein kritisches Datum, denn es führte letztendlich zur Abspaltung Südtirols von Österreich.«

»Hm«, brummte Hendrik. »Du kennst dich ja gut aus.«

»Besser gesagt: Ich habe mich auf die Reise vorbereitet. Es ist klar, dass die Tafel erst nach dem Ersten Weltkrieg angebracht wurde, also lange nachdem Goethe vor Ort gewesen sein soll. Und die Kriegsereignisse haben den Inhalt der Tafel mehr bestimmt als Goethes Reisebericht. Also auch dieses Steindokument würde ich, was den Nachweis von Goethes Anwesenheit betrifft, sehr vorsichtig betrachten.«

»Genauso vorsichtig wie den Nachweis seiner Abwesenheit«, sagte Hendrik.

Edmund lächelte. »Stimmt. Sollen wir weiterfahren?«

Hendrik nickte. Er warf noch einen schnellen Blick auf sein Kameradisplay, suchte erneut das Foto der Steintafel. Ganz unten stand in deutscher Sprache: »… und nun erwarte ich, dass der Morgen diese Felskluft erhelle, in der ich auf der Grenzscheide des Südens und Nordens eingeklemmt bin.«

Ein bekannter Satz aus Goethes Reisetagebuch, der viele Menschen begeisterte, den Hendrik jedoch weniger ins Geniale, sondern mehr ins Profane einordnete. »Gut, lass uns fahren!«

*

Dienstag 9. September, nachmittags

Wenn Hendrik am Steuer eines Autos saß, lief fast immer Musik. Das war für ihn Bestandteil einer entspannten Autofahrt. Heute war ihm die Landschaft jedoch wichtiger, die milde, zugleich frische Luft Südtirols, der Wind, die Sonne.

Sie hatten das Schiebedach halb geöffnet, Hendrik achtete darauf, dass Edmunds Nacken nicht noch zusätzlich durch einen kühlen Luftzug beeinträchtigt wurde. Den Brenner abwärts wurde es recht steil, besonders vor und in dem Städtchen Gossensaß, sodass sich Hendrik im Stillen fragte, wie eine Kutsche mit reichlich Gepäck in der Dämmerung, teils gar im Dunkel der Nacht, mit einem schlafenden Kutscher – so schrieb Goethe in seiner »Italienischen Reise« – die Strecke bewältigt haben sollte. Goethe hatte zwar immer Spaß gehabt an schnellen Kutschfahrten, sich dem »Schwager« auf dem Kutschbock gerne ausgeliefert, egal ob es die Geschwindigkeit oder die Zeiteinteilung betraf, und hatte dazu schon Jahre zuvor ein Gedicht geschrieben: »An Schwager Kronos«. Doch die Beschreibung der Brenner-Abfahrt war eindeutig übertrieben. An einer Stelle entdeckten sie viele Meter tief unter sich ein verlassenes Gasthaus, den »Gasthof zur Post«. Dort unten musste Goethe entlanggefahren sein, auf einer holprigen Straße mit aufgeschütteten Steinen, ohne Asphaltdecke. Hendrik schüttelte den Kopf in dem Bewusstsein, dass Edmund es bemerken würde.

»Übrigens Hendrik, weißt du, dass Goethe hier von der reißenden Etsch schreibt, obwohl der Fluss neben uns Eisack heißt? Oder im Italienischen ›Isarco‹. Jedenfalls ist es nicht die Etsch, die fließt weiter westlich von Meran runter und nimmt erst hinter Bozen den Eisack auf.«

Nein, das hatte Hendrik nicht gewusst. Aber er hatte auch nicht gezielt nach Fehlern in Goethes Reisetagebuch gesucht.

»Und noch etwas«, fuhr sein Freund fort. »Goethes Reisedaten sind in dem Teil vom Brenner bis Trient sehr unklar. Am 8. September kam er am Brennerpass an, beschrieb schön, dass er ein ›sehr sauberes und bequemes‹ Gasthaus gefunden habe – das haben wir vorhin gesehen –, hat dort also die

Nacht verbracht. Wenn wir davon ausgehen, dass er früh aufgestanden ist, um Witterung und Botanik dort oben zu studieren, sagen wir gegen 6 Uhr, und abends von seinem Wirt rausgeschmissen wurde – die Geschichte kennen wir–, dann war er am Tage des 9. September 18 Stunden auf den Beinen. Angeblich fuhr er die gesamte Nacht durch, um schließlich am Abend des 10. September um 20 Uhr in einem Brief aus Trient an seine Lieblings-Charlotte zu schreiben, dass er nun seit 50 Stunden ›in steter Beschäftigung und Bewegung‹ sei. 18 plus 20 Stunden sind bei mir 38, nicht 50 Stunden. Abgesehen davon, dass ich in Frankfurt schon sagte, dass 50 Stunden durchgehende Aktivitäten eines Menschen physiologisch unmöglich sind. Da hat er sich bei seiner Beschreibung gehörig vertan. Oder, wie ich denke, unkoordiniert gelogen.«

Hendrik antwortete nicht, er dachte nach. Johann Wolfgang, mein liebes Freundchen, da hast du schlampig gearbeitet, auch wenn durch 30 Jahre Zeitunterschied zwischen Erleben und Niederschrift Fehler entstehen können. Aber nicht solche eklatanten Differenzen. Und er, Hendrik, er musste es jetzt ausbaden. Miserable Situation. Weiter überlegte er, falls Goethe tatsächlich 50 Stunden am Stück auf den Beinen gewesen sein sollte, musste ihn allein dadurch eine Gedächtniseintrübung befallen haben. Sozusagen eine schlafmangelinduzierte Teilamnesie. Die von Edmund erwähnten Daten musste Hendrik zu Hause in Ruhe kontrollieren.

»Es ist klar«, fuhr Edmund fort, »dass man ihm gewisse Unschärfen zugestehen kann, denn er hatte schließlich sein eigenes Tagebuch an die Stein verschickt und besaß keine Kopie auf einem PC oder sonst irgendwo. Auch hatte er auf der Reise keinen angestellten Schreiber, der alles hätte handschriftlich kopieren können. Aber solche eklatanten Unterschiede?«

»Eddie!«

»Ja?«

»Goethe hat alle seine tagebuchähnlichen Briefe, die er von Italien an Frau von Stein geschickt hatte, direkt nach seiner Rückkehr von ihr zurückbekommen. Man findet heute noch Bearbeitungszeichen darin, die er viele Jahre später beim Verfassen der ›Italienischen Reise‹ angebracht hat. Elke Richter hat mir das bestätigt.«

»Echt?«

»Ja, Eddie!«

»Haben wir jetzt genau entgegengesetzt argumentiert? Du für mich? Und ich für dich?«

»Ich glaube schon.«

Unter normalen Umständen hätte Hendrik über die Erkenntnis gelacht. Heute nicht. Er brauchte dringend eine Erholungspause. Eine Tankstelle bei Kastelruth bot die nächste Gelegenheit dafür. Edmund wollte im Wagen warten, was Hendrik recht war, denn er brauchte ein paar Minuten für sich allein. Er kaufte eine Flasche Mineralwasser und zwei Schokoriegel und ging damit hinter der Tankstelle spazieren. Hier störte ihn niemand. Für eine Millisekunde schoss der Gedanke durch seinen Kopf, dass Eddie vielleicht doch recht haben könnte mit seiner Theorie von der goetheschen Fake-Reise. Sofort schlug er sich mit der flachen Hand auf die Wange, erst rechts, dann links. Mensch, wie konnte er das nur denken? Als Literaturwissenschaftler. Als Goethespezialist. Als erfahrener Mann. Unmöglich. Werd' wach, Hendrik!

Gestärkt durch Flüssigkeit und Zucker nahm er die letzte Etappe für den Tag in Angriff: über Bozen, die Südtiroler Weinstraße entlang bis nach Trient. Sie durchquerten das breite Tal der Etsch – jetzt war es tatsächlich die

Etsch –, vorbei an Weinbergen und Apfelplantagen so weit das Auge reichte. Hinter Salurn verschwand die deutsch-italienische Doppelbeschilderung und wich einer rein italienischen Bezeichnung. Nur bei Nave San Rocco hing ein letztes verschämtes Schild mit der Aufschrift »Schöffenbrück« an einem Gartenzaun.

»Apropos italienische Sprache, darüber wollten wir noch reden, Hendrik!« Während Edmund das sagte, blickte er stur nach vorn, wahrscheinlich bekam er zusehends Probleme mit dem Nacken.

Hendrik war froh, dass sie nur noch wenige Kilometer vor sich hatten. »Du meinst sicher Goethes Sprachkenntnisse, oder?«

»Genau, denn Trient beschrieb er als den Sprachwendepunkt, ab hier konnte er nicht mehr Deutsch reden, sondern musste sein heißgeliebtes Italienisch einsetzen, und das soll angeblich hervorragend funktioniert haben. In der Herberge, auf dem Markt, kein Problem. Ist das glaubwürdig?«

»Warum nicht?«, meinte Hendrik. »Sein Vater war schon italophil, er hat sogar den Bericht seiner eigenen Italienreise auf Italienisch verfasst. Außerdem hatten sie zu Hause einen Italiener als Hauslehrer, diesen Domenico … irgendwas, du weißt schon, wen ich meine.«

»Na klar, aber der hat sich hauptsächlich um das Manuskript des Vaters gekümmert. Gut, der Vater selbst hat Unterricht in Italienisch gegeben, aber nur seiner Tochter Cornelia. Goethe hingegen musste Latein lernen, er sollte ja Jurist werden.«

»Das stimmt, Eddie, aber die Geschichte geht noch weiter. Johann Wolfgang hat oft im gleichen Zimmer Latein-Hausaufgaben gemacht, in dem auch Cornelia in Italienisch unterrichtet wurde. Dabei hat der Bruder einiges aufgeschnappt.

Zumindest die Grundlagen. Das schreibt er sogar in einem Brief an Cornelia.«

»Hm, das ist mir neu«, gestand Edmund. »Da muss ich mal nachsehen. Hast du das Datum des Briefs?«

»Sicher, kann ich dir heraussuchen.«

»Aber selbst wenn das stimmt, Hendrik, das alles war in seiner Kindheit, im Alter von neun oder zehn Jahren. Als er nach Italien fuhr, war er 37 Jahre alt, wie soll er denn seine Kenntnisse inzwischen trainiert haben? Fast 30 Jahre lang? Du weißt selbst, dass man eine Sprache nur durch Übung lernt. Mit wem hat er also in der Zwischenzeit Italienisch gesprochen? Ist dir da etwas bekannt?«

»Nein, das nicht. Aber er hat italienische Bücher gelesen und damit geübt.«

»Ich glaube nicht, dass das reicht «, sagte Edmund. »Und denk mal an seine Beschreibung von Trient, an den Geistesgestörten, der angeblich gerufen haben soll: ›Der Kaiser hat es nicht getan, der Papst hat es getan.‹ Danach kam irgendwas über die Spanier und die Franzosen und dann: ›Abels Blut schreit über seinen Bruder Kain!‹ All das soll Goethe verstanden haben an seinem ersten Italien-Tag, an dem er sich zunächst in die Sprache einhören musste?«

»Du vergisst, dass Goethe aus einer sprachaffinen Familie stammte und entsprechend gut gebildet war.«

»Das weiß ich «, sagte Edmund. »Wieder mal die Theorie von Goethe als Genie. So etwas Ähnliches schreibt er ja auch in ›Dichtung und Wahrheit‹, aber wie viel Wahrheit man seiner Autobiografie wirklich entnehmen kann, ist sehr fraglich.«

Für Hendrik war es nicht möglich, Edmunds Gesichtsausdruck zu erkennen. »Und du?«, fragte er. »Woher kannst du so gut Italienisch?«

»Ich hatte mal eine italienische Freundin und habe heute immer noch regelmäßig Kontakt zu ihrer Familie.«

»Ach so. Wann war das denn? Schon lange her?«

»Während unseres Studiums«, sagte Edmund.

Hendrik legte eine Vollbremsung hin.

Edmund schnellte nach vorn. »Bist du verrückt?« Er hielt sich die Hände seitlich an den Hals.

Hendrik bog auf einen Parkplatz ein. »Entschuldige, daran habe ich jetzt nicht gedacht, ich … Sorry, geht es?«

»Ja, bei mir ist alles gut, was macht Erna?«

»Ich gönne ihr eine Pause«, sagte Hendrik und stellte den Motor ab. Rechter Hand zogen sich weite Felder hin bis zu einer steilen Felswand, links erkannte man die ersten Häuser von Trient.

»Das war doch nicht etwa … Francesca?«

Edmund drehte den Oberkörper zu ihm herum. »Genau die war es.«

Hendrik brauchte frische Luft. Er öffnete die Wagentür. Ihm war schlecht. Francesca. Eine Germanistikstudentin aus Bologna, sehr hübsche Frau, dunkle Haare, dunkle Stimme. Der Traum vieler Männer an der Uni Frankfurt.

»Das … Also, das habe ich ja gar nicht gewusst.«

»Francesca hat mich gebeten, es niemandem zu erzählen. Ihre Eltern haben sie gedrängt, den Sohn eines reichen Geschäftsmannes aus Bologna zu heiraten, aber sie wollte nicht. Sie wollte mich heiraten. Einen Deutschen. Viele dachten, sie sei eine starke Frau, doch das war sie nicht. Sie wusste nicht, was sie tun sollte. Ich hatte gerade vorgeschlagen, mit ihr nach Italien zu fahren, um ihre Eltern zu überzeugen, Francescas Wunsch zu folgen. Damals habe ich einen wichtigen Terminus gelernt: leggere nell'animo.«

»Lesen in …«

»Wörtlich genommen ›lesen in der Seele eines anderen Menschen‹. Besser gesagt: in seinem Herzen lesen.«

Hendrik nickte.

»Ich habe deswegen extra einen Italienischkurs belegt. Du hast dich wahrscheinlich gewundert, dass ich unsere gemeinsamen Übungstermine fürs Examen an den Donnerstagen nicht mehr wahrnehmen konnte.«

»Allerdings.«

»Und dann kam der 11. Mai.« Edmund sah durch das offene Schiebedach hinauf zum Himmel.

»Ja, daran erinnere ich mich. Der Tag vor unserem Examen.«

»Ich wäre auch gekommen, zur Prüfung«, murmelte Edmund, »obwohl ich nicht optimal vorbereitet war. Aber dann, als Francesca tot war ...«

Hendrik nickte. Er legte seine Hand auf Edmunds Schulter. »Tut mir echt leid, Junge.«

»Danke.«

»Ich hätte dir gern geholfen.«

»Ich weiß. Bestimmt hättest du mir geholfen. Aber es ging nicht. Ich konnte mit niemandem reden, damals. Und nicht wieder zurück an die Uni. Keinen Fuß konnte ich mehr in die grauen Betonklötze in Bockenheim setzen. Weil es dort passiert ist. Vergewaltigt und erdrosselt. Mit einem Draht. Kann man schlimmer sterben?«

Hendrik schüttelte den Kopf. »Nein.«

»Dich konnte ich letzte Woche nur besuchen, weil der gesamte Fachbereich inzwischen in den Poelzigbau umgezogen ist. Habe auch keinen unserer Kommilitonen je wieder getroffen in all den Jahren. Fast keinen. Nur dich.«

Hendrik fühlte bei all den dunklen Erinnerungen einen einzelnen Lichtstrahl. »Soweit ich weiß, ist unser Hörsaalassistent für den Mord angeklagt worden«, sagte Hendrik.

»Richtig, Kühlberg. Er wurde aus Mangel an Beweisen freigesprochen.«

»Puh!«

»Ich habe damit abgeschlossen. Francescas Bruder sehe ich ab und zu, er ist in Frankfurt hängengeblieben. Der Vater ist gestorben, die Mutter lebt noch, ich besuche sie regelmäßig. Sie mag mich. Hat sich schwere Vorwürfe gemacht, dass sie nicht in Francescas Herz gelesen hat.«

»Hm, verstehe. Das hätte aber wohl auch nichts geändert, oder?

»Wahrscheinlich nicht. Wer weiß das schon. È destino.«

»Si, amico!«

Edmund sah ihn gerührt an. »Ich freue mich sehr, dass du mitgefahren bist!«

Hendrik startete den Motor. »Übrigens, ich habe dich damals gesucht, auch bei deinen Eltern. Sie waren … Ich meine, leben sie noch?«

»Ich weiß, sie waren geschockt. Ich konnte erst zwei Jahre später wieder mit ihnen reden. Meine Mutter ist kurz danach gestorben, mein Vater lebt noch, in einem Altersheim in Seckbach. Er ist 94 Jahre alt. Es hat ihnen sehr wehgetan, aber ich konnte nicht anders. Manchmal glaube ich, dass ich einen großen Teil meines Lebens verspielt habe. Verzockt, vertan, verkorkst …«

»Na hör mal!«

»Vielleicht sogar verliebt«, sagte Edmund.

Hendrik zog es vor, sich dazu nicht zu äußern.

Edmund seufzte. »Du hattest damals so eine große blonde Sportstudentin, wie hieß die noch?«

»Gesa.«

»Ja, richtig. Was macht die heute?«

»Keine Ahnung, kurz nach meinem Examen war Schluss

mit uns. Sie hat ihr Sportstudium abgebrochen und ist nach Bremen gegangen, um dort Tanz zu studieren. ›Vergiss mich, Hennie!‹, hat sie zum Abschied gesagt.«

Edmund lachte. »Stimmt, sie hat dich immer Hennie genannt, ich erinnere mich. Und? Hast du sie vergessen?«

»Nein.«

*

Dienstag 9. September, abends

Hendrik war froh, dass sie das Hotel in Trient gebucht hatten. Eigentlich hatte Edmund bis nach Rovereto fahren wollen, aber da die dort von Goethe erwähnte »Albergo della Rosa« nicht mehr existierte, entschlossen sie sich, in der Provinzhauptstadt Trient zu übernachten und dort seine Spur aufzunehmen. Nach einer kurzen Ruhepause liefen sie durch die Altstadt, die Goethe zunächst als »uralt« mit »neuen wohlgebauten Häusern« beschrieben hatte. Das passte auch zum heutigen Trient. Der imposante Dom, ein anmutiger Brunnen davor, leider mit Bauzäunen abgesperrt, gegenüber mehrere uralte Bauten mit Fresken, die ganze Geschichten erzählten. Nicht weit entfernt die moderne Galleria Civica di Trento.

Goethe hatte sich das sogenannte Teufelshaus zeigen lassen. Dazu schrieb er später, dies sei das einzige Haus von »gutem Geschmacke« gewesen. Wieder solch eine Ungenauigkeit.

Hendrik atmete tief durch. »Komm, Eddie, bevor du noch mehr Goethe-Nachlässigkeiten aufstöberst, lass uns eine Pizza essen. Jetzt habe ich nämlich Hunger.«

»So, so, Nachlässigkeiten …«

Sie fanden ein feines Restaurant mit einem netten Kellner. Er kramte sein Schulenglisch hervor, und selbst als Edmund zu verstehen gab, dass er Italienisch sprach, ließ er nicht davon ab. Hendrik freute sich, denn so konnte er sich bequem an der Unterhaltung beteiligen. Als sie nach Goethe fragten, bekamen sie keinen brauchbaren Hinweis, dafür aber einen Limoncello aufs Haus, denn Menschen, die sich mit solch berühmten Personen beschäftigten, könnten eventuell selbst einmal berühmt werden. Sie bestellten zweimal die Pizza Speciale, belegt mit echtem Büffelmozzarella, Basilikum, Garnelen und hauchdünnen gerösteten Zucchini. Dazu ein roter Hauswein zum Niederknien. Hendrik fühlte sich wohl. Mitten im Genussmodus dachte er an Hanna, er musste sie unbedingt anrufen, am besten sofort, doch sie nahm nicht ab. Na gut, es war Dienstag, ihr freier Tag, wahrscheinlich war sie im Schwimmbad.

Nach dem Essen erklärte er Edmund, dass sie noch am gleichen Abend in die Niederungen der profanen Wirklichkeit zurückkehren müssten. Um 20 Uhr sei eine Telefonkonferenz mit Siggi und Richard angesetzt, um sie beide auf den neuesten Stand der Ermittlungen zu bringen. Hendrik merkte Edmund an, dass er dieses Thema am liebsten ausgeblendet hätte, zumal er meinte, seit München sei schließlich nichts mehr passiert. Hendrik hatte die Geschichte mit dem Wachs auf der Treppe verschwiegen und wollte auch jetzt nicht davon sprechen, denn falls es tatsächlich nur ein Unfall gewesen war, wollte er Edmund nicht unnötig beunruhigen. Die Proben waren sicher noch nicht analysiert, sie konnten bestenfalls gerade in Weimar eingetroffen sein.

Auf dem Rückweg zum Hotel kamen sie an einem faszinierenden, zugleich ungewöhnlichen Gebäude vorbei. Der Vorbau erinnerte ihn an das Erfurter Tor in Weimar, das dahinterliegende Haupthaus an den Palazzo Farnese in Rom. Das Interesse beider Männer war geweckt, und sie näherten sich einer Steintafel, die neben dem Eingang angebracht war. Einige Zahlen konnte Hendrik erkennen und einen deutsch anmutenden Namen, der Rest war in Italienisch gehalten. Edmund übersetzte: »Hier lebte von 1786 bis 1788 der berühmte Baumeister Wilhelm Heinrich Graf von Tasso und Tauris.« Irgendeine Inspiration, eine Erinnerung, ein Zusammenhang schwebte durch Hendriks Bewusstsein, aber er konnte sich nicht wirklich konzentrieren, denn seine Gedanken waren bereits bei der Telefonkonferenz.

Im Hotelzimmer stellte Hendrik mit seinem Smartphone die Verbindung zu Richard und Siggi her, Edmund hörte zu. Das Gespräch dauerte nicht lang. Es genügten zwei Informationen, um die Situation zu klären. Die erste kam von Richard: Die Münchener Polizei hatte herausgefunden, dass die in Zimmer 405 sichergestellten Projektile dem Kaliber »0.22 lfB Biathlon« und dem Typ »Rifle Match« zuzuordnen waren. Damit war klar, dass jemand vom gegenüberliegenden Gebäude mit einem Biathlongewehr auf Edmund geschossen hatte. Die zweite Neuigkeit stammte von Siggi. Die beiden Proben aus dem Hotel Goldener Adler in Innsbruck waren gegen 16 Uhr bei ihm eingetroffen. Der Expressdienst hatte gute Arbeit geleistet. Und irgendwie war es Ella gelungen, einen Kollegen von der KTU zu überzeugen, sie sofort zu analysieren. Das Ergebnis hatte nicht lange auf sich warten lassen, da die Analyse relativ einfach war. Das eingesandte Material war Wachs. Aber kein normales Hydrocarbonwachs, sondern eines mit hohem Fluoranteil. Solche Wachse waren gemäß Siggis Recherche relativ teuer und wurden ausschließlich als Skiwachs eingesetzt.

»Ihr müsst unbedingt zurückkommen nach München«, sagte Siggi. »Die Kollegen dort warten auf euch, sie möchten Eddie schützen. Die haben jetzt natürlich ein schlechtes

Gewissen. Aber sie können ihm nur in Deutschland Sicherheit bieten, versteht ihr? Außerdem haben sie noch eine Menge Fragen.«

Hendrik sah Edmund an, der nickte leicht, so gut es mit der Halskrause ging.

»Okay, wir fahren morgen früh zurück!«, antwortete Hendrik.

»Ich habe euch ein Hotelzimmer gebucht«, ergänzte Richard. »Im Leto-Motel München-Ost, ich schick dir noch eine E-Mail mit der Adresse.«

»Warum nicht wieder im GIRO?«

»Die Münchener Kollegen wollten das nicht, am und im GIRO ist zu viel los, zu viele Menschen, zu unübersichtlich. Im Leto-Motel seid ihr sicherer.«

»Frag mal, ob Nadine sich gemeldet hat«, sagte Edmund aus dem Hintergrund.

Hendrik gab die Frage weiter.

»Nein«, sagte Richard, »Nadine Moser hat sich bisher nicht gemeldet. Laut Aussage ihres Vaters befindet sie sich immer noch auf Geschäftsreise.«

Damit war die Telefonkonferenz beendet und Hendrik legte auf. Die beiden Freunde waren eine Zeit lang sprachlos. Sie mussten die Neuigkeiten erst verdauen.

»Komm«, sagte Edmund, »wir gehen an die Bar. Ich brauche einen Absacker.«

Hendrik hatte nichts dagegen.

In der Bar war nicht viel Betrieb. Am Tresen standen zwei Männer, an einem Tisch saß eine Frauen-Dreiergruppe. Hendrik und Edmund setzten sich an die Theke und bestellten Bier und Grappa.

»Du hast also Proben genommen, von der Treppe im Hotel«, sagte Edmund.

»Das stimmt, während du in der Klinik geschlafen hast. Ich dachte, dein Ausrutscher könnte eventuell auch absichtlich herbeigeführt worden sein. Es war besser, das gleich zu prüfen, statt zu warten, bis die Beweise vernichtet sind.«

»Nicht schlecht!« Edmund schien voll Bewunderung zu sein. »Und ich dachte, es ist alles vorbei.«

»Nein«, sagte Hendrik. »Ich denke, jetzt fängt es erst richtig an.« Er wusste, dass in München eine Menge Arbeit auf sie zukommen würde.

»Das heißt also, ein Biathlonsportler hat auf mich geschossen?«

»Richtig, es sieht danach aus. Zumindest ein Mensch, der Zugang zu einem Biathlongewehr hat und damit umgehen kann.«

»Und Zugang zu Skiwachs hat, was ja irgendwie zusammenhängt. Also wurden beide Attentate von derselben Person durchgeführt?«

»Davon gehe ich aus. Aber lass uns das morgen in München noch mal mit den Polizisten besprechen.«

In diesem Moment erklang eine Frauenstimme hinter ihnen: »Na, Jungs, wie geht es euch?«

Hendrik fuhr herum. »Nadine, was machst du denn hier? Die Polizei sucht dich!«

Edmund schien etwas sagen zu wollen, aber er behielt es für sich.

»Was ist denn mit dir passiert?«, fragte Nadine in Edmunds Richtung.

»Ausgerutscht, nicht schlimm, muss nur ein paar Tage das Ding tragen.« Er zeigte auf die Cervicalstütze.

»Und warum sucht mich die Polizei?«, fragte sie an Hendrik gewandt.

Er spürte einen Fußtritt gegen die Wade und nahm an,

Edmund habe ihn aus Versehen getreten. »Du sollst das Alibi deines Vaters bestätigen.«

»Wie bitte? Was soll Papa denn verbrochen haben?«

Hendrik wunderte sich noch, dass sie das Wort »Papa« benutzte, nicht »Vater«. Sie lächelte. Hinreißend. Umwerfend.

»Ach«, sagte Hendrik lachend, »reine Routine, du weißt ja, es wurde auf Eddie geschossen, mit einem Biathlongewehr.«

»Mit einem Biathlongewehr, im Sommer?«

»Tja, ich weiß auch nicht …«

»Na gut, dann sage ich eben aus, wenn ich zurück bin. Papa saß an unseren Steuerunterlagen in seinem Büro, ich habe ihn dort angerufen, danach ist er zum Steuerberater gefahren. Ich war bei meiner Tante in Pullach. Sie ist krank, kann kaum eine Nacht schlafen. Ich besuche sie regelmäßig. Also sollte alles klar sein, oder?«

»Sowieso!«

»Sorry, Hendrik«, sagte Edmund. »Mir geht es nicht gut, war wohl doch ein bisschen viel heute.« Er deutete auf seinen Hals. »Kannst du mich bitte auf mein Zimmer begleiten?«

Hendrik wunderte sich über Eddies plötzlichen Stimmungsumschwung, er hatte noch nicht einmal sein Bier ausgetrunken. »Aber klar, natürlich. Bis gleich, Nadine!«

Sie durchquerten die Hotellobby. Kaum waren sie in dem Flur angekommen, der zu den Zimmern führte, raunzte Edmund ihn an: »Mann, Hendrik, was machst du da? Verrätst ihr die aktuellen Ermittlungsergebnisse, das geht sie doch gar nichts an!«

»Was soll das denn? Nadine hat doch nichts damit zu tun!« Hendrik war empört. Er versuchte, Eddie zu helfen und ihn zu beschützen, und nun das.

»Du wirst jetzt nicht wieder in die Bar gehen!«

»Pah! Das ist wohl meine Sache. Und den Weg zu deinem

Zimmer findest du wohl selbst. Frühstück um sieben, wir müssen zeitig los.« Damit drehte er sich um und stapfte los.

»Ach, übrigens«, rief Edmund ihm hinterher, »du hast mir immer noch nicht gesagt, warum du wirklich mitgefahren bist.«

Hendrik blieb stehen, ohne sich umzudrehen.

»Beschützerinstinkt?«, fragte Edmund. »Nach all den Jahren? Das klingt ungefähr so glaubwürdig wie ›Edel sei der Mensch, hilfreich und gut!‹«

Hendrik lief weiter bis in die Hotellobby. Eddie hatte ihm gar nichts vorzuschreiben. Er dachte erneut an Hanna und zog sein Smartphone aus der Hosentasche. Doch irgendetwas hinderte ihn daran, zu wählen. Er steckte das Handy wieder ein und betrat erneut die Bar. Nadine saß immer noch am Tresen. Er blieb vor ihr stehen und sagte: »Was machst du eigentlich hier?« Er versuchte, einen neutralen Tonfall zu treffen, wusste aber nicht, ob es ihm gelungen war.

Nadine sah ihn erstaunt an und drückte ihre Zigarette im Aschenbecher aus. Ihre grünen Augen leuchteten. »Mein Vater macht nicht viele Worte um seine Pläne und seine Träume. Wie war dein Vater da so?«

Warum fragte sie ihn nach seinem Vater? Und warum ausgerechnet in diesem Moment? »Ich ... Ja ... Er war da ... sehr ähnlich.«

»Mein Vater möchte noch mehr GIROs aufbauen, eine Kette, bis zum Gardasee, vielleicht sogar noch weiter. Das nächste soll in Rovereto entstehen, ich habe dort Verhandlungen geführt.«

»Wo denn?«

»Wo ich die Verhandlungen geführt habe?«

»Nein, wo das GIRO entstehen soll.«

»In einem fürchterlich alten Haus. Dort stand früher die

›Albergo della Rosa‹. Wird ziemlich teuer, das Gebäude zu renovieren. Dafür ist der Kaufpreis günstig.« Sie lachte. Und Lachen war ihre Stärke.

»Hm«, brummte Hendrik. »Und warum bist du jetzt in einem Hotel in Trient statt in Rovereto?«

»Ich hatte noch Termine mit einigen Weinbauern hier in der Nähe. Wir wollen einen Goethewein anbieten. Papa hat mir das komplett übertragen. Eigentlich wünschte er sich einen Wein aus dem Rheingau, wäre ja im Sinne des Geheimrats gewesen, die sind aber zu teuer. Fragt später sowieso keiner mehr danach.«

»Und wie kommst du ausgerechnet in das Hotel, in dem wir übernachten?«

Sie hob die Schultern. »Zufall.«

Er wollte es genau wissen, musste sichergehen. Edmund würde sonst nicht nachgeben. »Soso, dann zeig mal deinen Zimmerschlüssel!«

»Gerne.« Sie zog eine Zimmerkarte aus ihrer Handtasche und legte sie auf den Tresen. »Zimmer 11, leicht zu merken.« Sie blinzelte.

»Gute Nacht, Nadine!« Er kippte seinen Grappa hinunter, der noch auf dem Tresen stand, drehte sich um und verließ die Bar.

»Bis bald, Hendrik«, rief sie ihm hinterher.

13 FRANKFURT A. M. UND OFFENBACH A. M.

Mittwoch, 10. September, morgens

Hanna Wilmut erinnerte sich an ihre Hochzeit. Noch im Weimarer Standesamt hatte ihre Schwiegermutter gesagt, sie sei jederzeit für Hanna da – falls es ein Problem gäbe. Und sie sage das nur einmal, denn sie wolle sich nicht aufdrängen, also, Hanna solle sich das bitte merken. Damals war Hanna sicher, dass sie dieses Angebot nie anzunehmen brauchte. Sie fühlte sich jung, klar strukturiert und unbesiegbar. Insbesondere zusammen mit Hendrik. Er war ihr kongenialer Partner, ihr Seelenverwandter, ihr Erwählter. Mit ihrer Liebe standen sie beide fest im Leben.

Heute wusste sie, dass das gemeinsame Fundament kleine Risse bekommen hatte. Einige hatte Hendrik verursacht, einige sie selbst und einige der verdammte Alltag. Im Lauf der Zeit hatten sie sich daran gewöhnt, mit den Rissen zu leben, fühlten sich sogar besser als zuvor, weil sie es geschafft hatten, trotzdem zusammenzubleiben und sich zu vertrauen.

Hanna benutzte das Wort »Angst« nur selten, denn sie war grundsätzlich der Meinung, es sei lebensbedrohlichen Situationen vorbehalten. Aber heute hatte sie Angst.

Sie lenkte ihr Fahrrad am Main entlang, vorbei an der Gerbermühle und der Offenbacher Schleuse. Irgendwo hier verlief die Stadtgrenze. Kurz hinter dem »Hafen 2« bog sie links ab und überquerte auf der Walter-Spiller-Brücke das Offenbacher Hafenbecken. Die Hochhäuser der Frankfurter Skyline glänzten in der Morgensonne. Sie radelte zwischen den Neubauten auf der Hafeninsel hindurch und erreichte wenige Minuten später ihr Ziel. Direkt vor dem Haus schloss sie ihr Fahrrad an, ging zum Eingang und glitt mit dem Finger über die Klingelschilder. Da: Hedda Wilmut. Sie klingelte.

»Hallo?«

»Ich bin's, Hanna. Störe ich?«

»Aber nein!« Es summte.

Hedda stand in der Etagentür, gestützt auf ihren Gehstock. »Hanna, Kind, was für eine Freude!« Sie umarmten sich. »Du siehst traurig aus.«

Hanna versuchte zu lächeln.

»Komm erst mal rein, Kaffee?«

»Ja, bitte, hab noch nicht gefrühstückt. Ich hoffe, ich bin nicht zu früh, ich muss um 10 Uhr im Café sein.«

»Kein Problem, ich stehe immer früh auf, das weißt du doch.«

Hanna stellte ihr Handy in den Flugmodus, sie wollte jetzt nicht gestört werden. »Ich möchte dich etwas fragen, also …«

»Ach, Kind. Du hast dich erinnert an meinen Satz, damals, im Standesamt?«

»Ja.«

Sie setzten sich an den Küchentisch, das Fenster zeigte zum Hafenbecken, dahinter lag die Offenbacher Innenstadt. Mit schnellen Handgriffen deckte Hedda Wilmut den Tisch und setzte die Kaffeemaschine in Gang. Der Griff ihres Gehstocks hing über der Stuhllehne.

»Wie war Hendrik eigentlich so, als Kind, meine ich?«

»Es geht also um Hendrik?«

»Ja«, sagte Hanna.

»Wie er als Kind war, nun, da muss ich mich erst setzen.«

Mühsam nahm sie Platz, ihre Hüften schmerzten, das wusste Hanna. Die Kaffeemaschine gurgelte vor sich hin. Ihre Schwiegermutter fragte nicht, um was es genau ging, um Hendrik, so weit klar, mehr wollte sie nicht wissen. Diese Annäherung ohne Aufdringlichkeit, das war der Grund, warum Hanna sie so schätzte.

»Früher, als kleiner Junge«, begann Hedda, »da hat er nur Kakao getrunken, kalt oder warm, manchmal Milch, sonst nichts anderes. Dann, eines Tages, es war sein 13. Geburtstag, das weiß ich noch genau, mein Mann war damals gerade verstorben, da fragte er mich, ob er jetzt groß sei. Ich antwortete: ›Ja, du bist jetzt groß.‹ Daraufhin sagte Hendrik: ›Gut, dann beschütze ich dich ab sofort.‹ Von diesem Tag an hat er nie wieder Kakao getrunken, nur noch Kaffee.«

»Hm, interessant«, sagte Hanna. »Und? Ich meine, hat er es eingehalten, sein Versprechen, dich zu beschützen?«

»Ja«, erwiderte Hedda ohne Zögern.

»Entschuldige, ich muss noch mal nachfragen. Kannst du mir ein Beispiel geben?«

Hedda wirkte überrascht, tat ihr aber trotzdem den Gefallen. »Natürlich. Einmal stand ein lästiger Zeitungsvertreter vor der Tür, du weißt schon, solch ein Abo-Heini, der wollte und wollte sich nicht abwimmeln lassen. Da kam Hendrik, er war vielleicht 14 oder 15 Jahre alt, und sagte: ›Ich habe bereits die Polizei angerufen, Sie haben noch genau zwei Minuten, um zu verschwinden, ansonsten droht Ihnen eine Anzeige wegen Hausfriedensbruchs!‹ Schwupps – war der Kerl weg. Auch sonst, er hat mir immer geholfen bei all den Anträgen und Formularen für die Ämter, du weißt ja, schreiben und formulieren konnte er schon immer. Und regelmäßig hat er nachgefragt, ob alles in Ordnung sei mit meinen Papieren.«

»Gut, das hört sich gut an. Sehr verlässlich, auch in kritischen Situationen. Oder?«

Hedda sah sie an: »Ja, Hanna, auch in kritischen Situationen, du kannst dich auf ihn verlassen. Und ehrlich: Das sage ich nicht nur, weil er mein Sohn ist.«

Hanna fühlte eine Träne über ihre Wange rollen.

Ihre Schwiegermutter goss Kaffee ein und strich ihr über den Arm. »Ihr bekommt das hin!«

Hanna nickte stumm.

»Eine kleine Anekdote, damit du wieder lachen kannst: Als wir noch in Weimar wohnten, hing mal ein Stück Tapete im Hausflur herunter und der Hausbesitzer hat sich fürchterlich aufgeregt. Auf meine Frage, wer denn die Tapete abgerissen habe, meinte Hendrik, vier Jahre alt: ›Das muss doch wohl der Weihnachtsmann gewesen sein!‹ Ich konnte ihm nicht böse sein.«

Hanna lachte und Hedda gab ihr ein Taschentuch, um die Tränen zu trocknen. Sie tranken ihren Kaffee. Dann verabschiedete sich Hanna. »Danke, Mutter!«

Es war kurz nach 9 Uhr an diesem Mittwochmorgen.

*

Mittwoch, 10. September, abends

Hanna Wilmut hatte sich gegen 19 Uhr mit Karla verabredet. Zum zweiten Mal an diesem Tag fuhr ihr Finger über die Namensschilder einer Hausgemeinschaft. Diesmal in der Wiener Straße im Stadtteil Oberrad. Da war es: Edmund Fahrnholtz und Karla Bingmann, achte Etage. Als Hanna die Wohnung betrat, war sie sehr erstaunt über die Unordnung. Überall lagen Wäschestücke, Fotoalben und Zeitschriften herum. Sie wunderte sich, wie Menschen so leben konnten. Gleichzeitig fragte sie sich, ob ihr eigener Begriff von Ordnung nicht ein wenig zu eng gefasst war. Karla deutete jedenfalls mit keiner Silbe an, dass ihr die Situation unangenehm war.

Didi würde in Kürze eintreffen, er habe bereits aus dem Auto angerufen. Karla bat sie, sich im Schlafzimmer versteckt zu halten, da sie ihn nicht gleich verärgern wollte. Sie sollte nur herauskommen, wenn etwas schiefging. Hanna lehnte das zunächst ab, denn solche Heimlichkeiten mochte sie nicht, zumal das Gespräch lange dauern konnte und sie dadrinnen absolut ruhig bleiben musste. Doch Karla war nicht umzustimmen, und da es bereits läutete, schob sie Hanna ins Schlafzimmer und schloss die Tür. Hanna setzte sich aufs Bett und wartete.

Didis Stimme klang angenehm und freundlich. »Hallo, Karla, wie geht es dir?«, hörte sie ihn sagen.

»Äh, danke, ganz gut. Möchtest du ein Bier?«

»Nein, obwohl, doch, eins wird schon gehen, ich muss ja noch fahren.«

Eine Weile lang war es still, schließlich ploppte laut vernehmbar ein Kronkorken.

»Danke, wie geht es Eddie denn so?«, wollte Didi wissen.

»Frag nicht … Erst ist auf ihn geschossen worden und dann ist er in Innsbruck die Treppe hinuntergestürzt, zum Glück hat er sich nichts gebrochen.«

Hanna staunte. Von dem Treppensturz hatte ihr Hendrik nichts erzählt. »Geschossen?«, hörte sie Didi sagen. »Warum das denn? Und wer war das?« Für Hanna klang der Tonfall eher empört als besorgt.

»Die Polizei kümmert sich darum. Wer und warum ist noch unklar.«

»Aber telefonieren kann er doch, oder?«

»Ja, das kann er«, antwortete Karla.

»Na also, warum ruft er mich dann nicht zurück?«

»Keine Ahnung, Didi.«

»Ich muss mit ihm reden!« Seine Stimmlage wurde schärfer.

»Ist gut, ich sag es ihm beim nächsten Telefonat. Aber ich weiß nicht, wann er …«

»Das interessiert mich nicht. Wir müssen über den Brief seines Anwalts sprechen, hat er den bekommen?«

»Natürlich, der liegt da hinten …«

»Wo?«

Hanna vernahm Schritte.

»Moment, du kannst doch nicht einfach an seine Post gehen!«

»Na und ob ich das kann, ich muss wissen, was zwischen ihm und seinem Anwalt vor sich geht …«

»Didi, was soll das denn?«

»Halt den Mund, du dumme Kuh, du hast sowieso keine Ahnung!«

»Geh weg hier!«

Hanna wählte die 110, gab Namen und Ort durch und bat, sich zu beeilen. Sie hörte ein Klatschen, dann einen Schrei von Karla. Sie öffnete die Schlafzimmertür. Auf dem Herd stand eine Pfanne mit Nudeln, sie griff danach, der Inhalt flog durch den Raum, sie stürzte ins Büro.

»Was?«, brachte Didi Fahrnholtz noch heraus, dann traf ihn die Pfanne. Leider hatte er den Kopf zur Seite gedreht, sodass Hanna ihn nur an der Schulter erwischte. Er schrie auf, Karla schrie auf und auch Hanna musste schreien, vor Schreck, weil sie ihn nicht richtig getroffen hatte. Da standen sie nun alle drei, sichtlich geschockt. Sie belauerten sich. Er hielt sich die Schulter.

»Verschwinden Sie, sofort!«, rief Hanna.

»Pah, von zwei so blöden Gänsen werde ich mich doch nicht in die Flucht schlagen lassen, wäre ja noch schöner!«

Hanna hob die Pfanne, er wankte in ihre Richtung.

»Pass auf!«, schrie Karla.

Hanna wich zurück, erst langsam, dann schneller, durch den Flur bis ins Wohnzimmer. Dort stolperte sie über die Teppichkante, fiel nach hinten, musste sich abstützen, verlor dabei die Bratpfanne, er kam immer näher, in rasantem Tempo. Hanna griff zur Seite, ein Stuhl, Didi schien sich auf sie stürzen zu wollen, ein Mann von geschätzten 90 Kilogramm, sie schaffte es gerade noch, den Stuhl zwischen sich und Didis Körper zu ziehen, schon kam er mit wutverzerrtem Gesicht angeflogen.

Es klingelte.

Im selben Moment krachte Didi in den Stuhl hinein, ein Stuhlbein bohrte sich in sein Gesicht. Blut schoss hervor, Zähne flogen umher, er stöhnte laut auf. Hanna rollte sich zur Seite, um auszuweichen, doch die Stuhllehne traf sie am Hinterkopf. Für einen Moment war sie benommen, schwindlig, dann sah sie zwei Gestalten in blauer Uniform vor sich. Und Karla.

14 TRIENT BIS MÜNCHEN

Mittwoch, 10. September, morgens

Nach dem Frühstück versuchte Hendrik Wilmut erneut, seine Frau anzurufen, wieder erfolglos. So langsam staute sich Ärger in ihm auf. Wo war Hanna denn nur? An einem normalen Mittwochmorgen? Üblicherweise fuhr sie erst gegen 9 Uhr ins Café. Edmund saß auf dem Beifahrersitz und sagte nichts. Es schien kein kommunikativer Tag zu werden. Noch innerhalb von Trient bog Hendrik auf die Autobahn A 22 in Richtung Norden ein. Dann ging alles sehr schnell. Er ließ Erna laufen und schaltete das Radio ein. »They call me the breeze«, sang Eric Clapton, genau das Richtige für Hendriks Stimmung. Ehe er einen vernünftigen Gedanken fassen konnte, standen sie an der italienischen Mautstelle kurz vor dem Brennerpass. Er bezahlte. Wenige Minuten später waren sie wieder in Österreich.

»Geht's mit deinem Nacken?«, fragte Hendrik.

»Ja, geht so«, brummte Edmund.

»Vielleicht sollten wir mal wieder miteinander reden«, meinte Hendrik.

»Gute Idee.«

Hendrik drehte das Radio leiser. »Mit einem hattest du recht, gestern Abend im Flur. Ich bin dir noch eine Antwort schuldig. Auf die Frage, warum ich überhaupt mitgefahren bin. Kein Beschützerinstinkt. Mehr ein Beschützerzwang. Um ehrlich zu sein, geht es um meine … Schuldgefühle.«

»Schuldgefühle. Verstehe. Am besten, du erzählst mir alles.«

Hendrik fühlte sich, als hätte ihm jemand in den Magen getreten. Er sah starr geradeaus durch die Windschutzscheibe. »Ein Unfall. Auf der Autobahn. Bei Alsfeld. Ein Toter.« Die Wörter quälten sich langsam und stoßweise aus Hendriks Kehle.

»Böse Sache. Vergisst man nicht so leicht. Wer war der Tote?«

»Mein Cousin Benno«, antwortete Hendrik. »Mein Freund Benno.«

»Meinst du etwa Benno Kessler, den damaligen Frankfurter OB-Kandidaten?«

Hendriks Hände krampften sich ums Lenkrad. »Ja. Und ich war der Fahrer.«

»Puh!«, sagte Edmund.

Danach herrschte einige Minuten Stille.

Schließlich sagte Edmund: »Du willst also verhindern, dass dir etwas Ähnliches noch einmal passiert?«

»Wie … Woher weißt du das?«

»Kann man sich doch denken.«

»Du vielleicht«, sagte Hendrik.

»Danke.«

Innsbruck kam näher. Langsam sortierte sich Hendriks Inneres wieder. »Da wir gerade so ehrlich miteinander reden …« Er zögerte.

»… du wolltest mir noch erzählen, was du gestern Abend mit Nadine besprochen hast, oder?«

»Verdammt noch mal, ja!«, schimpfte Hendrik. »Ich habe sie gefragt, woher sie wusste, dass wir ausgerechnet in diesem Hotel waren.«

»Aha, und?«

»Sie sagte, das sei Zufall gewesen, sie hatte Geschäftstermine in Rovereto und auf Weingütern bei Trient, die seien schon seit Wochen vereinbart gewesen, genauso wie die Hotelbuchung.«

»Und, glaubst du ihr?«

»Ehrlich?«

»Ja, ehrlich.«

»Ich weiß es nicht«, sagte Hendrik.

»Okay, das war ehrlich.«

Sie mussten beide lachen. Im Radio lief »Tage wie diese«. »Mach' mal lauter!«, verlangte Edmund und Hendrik drehte auf.

Die Straße flog ihnen entgegen, die Bäume zogen vorbei und die schlechten Gedanken blieben auf dem Asphalt liegen.

Sie passierten Innsbruck und bogen ab auf die E 45 nach München. Aus dem Radio erklang weiterhin Gute-Laune-Musik und Erna schnurrte vor sich hin.

»Schade, dass wir nicht wieder im GIRO übernachten«, sagte Edmund. »Ich hätte gern mit Bertl noch ein paar Bier getrunken.«

»Auch er ist ein Verdächtiger, wie seine Tochter.«

»Das schon. Aber er ist ein Mann.«

Hendrik überhörte den letzten Satz geflissentlich. »Du weißt ja, die Münchener Polizei hat aus Sicherheitsgründen das andere Hotel vorgeschlagen. Richard hat gestern Abend noch eine E-Mail geschickt mit der Adresse. Und wir bekommen Polizeischutz.«

»Echt?«

»Ja, echt.«

»Wow!«

»Lieber wäre mir ohne. Und besonders ohne den Grund dazu.«

»Hm, das stimmt.«

»Er schreibt, wir sollen uns im Hotel an einen Herrn Möller wenden.«

»Okay. Heißt der vielleicht *Filippo* Möller?«

Hendrik warf einen Blick in den Rückspiegel. »Sicher nicht. Den Filippo Möller gab es nie und wird es nicht geben.«

»Da wäre ich mir nicht so sicher, Hendrik!«

»Was meinst du? Goethe hat den Namen zur Tarnung benutzt, das wissen wir doch. In Deutschland Johann Philipp Möller, in Italien Filippo Müller oder Miller. Die Italiener kennen nun mal keine Umlaute.«

»Du vergisst meine Theorie. Goethe war nicht in Italien. Jedenfalls nicht 1786 bis 88. Aber Filippo Miller, der war dort. Es gab damals keinen Ausweis oder Reisepass mit Foto. Wer wusste denn in München, Innsbruck oder Italien schon, wie Goethe aussah? Ein begabter Schauspieler hat Goethe gespielt, während der echte Geheimrat sich versteckt hat.«

»Du meinst, Goethe hat jemanden beauftragt, an seiner statt als Filippo Miller durch Italien zu reisen?«

»Genau.«

Hendrik blickte erneut in den Spiegel. »Sorry, aber das ist doch Quatsch!«

»Ich habe mal nachgesehen«, sagte Edmund, »wie du schon sagtest, Goethe hat seinen angeblichen Inkognito-Namen einige Male modifiziert. Johann Philipp Möller, Filippo Möller, Müller, Miller, je nach Situation. Im Internet findet man heute all die Nachfahren: Filippo Miller in Argentinien, Filippo Müller in San Diego, sogar einen Filip Miller in Weimar. Und jetzt kommt's: Ich habe einen Filip Müller in Karlsbad gefunden.«

»In Karlsbad?«

»Richtig. Was wäre, wenn Goethe, der keine Lust auf die

anstrengende Kutschfahrt hatte und in Ruhe an der Iphigenie arbeiten wollte, einen Filip aus Karlsbad an seiner Stelle losgeschickt hat?«

»Unsinn, das wäre aufgefallen. Goethe hat auf seiner Reise einige Menschen getroffen, die ihn bereits aus Deutschland kannten. Den Buchhändler in Regensburg zum Beispiel.«

»Angeblich, nicht bewiesen …«

»Oder Johann Heinrich Meyer, den Maler.«

»Auch dazu gibt es nur vage Hinweise aus der Schweiz.«

»Na ja … stimmt. Ihr Treffen 1779 in der Schweiz ist historisch nicht belegt.«

»Siehst du. Ich habe das alles recherchiert, im deutschen Künstlerkreis in Rom gab es nur einen, der ihn nachweislich vorher schon kannte, und das war Lips. Für alle anderen, ob Reiffenstein, Bury, Trippel, Schütz oder Angelika Kauffmann, ist ein vorheriger Kontakt ausgeschlossen oder wie im Fall von Tischbein nicht sicher nachweisbar.«

»Johann Heinrich Lips, der Kupferstecher?«

»Genau. Der wird wohl Schweigegeld erhalten haben …«

»Moment mal, Eddie, jetzt hebst du ab. Ich muss sowieso anhalten, dann können wir in Ruhe reden. In 1.000 Metern kommt ein Parkplatz.«

»Von mir aus. Ich habe das alles geprüft. Und warum musst du sowieso anhalten?«

»Weil ich wissen möchte, ob der Fahrer des weißen Wagens da …«, er deutete hinter sich, »… uns verfolgt. Er hängt uns schon seit dem Brenner an der Stoßstange.«

Hendrik bog auf den Parkplatz ab. Das weiße Auto fuhr mit unverminderter Geschwindigkeit weiter, keiner der Insassen sah zu ihnen herüber. Sie stiegen aus. Sie standen sich gegenüber, jeder vor seiner Wagentür und hielten die Hände auf das Autodach gestützt.

»Du hast das geprüft, sagst du, im Internet, nehme ich an?«, fragte Hendrik.

»Genau, und zwar auf seriösen Seiten, nicht bei Wikipedia.«

»Na gut, aber unter Literaturwissenschaftlern hält das einer ernsthaften Prüfung nicht stand. Da müsstest du schon eine ausführliche wissenschaftliche Arbeit vorlegen, mit den entsprechenden Quellenangaben und so weiter, du kennst das aus dem Methodenstudium. Sorry, aber das muss ich jetzt leider sagen.«

»Ja, ja.« Er hob die Hände. »Kann sein.«

»Außerdem, du weißt ja, dass Goethe in seiner Jugend starken Frankfurter Dialekt gesprochen hat. Den konnte er auch später nicht ganz ablegen. Wie soll denn ein tschechischer Miller oder Müller Goethes Dialekt nachgeahmt haben? Es waren noch zwei weitere Männer aus Südhessen in der römischen Künstler-WG, die hätten das gemerkt. Johann Georg Schütz aus Frankfurt und Friedrich Bury aus Hanau.«

»Ein guter Schauspieler schafft das.«

»Nein, Eddie. Klares Nein.«

Edmund sah ihn an. »Du bist heute so … hart und nachdrücklich. Das gefällt mir nicht.«

»Das glaube ich dir. Und ich bin leider noch nicht fertig. Ich vermute, du hast nach wie vor keine schlüssige Antwort drauf, wo Goethe sich die zwei Jahre über versteckt haben soll, oder?«

»Na ja«, antwortete Edmund eilfertig, »es gibt da verschiedene Möglichkeiten …«

»Okay. Das heißt also, du weißt es nicht. Und weiter: Du weißt genau, wie das damals war. Wenn jemand solch eine Reise unternommen hatte, dazu noch bekannt war in Weimar und enge Bindungen zum herzoglichen Hof hatte, dann musste er nach seiner Rückkehr davon berichten, erzählen, die Gesellschaft unterhalten. Selbst ein Mann wie Goethe hätte dazu nicht die Fantasie und das Durchhaltevermögen gehabt. Kein Mensch kann zwei Jahre seines Lebens auf einer Lüge aufbauen, völlig unmöglich!«

Es tat Hendrik leid, dass er Edmunds Traum endgültig zerstören musste, aber irgendwann musste es sein. Und das Heute war besser dazu geeignet als das Morgen.

»Pass auf, Edmund Fahrnholtz, ich habe dich begleitet, um dich zu beschützen. Aber nicht nur vor dem Attentäter.«

Edmund hob sein Kinn. »Was meinst du damit?«

»Ich möchte dich auch vor dir selbst schützen. Wenn du das Buch mit dem jetzigen Konzept und dem geplanten Titel herausbringst, wirst du gewaltigen Schiffbruch erleiden. Kein ernst zu nehmender Literaturkritiker, kein Journalist und erst recht kein Literaturwissenschaftler wird das anerkennen. Der Verlag wird sein Geschäftsziel nicht erreichen, auf seinen Kosten sitzen bleiben und dein Buch verramschen. Du wirst untergehen, du wirst unendlich enttäuscht sein. Und das möchte ich gern vermeiden.«

Edmund drehte sich um. Er schien nachzudenken. Minutenlang. Schließlich sagte er: »Okay, bitte fahr weiter.«

Eine knappe Stunde später erreichten sie die Grenzstation Kiefersfelden. Die rechte Spur war von einer schier endlos scheinenden LKW-Schlange belegt: Blockabfertigung. Sie fuhren links vorbei und waren nach einer guten Viertelstunde wieder in Deutschland. Die altbekannten blauen Autobahnschilder erzeugten sogleich ein Heimatgefühl. A 93 Richtung München. Kaum hatte Hendrik wieder Gas gegeben, sah er im Rückspiegel zwei Streifenwagen sich nähern. »Ich werde doch nicht zu schnell gefahren sein?«, murmelte er.

»Was meinst du?«

»Polizei, hinter uns.«

»Aber die wollen doch nichts von dir«, sagte Edmund.

Im selben Moment überholte sie eines der Polizeifahrzeuge, das andere blieb hinter ihnen. Eingeklemmt. Eine Polizeikelle wurde aus dem Fenster gehalten und deutete nach rechts, auf dem Dach des Streifenwagens blinkte die Leuchtschrift: »Bitte folgen!«

Der Polizist bog ab auf einen Parkplatz.

»Verdammt, das wird bestimmt teuer!«

»Abwarten.«

Der Beamte stieg aus und kam zu Hendrik an die Fahrertür. »Guten Tag, ich bin Polizeiobermeister Winter. Ist einer von Ihnen Edmund Fahrnholtz?«

Für einen kurzen Moment war Hendrik erleichtert, doch das Gefühl verging sofort wieder. Was wollten die denn von Eddie?

»Das bin ich«, sagte Edmund.

»Darf ich bitte Ihren Personalausweis sehen?«

»Natürlich.« Er kramte in seiner Jackentasche. POM Winter prüfte den Ausweis und lächelte. »Wunderbar, Herr Fahrnholtz.« Dann wandte er sich an Hendrik. »Demnach müssen Sie Herr Wilmut sein, richtig?«

»Äh, richtig.«

»Wir haben den Auftrag, Sie beide sicher nach München zu bringen. Würden Sie uns bitte folgen.«

Hendrik und Edmund warfen sich erstaunte Blicke zu.

»Ja, ja … sicher«, stammelte Hendrik.

15 MÜNCHEN

Mittwoch, 10. September, nachmittags

Sie folgten der Autobahn bis zum Ende in München-Perlach. Dort wandten sie sich nach Osten und erreichten einige Minuten später die Feldbergstraße.

»Was sollen wir denn hier?«, murmelte Hendrik Wilmut.

Edmund zuckte mit den Schultern.

Auf dem Parkplatz einer großen Sportanlage hielten die Polizisten an, Hendrik folgte den beiden. Neben ihnen tauchten zwei Zivilfahrzeuge auf, ein Mercedes in Schwarz und ein BMW in Silber. Zwei Männer stiegen aus.

POM Winter kam näher. »Ich übergebe Sie jetzt an die Kollegen vom Personenschutz, das ist Herr Möller und dies Herr Guttmann.«

Sie begrüßten sich.

»Da vorne befindet sich die Bezirkssportanlage Trudering«, sagte Möller. »Bitte merken Sie sich das. Sie müssen Ihr Fahrzeug hier abstellen, wir haben jemanden, der danach schaut. Zum Hotel ist es nicht weit, zehn Minuten Fußweg.«

»Wieso muss ich denn Ern… äh, also kann ich meinen Wagen nicht mitnehmen?«, fragte Edmund.

»Tut mir leid, das geht nicht. Ein Frankfurter Taxi in München ist zu auffällig. Wir bringen Sie sofort ins Hotel.«

Edmund blieb nichts anderes übrig, als sich seinem Schicksal zu ergeben. Sie luden die Koffer um, Edmund schloss sein Auto ab und strich mit der Hand über die Kühlerhaube.

»Tschüss, Erna«, sagte Hendrik, und es gelang ihm, dabei nicht zu lachen.

Sie mussten in getrennten Fahrzeugen fahren, Hendrik im Mercedes, Edmund im BMW. Die Fahrt dauerte nur fünf Minuten. Möller hatte eine Magnetkarte und fuhr direkt in die Tiefgarage des Motels, Guttmann hinterher. Zunächst überprüften die beiden Personenschützer die gesamte Parkebene. Dann erst durften Hendrik und Edmund aussteigen. Endlich standen sie an der Rezeption. Sie bekamen ohne jegliche Nachfrage ihre Zimmerkärtchen. Möller und Guttmann brachten sie einzeln zu ihren Hotelzimmern, mit dem Hinweis, dass für 19 Uhr eine Besprechung angesetzt war, dort gebe es auch einen Imbiss. Sie würden abgeholt und sollten bis dahin das Zimmer nicht verlassen. Meine Güte, dachte Hendrik, was für ein Aufwand. Doch als er sich aufs Bett fallen ließ, merkte er, dass er froh war, die Verantwortung abgeben zu können.

Das Hotelzimmer war einfach eingerichtet, relativ klein, helles Holz, ein großes bequemes Bett, ein Flachbildfernseher, alles sauber. Hendrik fühlte sich wohl. Während er noch die Einrichtung musterte, schlief er ein.

Als es klopfte, schrak Hendrik hoch, orientierte sich zunächst im Zimmer und fragte sich, in welcher Stadt er gerade war. Ach ja, München, die Personenschützer, die Besprechung. Er rief, dass er gleich käme, wusch sein Gesicht, kämmte die Haare und zog schnell ein frisches Hemd an. Es klopfte wieder, er öffnete. Möller. Die anderen warteten schon. Okay, Hendrik nahm seine Magnetkarte und verschloss die Tür. Sie holten Edmund ab, Guttmann stand vor dessen Zimmer, dann fuhren sie mit dem Aufzug in den Keller.

»Bitte nicht wundern«, sagte Möller. »Der Raum ist recht spartanisch eingerichtet. Dies ist kein Businesshotel, eigentlich haben die gar keine Besprechungsräume, für uns haben sie einen Abstellraum frei gemacht.«

Edmund fragte: »Herr Möller, heißen Sie zufällig Filippo mit Vornamen?«

Möller sah ihn völlig entgeistert an. »Nein, ich heiße Franz.«

»Okay, hätte ja sein können.«

Als die Tür aufging, erblickte Hendrik drei Männer. Einen davon kannte er gut. »Richard, was machst du denn hier?«

Ehe Richard seinen schweren Körper aus dem Stuhl hochschrauben konnte, ging einer der beiden anderen Männer dazwischen. »Guten Tag, die Herren. Mein Name ist Werner Straußer, Kriminalhauptkommissar. Das ist KOK Wanner.«

Wanner nickte, Hendrik und Edmund erwiderten die Geste.

»KHK Volk aus Frankfurt kennen Sie ja bereits«, fuhr Strußer fort.

Hendrik gab Richard die Hand und verzichtete auf eine weitere freundschaftliche Begrüßung, das schien ihm angesichts des geschäftsmäßigen Tonfalls von Strußer ratsam. Edmund streckte Richard die Hand entgegen und lächelte. »Ich bin Eddie!«

Alle setzten sich, außer Strußer. Sein massiver Körper wirkte beeindruckend. Seine tiefe, bayerisch gefärbte Stimme ebenso. »Ich darf kurz zusammenfassen: Von den anfänglichen Tathypothesen ist nur eine übrig geblieben: Herr Fahrnholtz wurde vom Gebäude Kaufingerstraße 24 aus mit einem Biathlongewehr beschossen.«

Hendrik hätte an dieser Stelle eine Entschuldigung Edmund gegenüber erwartet, aber die kam nicht.

Stattdessen fuhr Strußer fort: »Das Motiv ist bislang unklar. Die Möglichkeit, dass jemand das geplante Buch von

Herrn Fahrnholtz in dieser massiven Art und Weise bekämpft, haben wir, gestützt auf die fachliche Stellungnahme von Frau Prof. Gottsleben, verworfen.«

Edmund wollte etwas sagen, doch Hendrik hielt ihn mit einer Geste zurück. Es war besser, erst einmal die gesamte Stellungnahme anzuhören.

»Auf Herrn Fahrnholtz wurde sehr wahrscheinlich ein weiterer Anschlag verübt. Die Informationen dazu erhielten wir von dem KHK im Ruhestand Siegfried Dorst aus Weimar. Ich halte zwar nichts davon, pensionierte Kollegen einzubeziehen, aber in diesem Fall ... Na ja, er hat es gut gemacht. Wir bedanken uns.«

Hendrik merkte, dass ihm der letzte Satz schwer über die Lippen ging.

»Es gibt drei Verdächtige. Erstens Herrn Albert Moser, der Fahrer des schwarzen SUV, der während des Sicherungsangriffs auftauchte. Herr Moser sagte aus, zum Zeitpunkt der Tat in seinem Büro im GIRO gewesen zu sein. Er hätte Steuerunterlagen gesichtet, um sich auf eine Besprechung mit seinem Steuerberater vorzubereiten. Seine Tochter Nadine Moser habe ihn in diesem Zeitraum mehrmals im Büro angerufen, zuletzt gegen 18 Uhr. Die genauen Verbindungsdaten des Telefonproviders liegen noch nicht vor. Nadine Moser befand sich zu dieser Zeit bei ihrer Tante in Pullach, diese muss noch befragt werden. Kurz darauf ist Albert Moser in die Tiefgarage des gegenüberliegenden Hauses Kaufingerstraße 24 gegangen, um zum Steuerberater zu fahren, die Details sind bekannt. Die Angaben von Nadine Moser müssen noch protokolliert werden. Ich habe mit ihr telefoniert, sie ist auf dem Rückweg von Italien und wird morgen Vormittag um 8 Uhr im K91 erscheinen. Da das K11 immer noch überlastet ist, bleibt der Fall ausnahmsweise bei uns im K91.

Herrn Mosers Aussage, er sei zum Steuerberater gefahren, wurde bereits überprüft und bestätigt. Ein Motiv für den verdächtigen Albert Moser hat sich nicht ergeben, auch nicht für seine Tochter. Der zweite Verdächtige ist Herr Prof. Heinrich Wachshauer aus Weimar. Seine Tatbeteiligung halte ich angesichts der vorliegenden Informationen für sehr unwahrscheinlich. Natürlich steht es einem pensionierten Exkollegen nicht zu, weitere Ermittlungen anzustellen. Falls er das trotzdem tun sollte, will ich nichts davon wissen. Wenn er die Ergebnisse dann zufällig dem Kollegen Wanner mitteilt, kann ich ihn nicht daran hindern. Der dritte Verdächtige ist Herr Dieter Fahrnholtz, der Bruder des Geschädigten. Grund für den Verdacht ist lediglich ein schwelender Streit um das Elternhaus in Düsseldorf. Es gibt keinerlei Hinweise auf eine Tatbeteiligung, das Alibi von Herrn Dieter Fahrnholtz wird derzeit noch von den Kollegen in Düsseldorf im Rahmen eines Amtshilfeersuchens überprüft. Im Grunde haben wir also nichts in der Hand. Deswegen habe ich diese Besprechung angesetzt. Das wichtigste Ziel ist es, mögliche Motive zu finden, um dadurch an den Täter heranzukommen. Bitte sammeln Sie Gedanken dazu. Vorab brauche ich jedoch eine Stellungnahme von Herrn Fahrnholtz …«

Edmund schreckte auf.

»… zu seinem Verhalten am letzten Samstag und von Herrn Wilmut …«

Hendrik zuckte zusammen.

»… zu seinem Umgang mit Nadine Moser!«

Hendrik hob die Hand. »Moment mal …«

»Zuerst Herr Fahrnholtz!«, sagte Strußer.

Alle wandten sich Edmund zu. »Nun ja«, sagte er, »ich war ziemlich durcheinander am letzten Samstag. Habe total vergessen, dass ich aufs Revier oder sonst wohin kommen sollte.

Das war wohl noch der Schock von dem Attentat, verstehen Sie?« Dabei sah er Straußer mit einem hundeähnlichen Blick an, der selbst Hendrik rührte. Das hatte er gut gemacht.

Hendrik nahm sich vor, ebenso besonnen zu reagieren.

»Herr Wilmut?«

»Ach so, ja. Wir, also Herr Fahrnholtz und ich, wir haben Nadine Moser erst am Abend zuvor, also am Freitag, den …«

»Schon klar!«, fuhr Straußer dazwischen.

»… an diesem Freitag kennengelernt. Dann haben wir sie zufällig in Trient wiedergetroffen. Das ist nicht verwunderlich, da wir uns auf Goethes Spur bewegten und die Mosers ihre GIRO-Kette ebenso an Goethes Reiseroute ausgerichtet haben, das ist ja ihre Geschäftsidee. Dass ich in Nadine Mosers Beisein von dem Biathlongewehr gesprochen habe, das tut mir leid, ist mir so rausgerutscht.«

Hendrik merkte, dass seine sachliche Art alle im Raum überzeugt hatte, auch Edmund.

»Gut, dass Sie das einsehen, Herr Wilmut. Ich darf Sie dringend auffordern, Ihr Wissen zu diesem Fall für sich zu behalten. Abgesehen davon sind Sie als Amateur nach dieser Besprechung aus den Ermittlungen komplett raus. Allenfalls benötigen wir Sie noch als Zeugen.«

Jetzt war es mit Hendriks Besonnenheit vorbei. »Also, hören Sie mal …«

»Vielen Dank für Ihr Verständnis! Wer hat also etwas beizutragen zu einem möglichen Motiv?«

Hendrik war sauer. Er verschränkte seine Arme vor der Brust und schwor sich, nichts mehr zu sagen. Erst in diesem Moment fiel ihm auf, in welch schrecklichem Raum sie hier gelandet waren. Ehemals weiße, inzwischen schmutzgraue Wände, ein einziges schmales, vergittertes Fenster, Stapel von Stühlen, der Tisch verkratzt und fleckig, in der Mitte einige in Folie verpackte Brötchen, die den Eindruck erweckten, sie seien von letzter Woche übrig geblieben, eine Flasche Mineralwasser und fünf Pappbecher. Er dachte kurz an die Pizza Speciale vom Vorabend.

Keiner der anderen Männer äußerte sich.

»Nun, meine Herren«, sagte Straußer, »was ist los, ich bin hier nicht der Alleinunterhalter!«

»Bisher haben Sie sich aber so verhalten!«, entgegnete Edmund.

Straußer sah ihn erstaunt an. Für den Moment fehlten ihm die Worte. Richard Volk stand auf: »Ich schlage vor, wir machen eine kurze Pause und lassen mal frische Luft in diesen Bunker, das hilft beim Nachdenken. Hendrik, Eddie habt ihr Hunger?«

»Nein. Trotzdem danke!«, sagte Edmund.

Hendrik schüttelte den Kopf. Er goss sich Mineralwasser ein, auch den anderen, außer Straußer. Der glotzte sowieso nur auf sein Smartphone. Die frische Luft tat gut. Hendrik schrieb etwas auf einen Zettel und reichte ihn Richard. Der nickte. Dann ging es weiter.

»Also, hat jemand eine Idee?«, fragte Straußer in einem Ton, der deutlich verbindlicher war als zuvor.

»Ja«, sagte Richard Volk. »Wir haben zwei mögliche Motive. Das erste betrifft Prof. Wachshauer. Wir wissen, dass er verschiedene wissenschaftliche Aufsätze in einem Kasseler Verlag, den Namen habe ich derzeit …«

»Bergmann & Kiebler«, warf Edmund ein.

»… danke, also, bei diesem Verlag veröffentlicht er immer wieder Aufsätze, und er hat zufällig mitbekommen, dass Herr Fahrnholtz genau dort sein Buch mit dem bekannten strittigen Thema herausbringen will. Darüber war er sehr erbost, und hat über Herrn Fahrnholtz, ohne ihn zu kennen, übel hergezogen. In Verbindung mit seinen einschlägigen Vorstrafen wäre das durchaus ein Motiv. Ich bin jedoch Ihrer Meinung, Herr Strauer, dass wir hier ... abwarten sollten.«

Strauer nickte.

»Dann habe ich noch eine Idee von Herrn Wilmut ...«

»Warum trägt er die nicht selbst vor?«

»Weil Sie gesagt haben, ich sei raus!«, blaffte Hendrik.

»Nun seien Sie mal nicht so empfindlich, das ist mein ganz normaler Umgangston.«

»Das kann ich bestätigen«, sagte Wanner.

Stimmt, dachte Hendrik, der ist ja auch noch da.

Strauer grinste. Wahrscheinlich war er sogar stolz auf seinen »normalen« Umgangston.

»Also, würde Herr Wilmut uns bitte seine Idee vortragen?«

»Sehr gerne, Herr Oberkriminaldirektor!«, sagte Hendrik.

Strauer lächelte gequält.

»Mir ist vorhin klar geworden, dass die Aufrechterhaltung der Geschichte von Goethes Italienreise für Albert Mosers Geschäftsidee von existenzieller Bedeutung ist. Wenn jemand behauptet, die Reise habe nicht stattgefunden – und sei es nur durch ein umstrittenes Buch und dessen mediale Folgen –, könnte das sehr schädlich für ihn sein. Das wäre also ein Motiv, auch wenn ich persönlich darin noch keinen Grund sehe, jemanden zu töten. Aber leider sind Menschen schon aus weitaus schwächeren Motiven getötet worden.«

Das saß. Selbst Strauer schob anerkennend seinen Unterkiefer vor.

»Insbesondere, wenn man bedenkt, dass GIRO so etwas wie ›Rundfahrt‹ oder ›Rundkurs‹ bedeutet«, ergänzte Hendrik. »Man denke nur an das bekannte Radrennen Giro d'Italia. Offensichtlich hat Albert Moser Großes vor. Eine ganze Kette von GIRO-Hotels bis hinein nach Italien, vielleicht bis zum Gardasee. Das wäre ein Riesengeschäft, einerseits mit enormen Chancen, andererseits aber auch mit Risiken.«

»Gut, Herr Wilmut«, sagte Wanner. »Wirklich gut!«

»Es reicht, Wanner«, brummte sein Chef.

»Mosers Alibi steht aber derzeit noch«, warf Richard ein.

»Zumindest was seinen Steuerberater betrifft«, sagte Wanner. »Die Aussage seiner Tochter haben wir noch nicht, bekommen wir erst morgen.«

»Wie sieht es eigentlich mit den Vermögensverhältnissen der Mosers aus?«, fragte Richard Volk.

»Wozu brauchen wir die?«, wollte Strauer wissen.

»Meiner Ansicht nach käme das von Herrn Wilmut ange-führte Motiv nur infrage, wenn das GIRO-Geschäft in einem kritischen Zustand wäre.«

»Sieh an«, sagte Strauer, »damit sind wir doch ein Stück weitergekommen. Wanner, Sie überprüfen morgen die Bilanz von GIRO.«

»Geht klar, Chef!«

»Und ich rufe die Kollegen in Düsseldorf an. Übrigens, Herr Fahrnholtz, halten Sie es für möglich, dass Ihr Bruder dahintersteckt?«

»Schwer zu sagen«, antwortete Edmund. »Eigentlich nicht. Aber ich weiß, dass er in Geldangelegenheiten sehr unange-nehm werden kann.«

»Hm, ich habe da mit meinem Bruder ähnliche Erfahrun-gen gemacht«, sagte Strauer.

Bei dem Bruder könnte ich auch unangenehm werden, dachte Hendrik.

»Sonst noch Beiträge?«

Alle schüttelten den Kopf.

»Gut«, sagte Kriminalhauptkommissar Strauß er. »Dann ist die Besprechung beendet. Herr Wilmut und Herr Fahrnholtz, Sie melden sich morgen früh um 8 Uhr im K91, Polizeipräsidium Ettstraße. Wir müssen Ihre Aussagen protokollieren. Die Personenschützer bringen Sie hin, wir haben eine spezielle Zufahrt. Anschließend kann Herr Wilmut heimfahren, für ihn persönlich besteht keine Gefahr. Herr Fahrnholtz, Sie bleiben noch eine Weile unter unserem Schutz. Sie können übermorgen nach Hause fahren, Herr Volk wird Sie begleiten und den Personenschutz übernehmen. Alles Weitere klärt er dann mit den Kollegen in Frankfurt. Heute Abend und in der Nacht verlassen Sie beide auf keinen Fall Ihre Hotelzimmer. Und vergessen Sie nicht Ihr delikates Abendmahl!« Damit zeigte er auf die in durchsichtige Folie eingeschlagenen Brötchen, die immer noch unangetastet auf dem Tisch lagen. Er steckte sein Smartphone ein, nahm seine Aktenordner und verließ ohne einen Gruß den Kellerraum.

Hendrik hatte sich im Laufe der Besprechung überlegt, den Abend mit Richard und Edmund in einem Münchener Biergarten ausklingen zu lassen. Doch da es bereits 22 Uhr war und die Personenschützer ungeduldig warteten, er außerdem sein Hotelzimmer nicht verlassen sollte, vereinbarten sie, dies in einem Apfelweinlokal in Frankfurt-Sachsenhausen nachzuholen.

In seinem Zimmer angekommen, warf er sich aufs Bett und schaltete den Fernseher ein. Es lief eine Dokumentation über Adler. Keine goldenen. Nur schwarze. Zwei Minuten später war er eingeschlafen.

*

Hendrik Wilmut erwachte zwischen Tag- und Nachtträu-
men. Ein Blick auf die Uhr sagte ihm, dass es höchste Zeit
war. 7.05 Uhr. Um halb acht wollten Möller und Guttmann
losfahren. Er raffte sich auf, schleppte sich unter die Dusche,
zog sich an, für eine Rasur blieb keine Zeit, und warf alles,
was im Zimmer herumlag, in den Koffer. Schon klopfte es an
seiner Tür. Er öffnete. Edmund und die Bodyguards.

»Das ist ein Motel hier, ohne Restaurant«, sagte Guttmann.
»Aber nebenan gibt es einen Bäcker, ich habe Brötchen und
Kaffee geholt.« Er hielt eine Tüte und zwei Pappbecher in
der Hand. »Für euch, Franz und ich haben schon.«

Hendrik nickte. »Danke!« Er sah auf die Uhr. »Frühstück
im Auto?«

»Ja«, sagte Möller. »Auf geht's.«

»Rechnung?«, fragte Hendrik.

»Ist erledigt.«

»Danke!«

Sie brausten los. Hendrik fuhr wieder mit Möller im Mercedes, Edmund mit Guttmann im BMW. Der Berufsverkehr
hatte bereits voll eingesetzt und es war vorherzusehen, dass
sie nicht in einer halben Stunde in der Innenstadt sein würden.

»Ihr sagt einfach, ich hätte verpennt«, meinte Hendrik.

»Okay, danke«, antwortete Möller. »Ich bin der Franz.«

»Hendrik. Prost!« Er hob seinen Kaffeebecher. Franz Möller grinste.

Mit zehn Minuten Verspätung erreichten sie die Ettstraße.
Strauer meinte süffisant, dass Frau Moser im Gegensatz zu
den Herren pünktlich gewesen sei. Sie saß eine Etage über
ihnen in einem anderen Vernehmungsraum. Es dauerte fast
eine Stunde, bis Wanner endlich Hendriks Aussage aufge-

nommen und mit ihm nochmals durchgegangen war. Edmund erlebte wohl das Gleiche mit Wanners Kollegin. Anschließend musste Hendrik noch ins K93 zur Abnahme der Fingerabdrücke. Als er schließlich zurückkam, verabschiedete sich Wanner von den beiden Freunden.

»Passen Sie gut auf sich auf!«, sagte er zu Edmund. Und an Hendrik gewandt: »Frau Moser hat die Aussage ihres Vaters vollumfänglich bestätigt. Jetzt ist sie bereits wieder weg, sie muss sich dringend um ihren Vater kümmern, drüben im GIRO. Ich habe danach sofort ihre Tante angerufen, sie bezeugt die Anwesenheit ihrer Nichte, alle Zeiten stimmen überein. Ich habe zwei Kollegen hingeschickt, um die Aussage aufzunehmen. Die Frau ist schwer krank und kann kaum laufen.«

»Okay, das habe ich ehrlich gesagt auch nicht anders erwartet«, sagte Hendrik. Zu mehr wollte er sich nicht hinreißen lassen, sonst würde ihm wieder fehlende Neutralität vorgeworfen.

»Übrigens«, flüsterte Wanner und näherte sich dabei Hendriks Ohr. »Eine imposante Frau, muss ich schon sagen.«

Hendrik schwankte zwischen einer typischen Männerreaktion und der Antwort eines zur Neutralität verpflichteten Zeugen. Ein leichtes Grinsen konnte er sich nicht verkneifen. Ansonsten sagte er nur: »Auf Wiedersehen!«

Die Personenschützer warteten in der Cafeteria. Auf dem Weg dorthin blieb Edmund plötzlich stehen: »Hendrik, ich denke, hier trennen sich unsere Wege. Ich fahre mit Philipp zurück nach Trudering.«

»Philipp?«

»Guttmann.«

»Ach so, da hast du ja noch deinen ›Filippo‹!«

Sie lachten.

»Du wirst sicher direkt zu deinem Auto gehen.«

Hendrik nickte.

»Ich … was soll ich sagen?«

»Nichts, Eddie. Die Reise war wichtig für uns beide. Ich muss all die Dinge, die wir erlebt und besprochen haben, während der Rückfahrt nach Frankfurt sortieren. Danach möchte ich mich gerne mit dir treffen und über dein Buch sprechen. Ich habe da eine Idee.«

»Echt?«

»Ja, echt. Mach's gut! Und grüß bitte den Franz.

»Franz?«

»Möller.«

Sie lachten. Sie umarmten sich. Dann verließ Hendrik das Polizeipräsidium.

※

Donnerstag, 11. September, vormittags

Hendrik hatte es nicht weit zum Parkhaus im Gebäude Ecke Liebfrauenstraße und Frauenplatz, offiziell Kaufingerstraße 24. Genau das Haus, in dem der Attentäter in einem Dachzimmer gestanden und mit einem Biathlongewehr auf Edmund geschossen hatte. Er zog seinen Rollkoffer hinter sich her und bog links in die Kaufingerstraße ein. Fußgängerzone. Die Geschäfte hatten gerade geöffnet, es herrschte sonniges Herbstwetter, die Menschen schwirrten aus, um die letzten Tage zu nutzen, in denen man im Freien seinen Kaffee trinken konnte. Hanna hatte sich immer noch nicht zurückgemeldet. Seine Reise war fast beendet, trotzdem fühlte er sich so weit weg von zu Hause wie schon lange nicht mehr. Er hinterfragte dieses Gefühl nicht, aber es war da, konturlos unter der Oberfläche lauernd. Er passierte das Kaufhaus Hirmer, in dessen hinterem Bereich sich das GIRO befand. Ach, das GIRO. Er musste quasi daran vorbeigehen, um zu seinem Auto zu gelangen. Er befand sich schon in der Liebfrauenstraße, rechts das Café »Leger am Dom«, darunter stand sein Wagen in der Tiefgarage, links der Eingang zum GIRO.

Er wollte es nicht, aber eine verborgene Kraft zog ihn nach links. Was hatte Bertl bei ihrem ersten Kennenlernen gesagt? »Das ist Nadine, meine Tochter, meine Heldin!« Seltsame Charakterisierung. Wie aus einer Wagner-Oper. Und Wanner hatte vorhin berichtet, Nadine Moser müsse sich dringend um ihren Vater kümmern. Warum? Er war fit, hatte keine gesundheitlichen Probleme, was war da los? Wanner hatte auch von einer imposanten Frau gesprochen. Die Beschreibung gefiel Hendrik nicht, er hätte stattdessen lieber »faszinierend« gehört. Aber er wusste, dass nicht alle Menschen so sorgsam mit Wörtern umgingen wie er selbst.

Hendrik dachte über sich selbst nach. Kann ein Mann von 63 Jahren noch interessant sein für eine voll in der weiblichen Blüte stehende Frau Anfang 40? Na ja, warum nicht? Er stand vor der Glastür, die zum GIRO führte, und betrachtete sein Spiegelbild. Eigentlich sah er gut aus. Für sein Alter sogar sehr gut. Graumelierte Schläfen, schlank, groß, nur wenige, charakterbildende Falten im Gesicht. Die Nase vielleicht ein bisschen zu präsent. Nur eine Rasur wäre mal wieder nötig gewesen. Schade. Er fuhr hinauf zur Rezeption und erkundigte sich nach Nadine Moser. Sie sei im Büro, direkt dort hinten die letzte Tür links, sagte die Rezeptionistin. Er stellte seinen Koffer bei ihr ab, ging den Gang entlang und klopfte.

»Ja?«

Er trat ein.

Sie schien in keiner Weise überrascht zu sein. »Hallo, Hendrik! Ich dachte mir, dass du noch mal zu mir kommst.«

Ein klein wenig ärgerte ihn die Selbstverständlichkeit, mit der sie ihn behandelte. Sie trug eine ähnliche Kleidung wie bei ihrem ersten Zusammentreffen im Bistro des GIRO. Bluejeans und helle Segeltuchschuhe. Ihr dunkles Haar fiel locker über die Schultern. Sie erhob sich und stand nun direkt vor ihm. »Schließ doch bitte mal die Tür!«, sagte sie sanft. Er tat, wie ihm geheißen. »Schön, dass du da bist!«, flüsterte sie und tippte ihm mit dem Zeigefinger auf die Brust. Im Nu schwanden ihm die Sinne.

»Wie lange bist du denn noch in München?«

»Bis gleich. Also, ich weiß noch nicht«, stammelte Hendrik vor sich hin. Ihr Lachen, ja, wieder dieses Lachen. Und ihre Lippen.

Dann klopfte es. Sie hob die Augenbrauen. Er hörte die Klopflaute wie durch einen Kokon hindurch. Sie ging zur Tür und öffnete sie einen Spalt. »Was ist los, Mia?«

»Ihr Vater hat nach Ihnen gefragt.«

»Ich bin sofort da.« Ohne sich nur ein einziges Mal umzudrehen, verließ sie den Raum. Hendrik war immer noch halb in Trance und wollte zunächst nicht glauben, dass sie ohne jeglichen Kommentar gegangen war. Enttäuscht ließ er sich auf ihren Schreibtischstuhl fallen. Auf dem PC-Bildschirm strahlte ihm Nadine von der GIRO-Homepage entgegen. Tolles Foto. Daneben bemerkte er ein zweites Fenster: »Willkommen beim TSV Pullach!« Pullach? Da wohnte ihre Tante. Gespannt klickte er auf die Homepage des Sportvereins. Man konnte verschiedene Untermenüs anwählen: Fußballabteilung, Boxen, Tennis, Ski und andere. Plötzlich entdeckte er etwas sehr Interessantes: Abteilung Schießsport. Sofort war er wieder klar bei Sinnen. Schnell gab er in das Suchfeld »Nadine

Moser« ein. Zunächst fand er nichts Nützliches, nur lange Ergebnislisten. Er scrollte nach unten, weiter und weiter, bis zu den Listen vom vorletzten Jahr. Bezirksmeisterschaften der Damen im Biathlon. Siegerin: Nadine Moser.

*

Donnerstag, 11. September, mittags

Hendrik Wilmut wollte nur noch weg. Weg von Nadine, weg vom GIRO, weg aus München. Er machte seine Suchschritte wieder rückgängig, rannte hinaus auf den Gang, schnappte seinen Koffer und raste damit die Treppe hinunter. Die Kofferrollen schlugen gegen die Wand, seine Hand schmerzte, all das war ihm egal. Er durchquerte die Fußgängerzone, innerhalb von Minuten erreichte er sein Auto und ließ den Motor an. Die Kurven in der Tiefgarage waren eng, einmal schrammte er mit dem Außenspiegel an einem Pfosten entlang, auch das war ihm gleichgültig. Hauptsache, schnell fort von diesem Ort. Erst als er in Schwabing das altvertraute Autobahnschild »A 9 Nürnberg« passiert hatte, wurde er ruhiger. Nun konnte ihn niemand mehr aufhalten. Seine Flucht aus München glich in frappierender Weise jener Flucht Goethes aus Karlsbad. Schlagartig fiel ihm ein, dass er Richard Bescheid geben musste. Er fingerte während der Fahrt sein Smartphone aus der Hosentasche: tot, Akku leer. Er musste bis zum nächsten Parkplatz warten. Seine Gedanken rotierten, überschlugen sich. Plötzlich sah er ein Bild vor sich: Nadine in der Bar des Trienter Hotels, er kam wieder herein, nach dem Gespräch mit Edmund, völlig aufgewühlt. Da bemerkte er ein Detail in dieser Szene: eine Zigarette. Eigentlich mochte er keine Frauen, die rauchten, aber bei Nadine war es ihm gar nicht aufgefallen. Bis jetzt. Sie hatte den Zigarettenstummel in den Aschenbecher gedrückt. Und noch etwas: Daneben lag eine Zigarettenpackung, darauf ein Kamel.

Am nächsten Parkplatz auf der A 9 hielt er an und griff nach seinem Smartphone: Wann hatte er es zum letzten Mal benutzt? Gestern Abend? Nein, da hatte es die Aufregung um den Personenschutz gegeben, später die Besprechung mit Strußer und den anderen. Davor seine Fahrt mit Edmunds Taxi über die Autobahn. Er musste sich eingestehen, dass er sein Handy zuletzt gestern früh in der Hand gehabt hatte, bei dem Versuch, Hanna anzurufen. Was war los mit ihm?

Er verband das Smartphone mit dem Ladekabel im Auto und löste die Handbremse. Es würde 10 bis 15 Minuten dauern, bis der Akku so weit geladen war, dass er telefonieren konnte. Da fiel ihm das Kamel wieder ein. Er öffnete sein Tablet und durchsuchte die E-Mails. Der Tatortbefundbericht. Eine Zigarettenkippe Typ Camel Filter am erweiterten Tatort im Dachgeschoss. Das war kein unbedingter Beweis, aber ein weiterer Hinweis. Vielleicht hatte die KTU einen Fingerabdruck oder DNA-Material sicherstellen können. Er setzte seine Fahrt fort. Die Zeit verging langsam, die Kilometeranzeige für seine Reststrecke nach Frankfurt schien sich kaum zu reduzieren. Hendrik zitterte. Er sah wieder und wieder auf die Uhr. In der Nähe von Ingolstadt hielt er auf einem Parkplatz, schaltete sein Handy an und gab die PIN ein. Bling, bling – jede Menge Anrufe. Alle von Hanna. Meine Güte! Das schlechte Gewissen schoss in ihm hoch. Er wählte die Nummer von »Hanna's Wohnzimmer«. Esra meldete sich, eine von Hannas Angestellten, er kannte sie. Er wolle Hanna sprechen.

»Hanna?«, sagte Esra irritiert. »Wissen Sie das denn nicht, Herr Wilmut? Hanna ist im Krankenhaus.«

Hendrik erfasste ein Schwindelgefühl. »Waaas? Im Krankenhaus? Was ist denn mit ihr?«

»Das weiß ich nicht, aber sie hat ihr Handy dabei ...«

Er legte auf. Mit zitternden Händen wählte er Hannas Mobilnummer. Ihre Stimme war schwach. »Hallo, Schatz!«

»Es tut mir unendlich leid, mein Akku war leer, was ist denn mit dir?«

»Es geht schon wieder, eine leichte Gehirnerschütterung. Didi war hier in Frankfurt, er hat uns angegriffen. Karla und mich.«

»Nein ...!«

»Halb so wild, ich erzähle es dir ausführlich, wenn du zurück bist.«

»Ja, Schatz, ich bin auf dem Rückweg, kurz vor Nürnberg. Wo bist du?«

»Im Schifferkrankenhaus. Kannst du mich abholen?«

»Natürlich, ich bin in zweieinhalb Stunden bei dir.«

»Wie schön.«

»Sonst alles okay mit dir, Hanna?«

»Ja, ich bin nur müde.«

»Ich beeile mich!«

Er gab Gas. Ab und zu musste er sich selbst daran erinnern, dass es keinen Sinn hatte, einen Unfall zu riskieren für drei Minuten Zeitgewinn. Erst auf Höhe von Würzburg fiel ihm ein, dass er Richard immer noch nicht angerufen hatte. Zum Glück besaß er eine Freisprechanlage, sodass er während der Fahrt telefonieren konnte. Er berichtete ihm von seinem zufälligen Internetfund. Richard war noch im Polizeipräsidium, er sah sich parallel zu ihrem Telefongespräch die von Hendrik erwähnte Website an. Ja, das war ein wichtiger Hinweis. Nun war Nadine Moser die Verdächtige Nummer eins.

»Was heißt hier Verdächtige Nummer eins?«, fragte Hendrik empört. »Sie war's, das ist doch klar!«

»Nein, Hendrik, klar ist das nicht, lediglich ein dringender Tatverdacht. Solange wir die Tatwaffe nicht haben, können wir ihr nichts nachweisen.«

»Was ist denn mit den unbekannten Schuhabdrücken in der Dachwohnung?«

»Die wurden geprüft, stammen von Gummistiefeln, Größe 45. Kann jeder getragen haben. Auch sonst haben wir nichts Verwertbares von der KTU bekommen. Das Blut in Zimmer 405 stammt ausschließlich von Eddie. Die Sicherungsfolie am Tatort 2 hat keinerlei Spuren erbracht, keine telogenen Haare oder Sonstiges.«

»Telo… was?«

»Telogene Haare. Das sind Haare in einer Art Ruhephase, die spontan abgeworfen werden. Man kann sie manchmal an Tatorten finden, auch wenn sie nur einen geringen Teil des gesamten Haarbestandes ausmachen. Dann werden sie zur DNA-Analyse herangezogen.«

»Und die unbekannten Fingerabdrücke im Zimmer 405?«

»Muss ich nachfragen, aber der Täter war unserer Erkenntnis nach ja gar nicht dort.«

»Nadine hat Zugang zu allen Zimmern mit ihrer Generalkarte. Sie kann dort gewesen sein und die Heizkörper voll aufgedreht haben, sodass Eddie das Fenster öffnen musste!«

»Hm, keine schlechte Idee. Ich kläre das. Allerdings könnte sie sich rausreden, dass sie zuvor irgendwann mal in dem Zimmer war. Sie hat als Hotelmanagerin prinzipiell eine Zugangsberechtigung zu allen Zimmern. Das wäre also kein gerichtsverwertbarer Beweis.«

»Oh Mann. Verdammt.«

»So ist das nun mal mit der Polizeiarbeit, viel Mühe und

wenig Erfolg. Melde dich trotzdem, falls dir noch etwas einfällt.«

»Ja, mache ich. Übrigens: Nadine Moser raucht Camel.«

»Oh, sehr gut, woher weißt du das?«

»Puh, das sage ich dir … später mal.«

»Schlecht, Hendrik!«

»Ich weiß, Richard. Nimm es als inoffizielle, nicht gerichtsverwertbare Gratisinfo von mir.«

»Okay. Mehr ist es sowieso nicht, weil die Spusi weder Fingerabdrücke noch DNA-Material an der Kippe sicherstellen konnte. Weißt du wenigstens noch, ob es Camel mit oder ohne Filter war?«

»Keine Ahnung, kann mich nur noch an das Kamel erinnern.«

»Welches Kamel meinst du denn jetzt?«

»Oh Mann, Richard. Du hast ja recht.«

»Also, Hendrik, wie gesagt, wir brauchen die Tatwaffe.«

»Wo kann die denn nur sein?«

»Keine Ahnung. Wanner sagt, sie haben bereits das gesamte Haus Kaufingerstraße 24 durchsucht, falls der Täter sie dort versteckt haben sollte. Nichts. Er hat sogar überlegt, alle Schützenvereine in München und Umgebung durchsuchen zu lassen, um herauszubekommen, ob irgendwo ein Gewehr fehlt. Aber das wäre ein wahnsinniger Aufwand, und ob das ein Richter genehmigt, ist sehr fraglich. Außerdem würden sicher alle Schützenvereine protestieren, wenn wir sie unter Generalverdacht stellen.«

»Ja, ja, klar.«

Sie telefonierten noch ziemlich lange. Hendrik berichtete von Didis Angriff auf Hanna und Karla, Richard wollte sofort seine Kollegen in Frankfurt anrufen und nach den Details fragen. Es sah so aus, als sei Didi zurück im erlauchten Kreis der Verdächtigen. »Ich bespreche das mit Straußer«, versicherte Richard.

»Viel Spaß dabei!«, meinte Hendrik. »Und noch eine Sache, Richard, ich möchte dich noch um einen großen Gefallen bitten. Es geht um den Fall Francesca Perrotti.«

»Was? Um den Fall Perrotti?«

»Kennst du den etwa?«

»Allerdings. Das war mein erster Fall als junger Kriminalbeamter. Um was geht es denn?«

Hendrik erklärte ihm alles ausführlich. Als er fast fertig war, tauchte das Schild »A 3 Frankfurt Süd« vor ihm auf.

»Ich muss Schluss machen, Richard, bis bald!«

Damit legte er auf und setzte den Blinker nach rechts. Er wunderte sich selbst, dass er die gesamte Fahrt von München nach Frankfurt ohne einen einzigen Espresso überlebt hatte. Und er staunte bei einem Blick auf die Uhr, dass er die Hanna zuvor zugesagten zweieinhalb Stunden einhalten konnte. Er würde tatsächlich pünktlich sein. Zudem spürte er eine unglaubliche Sehnsucht nach ihr. Nach seiner Frau.

16 FRANKFURT A. M.

Donnerstag, 11. September, nachmittags

Hendrik Wilmut wurde von der Information am Eingang des Sachsenhäuser Krankenhauses in die zweite Etage geschickt. Hanna saß im Wartebereich der Station und wartete auf ihre Entlassungspapiere. Als sie Hendrik den Gang entlanglaufen sah, stand sie auf. Sie streckte die Hände nach ihm aus, er rannte, stürmte ihr entgegen. Dann hielt er sie endlich in den Armen. Eine Krankenschwester kam vorbei und meinte, dass es in einem Krankenhaus aus Sicherheitsgründen üblich sei, langsam zu laufen, aber in diesem Fall wolle sie ein Auge zudrücken. Wahre Liebe könne man keinen Regeln unterwerfen. Es sei denn, den eigenen. Der Inhalt dieser Aussage wurde Hendrik und Hanna erst später bewusst, im Moment waren sie einfach nur glücklich. Er lachte, sie weinte, beide hielten sich fest. So standen sie da, minutenlang, mitten im Gang. Viele Menschen gingen vorbei, einige lächelten, andere murrten, vermutlich weil Hendrik und Hanna ihnen den Weg versperrten, wieder andere nahmen sie überhaupt nicht zur Kenntnis. Irgendwann versuchten zwei junge Männer vom Krankentransportwesen mit einem Bett vorbeizukommen, doch keiner der Altverliebten reagierte. Schließlich klopfte eine ihnen unbekannte Frau Hendrik auf die Schulter und meinte, sie sei die Stationsschwester und es würde sowieso noch dauern, bis Frau Wilmuts Papiere fertig seien, der Stationsarzt müsse unterschreiben, der sei aber derzeit bei der Visite. Es gebe da einen kleinen Warteraum, da könnten sie in Ruhe ihr Glück genießen. Damit schob sie Hendrik und Hanna vorsichtig zur Seite, ließ die Bettenmänner vorbei, bugsierte die beiden in einen kleinen Nebenraum und schloss die Tür von außen.

Hendrik trocknete Hannas Tränen und strich durch ihr blondes Haar. Sie hatte Durst, er schenkte ihr von dem Pfefferminztee ein, der auf einem Servierwagen bereitstand. Während sie trank, betrachtete er ein Holzkreuz an der Wand mit dem eingeschnitzten »INRI«.

Zunächst fragte Hendrik, was Hanna am Abend zuvor widerfahren sei. Sie schilderte die Situation, wie sie Karla helfen wollte und wie die Nudeln durchs Zimmer geflogen waren. Warum sie überhaupt wieder mit ihr Kontakt gehabt hatte, das erzählte sie nicht und Hendrik fragte auch nicht danach. Manche Probleme lösen sich von selbst. Leider nicht alle. Als sie dann beschrieb, wie Didi sich auf sie gestürzt hatte, wurde es Hendrik schlecht und nun brauchte er einen Pfefferminztee. Weiter berichtete Hanna, dass am Vormittag zwei Polizisten bei ihr gewesen seien, um zu fragen, wie es ihr gehe, und um ihr mitzuteilen, dass gegen Dieter Fahrnholtz ein Antrag auf Kontaktverbot bezüglich Karla und Hanna gestellt worden war. Außerdem liefe gegen ihn ein Verfahren wegen Körperverletzung. Zudem habe sich zum Erstaunen der beiden Streifenpolizisten ein gewisser Kriminalhauptkommissar Richard Volk vom K11 gemeldet, um sich genau nach den Umständen und den Ermittlungsergebnissen zu erkundigen. Hanna habe die Beamten beruhigt und erklärt, dass Richard Volk ein Freund ihres Mannes sei. Hanna fragte Hendrik, ob er sich vorstellen könne, dass Didi auf seinen eigenen Bruder geschossen habe. Nein, ja … na ja, vorstellbar sei das schon, aber Didi sei nicht der Attentäter, er würde ihr das später erklären. Na gut, meinte Hanna.

Danach begann Hendrik von seiner Reise zu erzählen. Zuerst von Weimar, dem Fremdeln mit seiner Geburtsstadt, von der wieder erfolgten Annäherung, dem Besuch bei Elke Richter und seinem Vortrag im Dorint. Er berichtete von dem Schock, der ihn ergriffen hatte, als er vom Attentat auf Edmund gehört hatte, und erläuterte noch einmal den Grund seiner Kehrtwende, was Edmunds Reise betraf. Hanna meinte, dass sie der Überzeugung gewesen sei, er habe Bennos Tod inzwischen überwunden, aber das sei wohl doch nicht der Fall. Hendrik nickte.

Sie saßen eine Weile nebeneinander, ohne zu reden, und Hendrik dachte an Benno und Sophie und nahm an, dass auch Hanna in Gedanken bei ihnen war.

Dann sprach er von dem Attentat, gab in kurzen Worten den Polizeibericht wieder und schwärmte von der Fahrt nach Innsbruck. Anschließend kam er auf den zweiten Anschlag auf Edmund zu sprechen, und Hanna staunte über seine fast schon als kriminalistisch zu bezeichnende Denkweise. Zumal Hendrik sofort berichtete, dass seine Wachsproben zu einem Ergebnis geführt hatten und eindeutig auf einen zweiten Anschlag hinwiesen. Die weitere Fahrt über den Brenner, durch Südtirol bis nach Trient rollte er vor ihr aus, als sei es ein Filmdokument, sie folgte jedem Wort seiner Reisebeschreibung und teilte seine Begeisterung. Als er davon erzählte, dass seine Freundschaft mit Edmund während der Reise wieder aufgelebt war, lächelte sie und meinte, sie freue sich über den alten neuen Freund, zumal sie sich gleichzeitig dessen Freundin angenähert habe. Als Hendrik von den Personenschützern und der seltsamen Besprechung im Keller des Motels erzählte, runzelte Hanna mehrmals die Stirn, stellte noch einige Zwischenfragen, wartete ansonsten gespannt auf das Ergebnis. Ganz am Ende brachte Hendrik plötzlich Nadine Moser ins Spiel und erklärte, dass sie sehr wahrscheinlich die Attentäterin sei, man ihr bisher aber nichts nachweisen könne. Schnell wechselte er zu Edmund, der erst am folgenden Tag wieder nach Frankfurt zurückkommen würde und dem er einen Vorschlag zu seinem geplanten Buch unterbreiten wolle. Hanna sah ihn fragend an, und Hendrik meinte, er werde versuchen, ihn von einem alternativen Konzept zu überzeugen, sodass Edmund das Projekt nicht komplett aufgeben müsse, sondern es in einer anderen Version realisieren könne. Hanna nickte. Das sei ein guter Gedanke, meinte sie.

Im selben Moment kam Hendrik eine Idee. Eine völlig klare und logische Schlussfolgerung aus Edmunds Hypothese. Er entschuldigte sich bei Hanna, nahm sein Smartphone und telefonierte einige Minuten mit Richard. Hanna hörte zu und meinte, sie könne das nachvollziehen.

Endlich klopfte es und ein Arzt schaute herein. »Ach, hier sind Sie!«

»Ja«, antwortete Hanna. »Die Stationsschwester hat uns hergebracht.«

Der Arzt lächelte. »Eigentlich ist dies unser Abschiedszimmer, wissen Sie, wenn jemand verstorben ist oder im Sterben liegt. Ich freue mich, in diesem Raum ausnahmsweise eine gute Nachricht überbringen zu können: Sie sind gesund, Frau Wilmut. Ihre Befunde sind alle normal, schonen Sie sich noch ein paar Tage, danach können Sie wieder Berge besteigen!«

Hanna strahlte. »Danke!«

Hendrik legte seinen Arm um ihre Schultern und sie verließen gemeinsam das Abschiedszimmer. Als sie über den Bürgersteig der Schulstraße schlenderten, sagte Hanna: »Ach, übrigens, Hendrik, heute Abend, in aller Ruhe, bei einem

Glas Wein, da erzählst du mir bitte noch von dieser Frau, die dich in Gefahr gebracht hat, okay?«

Ihre Worte fuhren wie ein Blitz in Hendriks Brustkorb. »Äh, also, welche Frau denn?«

»Ich denke, du weißt, wen ich meine.«

Er schluckte. »Hm. Du bist wirklich einmalig. Gut, ich werde dir von ihr erzählen. Ganz ehrlich und offen.«

»Ich bitte darum«, sagte Hanna. Sie lächelte dabei, und Hendrik bemerkte, dass es kein vorwurfsvolles oder enttäuschtes Lächeln war, sondern das Lächeln einer Frau, die gewillt war, mit einigen wenigen Rissen im Fundament ihrer Ehe zurechtzukommen.

17 WEIMAR

Freitag, 12. September, nachmittags

»Herr Prof. Wachshauer, Sie müssen mir unbedingt die Wahrheit sagen«, flüsterte Siegfried Dorst. Er wollte vermeiden, dass die anderen Gäste im Café Frauentor ihr Gespräch mitbekamen. »Sie stehen unter Verdacht, eine gefährliche Körperverletzung oder sogar ein versuchtes Tötungsdelikt begangen zu haben.«

»Tötungsdelikt?« Wachshauer schob seinen Kuchenteller von sich. Offensichtlich schien ihm die bekannte Backkunst nicht mehr zu schmecken.

»Ich habe die Aussage einer Zeugin«, erklärte Siggi. »Die hat Sie in der fraglichen Nacht, also am Freitag, den 5. September, spät abends gegen 24 Uhr heimkommen sehen. Mit Ihrem dunklen Mercedes SUV, sonst fährt niemand in der Straße solch ein Auto, ich habe das überprüft.« Der letzte Teil seines Satzes war eine Notlüge, die er brauchte, um Wachshauer zum Reden zu bringen.

»Nun, Herr …«

»Dorst!«

»… ja, Herr Dorst, es stimmt, ich befand mich nicht zu Hause an diesem Abend.« Er starrte auf den Tisch, als schämte er sich.

Siggi wartete. Er wusste, dass er Wachshauer immer mit dem vollen Titel anreden musste, sonst würde er gar nichts erfahren. »Herr Prof. Wachshauer, bitte reden Sie mit mir, es ist wichtig. Von wann bis wann waren sie unterwegs?«

»Nach dem Mittagessen habe ich Weimar verlassen, also gegen 13 Uhr. Gegen Mitternacht war ich wieder zu Hause, wie meine nette Nachbarin schon aussagte.«

»Hm.« Siggi rechnete. 400 Kilometer, ungefähr vier Stunden. »Schlecht für Sie. Theoretisch hätten Sie zur Tatzeit am Tatort sein können.«

»Theoretisch. Praktisch war ich aber nicht in München.«

»Sondern?«

»Nun ja ...«

»Bitte, reden Sie mit mir. Es kann zu Ihrem Nutzen sein.«

»Ich war in Frankfurt am Main. Ich wollte zu Herrn Dr. Wilmut.«

»Was? Aber der war doch hier, in Weimar, da hätten Sie nur ins Dorint gehen müssen.«

»Inzwischen ist mir das klar. Wissen Sie, Herr Dorst, ich bin 75 Jahre alt und ich ... Also ... Wie soll ich es ausdrücken ...?«

»Sie meinen, Ihr Gedächtnis lässt Sie manchmal im Stich?«

»Genau, Herr Dorst, gut gesprochen. Dieses verdammte Gedächtnis lässt mich doch tatsächlich ab und zu im Stich!«

»Aber Herr Professor, solche verbalen Entgleisungen passen gar nicht zu Ihnen.«

»Oh, Entschuldigung, ich lasse mich gehen. Verzeihung! Jedenfalls hatte ich den Vortrag von Herrn Dr. Wilmut aus Versehen für den folgenden Freitag in den Kalender eingetragen.«

»Warum haben Sie mir das denn nicht gleich gesagt?«

»Nun, wissen Sie, ehrlich gesagt: Es war mir peinlich.«

Siggi nickte wohlwollend. »Und weiter: Nach der Pizza mit dem Ehepaar Wilmut in deren Wohnung, das war am Dienstag, den 2. September, was war da mit Ihnen los? Sie haben geschimpft und das Wort ›züchtigen‹ gebraucht.«

»Sie sind gut informiert. Nun, ist schließlich Ihr Beruf. Genau deswegen wollte ich an jenem Freitag mit Herrn Dr. Wilmut sprechen. Das mit dem ›züchtigen‹ war eine ebensolche Entgleisung, das war selbstverständlich nicht ernst gemeint. Nur bei meinen Vorstrafen, die Sie sicher kennen …«

Siggi machte eine zustimmende Handbewegung.

»… hätte das zu eklatanten Missverständnissen führen können. Deswegen wollte ich ihn bitten, diesen sprachlichen Fehltritt für sich zu behalten und insbesondere nicht an die Polizei weiterzugeben. Das war offensichtlich zu spät.«

»Sie haben Glück, Herr Prof. Wachshauer. Ich bin seit einem Jahr pensioniert.«

Der Professor wackelte nervös mit seinen buschigen Augenbrauen. »Aber Sie stellten sich doch als Kriminalbeamter bei mir vor, oder nicht?«

»Das stimmt. Im Herzen bin ich immer noch Polizist, sodass mir diese versehentliche … verbale Entgleisung passiert ist.« Siggi lächelte.

Wachshauer lächelte zurück. »Das heißt, Sie werden Ihren ehemaligen Kollegen keinen Bericht erstatten?«

»Wahrscheinlich nicht.«

»Entschuldigung, Herr Dorst, aber was bedeutet dieser unsicherheitsbehaftete Ausdruck?«

»Sie müssen mir noch einen Beweis liefern, dass Sie tatsächlich in Frankfurt waren.«

»Ich sehe, die berufliche Denkart eines Kriminalbeamten haben Sie noch nicht abgelegt. Respekt!«

Siggi lachte. »Also?«

»Herr Dr. Wilmut war nicht zu Hause, das ist logisch, denn er war in Weimar. Also bin ich zu dem Café gefahren, das seine Frau betreibt, es nennt sich ›Hanna's Wohnzimmer‹. Sie selbst war nicht anwesend. Ich habe mit einer ihrer Angestellten gesprochen, die kann bezeugen, dass ich mich dort aufhielt, und zwar exakt um 18 Uhr.«

»Woher wissen Sie die genaue Uhrzeit?«

»Die Angestellte war soeben dabei, das Café zu schließen, und dieser Vorgang findet täglich um 18 Uhr statt. Frau Wilmut hatte das Café bereits verlassen, sie wollte noch einkaufen. Ihre Mitarbeiterin wusste aber nicht, wo und wie lange sie Einkäufe tätigen wollte, insofern blieb mir nichts anderes übrig, als unverrichteter Dinge nach Weimar zurückzukehren. Unterwegs habe ich mehrmals eine Pause eingelegt, weil ich müde war. Zudem habe ich in der Raststätte Pfefferhöhe ein Abendessen zu mir genommen. Deswegen wurde es so spät.«

»Wissen Sie noch den Namen der Angestellten?«

»Nein, leider nicht. Ich glaube, der Name fing mit E an.«

»Vielleicht Esra?«

»Ja, Herr Dorst, genau so hieß die Dame.«

»Gut, vielen Dank, ich fahre morgen sowieso nach Frankfurt und werde auch ›Hanna's Wohnzimmer‹ einen Besuch abstatten. Bei dieser Gelegenheit werde ich Esra befragen. Wenn sie Ihre Aussage bestätigt, ist die Sache erledigt.«

Siggi widmete sich seiner Stachelbeer-Baiser-Torte und schwelgte in einer wunderbaren Melange säuerlicher Süße. Der Professor zog seinen Teller mit der Waldbeer-Sahne-Torte wieder zu sich und verspeiste den Rest mit gutem Appetit. Zwischendurch fragte er: »Wie geht es eigentlich Ihrem Knie, Herr Dorst?«

Siggi sah auf. »Äh, woher wissen Sie das denn?«

»Nach Ihrem Besuch in meinem Hause humpelten Sie so ungelenk die Damaschkestraße entlang, dass ich nur den Rückschluss auf einen Knieschaden ziehen konnte.«

»Respekt, Herr Professor!«

18 FRANKFURT A. M.

Samstag, 13. September, abends

Hanna Wilmut freute sich, dass es ihr gelungen war, alle Freunde kurzfristig an einen Tisch zu bekommen: Siggi und Ella, Edmund und Karla, Richard, der alleinstehend war, ein typischer Junggeselle, und natürlich Hendrik. Esra hatte sich bereit erklärt, sie zu bedienen.

»Hanna's Wohnzimmer« war am Abend offiziell geschlossen, auch wenn die hell erleuchteten Fenster einen anderen Eindruck vermittelten. Deswegen brachte Hanna an der Eingangstür das Schild »Geschlossene Gesellschaft« an. Bei der Gelegenheit umrundete sie das dreistöckige Eckgebäude, langsam, Schritt für Schritt. Das tat sie oft, einfach nur, um sich an ihrem Café, ihrer Situation und ihrem Leben zu erfreuen: die drei Fenster zur Schifferstraße, die mit weißen Rahmen von der gelben Front abgesetzt waren, der runde, einem Erker ähnliche Vorbau an der Gutzkowstraße, durch den das Haus einer alten Villa ähnelte, ihre große Terrasse, die bei schönem Wetter meistens voll besetzt war, dann der Eingangsbereich mit den vier Stufen vor der Tür und ihrer persönlich gestalteten Tagestafel. Das Café strahlte schon von außen eine solche Intimität aus, dass man sich auf das freute, was es innen zu bieten hatte. Besonders jetzt, wo es zu dunkeln begann, der Herbstwind durch die Straßen zog und man sich nach gemütlicher Wohnzimmeratmosphäre sehnte.

In der Mitte des Gastraums hatte sie am Nachmittag mit Esras Hilfe aus mehreren Tischen eine lange Tafel gebildet, die vom Leseregal bis zum Erker reichte und festlich gedeckt war. Hanna war vorbereitet.

Als ihre Gäste Platz genommen hatten, erhob sie sich und sagte: »Ihr Lieben, nach den turbulenten Ereignissen der letzten Tage bin ich froh, dass wir alle ein wenig zur Ruhe gekommen sind. Ich freue mich ganz besonders, dass Siggi und Ella aus Weimar angereist sind. Für den heutigen Abend habe ich mir etwas Besonderes einfallen lassen: ein hessisch-thüringisches Menü. Dies wird die Speisenfolge sein: Als Erstes Apfelsecco, halbtrocken, dazu Handkäs-Kräcker. Übrigens eine Idee von Donato Romanazzi, einem Frankfurter Food-Artisten.«

»Sieh da, ein hessischer Italiener«, sagte Edmund in Hendriks Richtung.

»Soll es geben!«

Hanna ignorierte diesen Geistesblitz zwischen den beiden Freunden. »Der zweite Gang: Gebackene Taler vom Thüringer Kloß mit Frankfurter Grüne Soße.«

Ihre Gäste nickten erstaunt, teils Bedenken simulierend, teils zustimmend.

»Dann als Hauptgericht original Thüringer Rostbratwurst mit Rheingauer Rieslingkraut und Kartoffelbrei von Wetterauer Frühkartoffeln. Als Dessert Streifen vom Weimarer Schmandkuchen mit aromatisiertem Apfelkompott. Zum Abschluss Gorilla-Espresso aus dem Kreis Offenbach, gebrüht von Barista Hendrik Wilmut höchstpersönlich. Als Begleitung wird Ehringsdorfer Ritterbräu, Mineralwasser aus der hessisch-thüringischen Rhön oder Frankfurter Apfelwein serviert.«

Stolz sah sie in die Runde. »Und, was meint ihr dazu?«

»Toll!«

»Wow, ich bin sehr gespannt!«

Hendrik stand auf und küsste sie. »Ein tolles Menü, Schatz, solche interessanten Einfälle!«.

Esra kam mit dem Apfelsecco und goss ein.

»Ach, übrigens«, sagte Richard, »Albert Moser hat mir eine Flasche Goethewein mitgegeben. Für Eddie und Hendrik, hat er gesagt.« Damit hielt er eine Flasche hoch. Das Etikett zeigte das bekannte Goetheporträt von Johann Heinrich Lips.

Hanna nahm sie ihm ab. »Danke, ich bringe sie in die Küche, können wir später probieren.«

»Warst du denn noch einmal bei Bertl?«, fragte Edmund.

»Ja«, antwortete Richard. »Wanner hat herausgefunden, dass die finanzielle Lage der GIRO-Kette kritisch ist, darüber wollte ich mit ihm reden.«

»Und? Was sagt er?«

»Zum Wohl!«, ging Hanna dazwischen. Sie versuchte, das Gespräch ein wenig von dem Fall abzulenken, obwohl sie ahnte, dass ihr das nach Hendriks Telefonat mit Richard am Vortag im Krankenhaus nicht gelingen würde.

»Zum Wohl!«

»Danke für die Einladung!«

»Schön, dass wir alle zusammensitzen heute Abend.«

»Also, was sagt er?«, wiederholte Edmund an Richard gewandt.

»Moser hat versucht, die Ernsthaftigkeit der Lage herunterzuspielen, aber ich habe gemerkt, dass ihn das Thema beschäftigt. Ich denke, seine geschäftliche Situation ist tatsächlich bedrohlich.«

»Das würde mich nicht wundern«, sagte Hendrik. »Er hat viel investiert. Allein die Mieten in Regensburg, München und Innsbruck, jeweils in der Altstadt, dürften erhebliche Summen verschlingen. In Mittenwald hat er einen Geigenbauer aus seinem Mietvertrag herausgekauft und in Rovereto will er ein historisches Haus komplett neu aufbauen. Es würde mich nicht wundern, wenn er auch am Brenner etwas plant, von dem wir noch nichts wissen. Dazu teure Autos und ein eigener Goethewein – sehr beachtlich.«

»Wäre dann Eddies Buch nicht gefährlich für ihn?«, fragte Karla.

»Auf jeden Fall«, antwortete Richard. »Der bloße Verdacht, dass Goethes Reiseroute, an der sich die GIRO-Häuser befinden, nur eine Erfindung ist, könnte ihm den geschäftlichen Todesstoß versetzen. Aber, wie ihr wisst, hat er ein Alibi. Direkt vor der Tat saß er über den Geschäftsunterlagen und fuhr anschließend zum Steuerberater. Frau Zimmer, seine Tochter und der Steuerberater haben das bestätigt und angesichts der finanziellen Lage ist das auch nachvollziehbar.«

Karla setzte nach: »Vielleicht hat die Tochter ja gelogen, wollte ihrem Vater ein Alibi verschaffen. Wäre doch möglich, oder?«

Richard nahm in gewichtiger Manier einen Schluck Apfelsecco, deutete mit einem wohlwollenden Nicken an, dass dieser ihm schmeckte, und sagte: »Das ist ein guter Einwand, Karla. Hier hat sich gestern ein neuer Aspekt ergeben. Hendrik, möchtest du das vielleicht selbst erläutern?«

»Gerne. Also …«

In diesem Moment kam Esra mit dem zweiten Gang aus der Küche: »Gebackene Taler vom Thüringer Kloß mit Frankfurter Grüne Soße«, verkündete sie.

»Also«, sagte Hanna. »Guten Appetit!«

∗

Hendrik Wilmut schaute während des Essens immer wieder in die Runde. Nach anfänglicher Skepsis erhellten sich die Gesichter. Ella hatte, wie sie sagte, noch nie zuvor Grüne Soße gegessen und war begeistert. Auch die Kombination mit den in Butter gebackenen Thüringer Kloßscheiben war ein absoluter Hit, Hanna konnte sich vor Lob kaum retten. Esra brachte Bier, Apfelwein und Mineralwasser und räumte die Teller ab. Alle Augen richteten sich auf Hendrik.

»Zunächst möchte ich etwas zu Eddies geplantem Buch sagen. Ich respektiere seine grundsätzliche Idee, denn es gibt tatsächlich einige Punkte in Goethes Reisebeschreibung, die strittig sind, teils einfach ungenau. Die Goethespezialisten streiten darüber. Eine Auslegungsvariante lautet: Ungenauigkeiten durch die große Zeitdifferenz zwischen Erleben und Schreiben. Eine andere lautet: ›Autofiktion‹. Damit ist eine Art Selbstüberhöhung gemeint, mit fiktionalen Anteilen, die der objektiven Wahrheit übergestülpt werden. Auch heute gibt es Menschen, vor allem Politiker, die diesem Phänomen verfallen. Eddie und ich haben darüber während unserer Reise ausführlich diskutiert. All das führt aber nicht dazu, dass Goethes Italienreise komplett als Lüge entlarvt werden kann. Wenn es also bei Eddies geplantem Buchtitel bleiben sollte, werden sich die Goetheforscher von ihm abwenden und sein Buch, auf Deutsch gesagt, in der Luft zerreißen. Der Grund liegt darin, dass Eddie zu viele verlässliche Quellen fehlen, mit denen er verschiedene Vermutungen nachweisen könnte. Selbst Roberto Zapperi, ein italienischer Goethespezialist, der weitaus vorsichtiger als Eddie zu Werke ging, wurde von anderen Goetheforschern angegriffen.«

»Hast du die Abhandlung darüber gefunden?«, fragte Edmund.

»Ja, kann ich dir zeigen, sie stammt von einem Stephan Oswald.«

»Wie sollte denn der ursprüngliche Buchtitel lauten?«, wollte Siggi wissen.

»Darf ich?«, fragte Hendrik in Edmunds Richtung.

Edmund nickte.

»Er sollte lauten: ›Goethe in Italien – Dichtung ohne Wahrheit‹. Dazu der Untertitel: ›Zehn Thesen, die belegen, dass Goethe nie in Italien war.‹«

»Oho!«, machte Siggi.

»Nun, lieber Eddie, möchte ich dir einen anderen Titel vorschlagen, der sich im Laufe unserer Reise in meinen Gedanken festgesetzt hat. Damit wirst du auf dem populären Buchmarkt sicher Erfolg haben, ohne die Goetheforscher zu verprellen: ›Vom Mann, der auszog, um Goethes Italienreise zu widerlegen.‹ Damit schreibst du deinen eigenen Reisebericht, kannst die Ungenauigkeiten des großen Meisters aufzeigen und mich gerne als Echtfigur mit einbauen. Was meinst du?«

Edmund stand auf, er schien gerührt, trat auf Hendrik zu und umarmte ihn, ohne ein Wort zu sagen. Dann ging er zu Karla und küsste sie vorsichtig auf die Wange. Auch zwischen den beiden hatte sich offensichtlich viel verändert. Karla sah Hendrik an und sagte: »Danke.«

»Von hier aus nun der Schwenk zu Nadine Moser«, fuhr Hendrik fort. »Ich habe mich so intensiv mit Eddies Theorie beschäftigt, dass mir das Naheliegende lange verborgen blieb: Nicht Goethes Italienreise war gelogen, sondern Nadines Reise zu ihrer Tante. Sie ist zwar in Pullach angekommen, das hat Tante Marlene bestätigt. Aber sie konnte bequem von dort in die Münchener Innenstadt zurückkehren, um auf Eddie zu schießen. Warum? Weil Marlene Moser an COPD erkrankt ist, einer Lungenkrankheit, die sie nachts kaum schlafen lässt

Dafür schläft sie viel tagsüber, halb im Sitzen in ihrem Fernsehsessel oder in einem Liegestuhl unter dem Kastanienbaum. Irgendwann nimmt sich der Körper seinen Schlaf. Zu den Telefonaten, die von Albert Moser zu seiner Entlastung aufgeführt wurden, hat Wanner inzwischen die Verbindungsnachweise erhalten. Das erste kam noch vom Festnetztelefon der Tante, die anderen beiden von Nadines Handy, also von unterwegs. Der Rest ist klar. Nadine hat also mit ihrer Aussage gar nicht ihrem Vater ein Alibi geben wollen, sondern sich selbst. So weit meine Theorie, die ich gestern telefonisch an Richard weitergegeben habe. Und es würde mich nicht wundern, wenn man im Haus der Tante Melber ... äh, der Tante Marlene die Tatwaffe finden würde: ihr Biathlongewehr. Nadine war nämlich lange Mitglied in der Biathlonabteilung des TSV Pullach. Fragt sich nur noch, ob sie Eddie tatsächlich umbringen oder ihm nur einen Schreck einjagen wollte, um das Buch zu verhindern.«

»Nicht schlecht!«, sagte Siggi. »Aber noch fehlen uns die finalen Beweise.«

»Richtig«, sagte Richard. »Die Kollegen Wanner und Straußer ermitteln auf Hochtouren, ich habe ihnen gesagt, sie können mich jederzeit anrufen. Es gibt übrigens noch einen Hinweis. Hendrik weiß, dass Nadine Zigaretten der Marke Camel raucht, und genau solch einen Zigarettenstummel haben die Münchener Kollegen am Tatort 2 gefunden.«

»Aha«, meinte Hanna mit aufgesetzt strengem Ton. »Woher weißt du denn, dass diese Nadine Camel raucht?«

»Eddie und ich haben sie zufällig in der Bar unseres Hotels in Trient getroffen«, sagte Hendrik. Er bemühte sich, den sachlichen Ermittlerton beizubehalten. »Dort hat sie geraucht. Und es ist kein Geheimnis, dass ich es nicht sonderlich mag, wenn Frauen rauchen. Stimmt's, Eddie?«

Edmund zog ein Gesicht, als wollte er sich in einem Erdloch vergraben. »Ja sicher!«

»Hanna, lass dir nichts gefallen!«, warf Karla ein.

»Keine Sorge. Ihr wisst ja alle, dass diese Nadine es auf Hendrik abgesehen hatte.«

»Was?«

Edmund starrte betreten auf den Tisch, Siggi zog die Augenbrauen hoch, Ella strich sich unsicher durchs Haar und Richard grinste.

»Ich habe Hanna alles erzählt«, sagte Hendrik. »Sicher, manchmal hatte ich auch das Gefühl, sie hätte ein Auge auf mich geworfen, und ich wäre kein Mann, wenn ich nicht zugeben würde, dass mir das geschmeichelt hat. Aber über meine Hanna geht nichts, das ist wohl klar!«

»Das will ich auch hoffen«, sagte Hanna.

Siggi räusperte sich. »Mal abgesehen von der persönlichen Dimension der Sache, die Hendrik und Hanna offensichtlich untereinander geklärt haben – Respekt übrigens! –, besteht aus kriminalpolizeilicher Sicht die Frage, ob Nadine Moser ein Auge auf Hendrik geworfen hat, weil sie ihn attraktiv findet, weil sie in ihm einen Vaterersatz sieht oder weil sie sich an ihm rächen will.«

Alle Blicke waren auf Siggi gerichtet. Überraschung und zugleich Faszination spiegelte sich in ihren Gesichtern.

Ja, dachte Hendrik, gute Fragestellung.

»Ich bin der Meinung«, fuhr Siggi fort, »dass wir die erste Möglichkeit ausschließen können. Wer findet schon einen Typ interessant, der sein halbes Leben in Goethebüchern herumstöbert und den Rest mit Espressotassen und Zuspätkommen beschäftigt ist.«

Die Männer lachten, die Frauen nicht.

»Die zweite Variante halte ich ebenfalls für unwahrscheinlich, denn wer will schon einen Pubertierenden mit grauen Schläfen zum Vater haben.«

Hendrik tippte sich an die Stirn. Typischer Männerhumor, dachte er.

»Aber mal im Ernst, Leute, die dritte Alternative ist absolut realistisch. Ihr Vater steht geschäftlich vor dem Abgrund, sie sieht Eddies Verhalten – vielleicht weiß sie auch von dem Buch – als große Gefahr für die GIRO-Idee. Nach zwei gescheiterten Anschlägen auf Eddie merkt sie, dass Hendrik als Eddies Freund eine wichtige Rolle spielt. Zuerst will sie ihn aushorchen, was voll danebengeht, denn es lief umgekehrt, Hendrik hat sie quasi ausgehorcht. Dann will sie ihn ausschalten.«

»Na gut«, sagte Hanna. »Die Rache einer Frau kann gefährlich sein. Aber nur wegen des Geschäfts? Oder ihrem Vater zuliebe? Ich weiß nicht …«

Hendrik nickte. »Das finde ich auch ein bisschen zu dünn.«

»Nadine hat allerdings ein recht seltsames Verhältnis zu ihrem Vater«, warf Edmund ein. »Sie hat ihn uns gegenüber immer Papa genannt, gut, das machen viele, aber das klang so, ich weiß nicht … fast devot. Und er nannte sie ›meine Heldin‹. Das kam mir seltsam vor.«

Interessant, dachte Hendrik. Er hatte das gleiche Gefühl gehabt, ohne es in Worte fassen zu können. »Das stimmt«, warf er ein. »Und als ihr Vater sie rief, lief sie sofort zu ihm, ohne zu zögern, ließ alles stehen und liegen. Das passt zu seinem Lebenstraum.«

Alle sahen ihn fragend an.

»Sein großes Lebensziel ist die Hotel-und-Bistro-Kette. Ähnlich dem Giro d'Italia. Sie soll entlang Goethes Reiseroute mindestens bis Torbole reichen, vielleicht noch weiter. Und ich denke, Nadine sieht den Traum ihres Vaters durch uns in Gefahr.«

»Klingt für mich immer noch nicht zwingend«, sagte Richard.

»Gut, dann fand sie mich vielleicht doch attraktiv«, meinte Hendrik. Sofort stieß ihm Hanna ihren Ellenbogen in die Seite.

Der dritte Gang schwebte auf Esras Tablett herein.

Hanna lächelte stolz. »Thüringer Rostbratwurst, in Weimar eingekauft, genauer gesagt, in Süßenborn. Ella hat sie mitgebracht, frisch von heute. Dazu Sauerkraut, angemacht mit einem Rheingauer Riesling. Und Wetterauer Frühkartoffeln, du weißt schon, Hendrik, von Volker.«

Hendrik nickte. Auf diesen Gang hatte er sich besonders gefreut. »Mahlzeit!«

*

Siegfried Dorst schmeckte das Essen hervorragend, zugleich machte er sich Sorgen. Er wusste noch nicht so recht, warum, er spürte nur einen Widerspruch. Hier das harmonische Zusammensein mit dem guten Essen, dort ein Zweifel an dem, was sie dachten, sagten und taten. Er hatte etwa die Hälfte seiner Rostbratwurst gegessen, als ein Handy klingelte. Irgendwo im Raum. Es war nicht sein Klingelton.

»Sorry!«, sagte Richard, nahm sein Smartphone zur Hand und ging damit zur Eingangstür nahe der Wendeltreppe ins Untergeschoss, wohl um die anderen nicht zu stören. Siggi hörte ihn telefonieren, und dem Tonfall seines Freundes entnahm er, dass es sich um etwas Wichtiges handeln musste. Sie kannten sich schon lange, hatten sich auf einer beruflichen Fortbildung kennengelernt und seitdem immer Kontakt gehalten.

Endlich kam er zurück. Alle anderen waren bereits mit dem Essen fertig.

»Das war KOK Wanner aus München«, sagte Richard, ohne sich zu setzen. »Die Kollegen dort fanden Hendriks Theorie recht schlüssig. Straußer soll ihn angeblich sogar gelobt haben.«

»Ehrlich?«, sagte Hendrik.

»Unglaublich!«, schob Edmund nach.

»Jedenfalls haben sie gestern mit dem TSV Pullach gesprochen, besser gesagt, mit dem Vorsitzenden der Schießsportabteilung. Nadine Moser war dort lange Mitglied, wurde aber ausgeschlossen, weil sie – wie er sich ausdrückte – nicht verantwortungsvoll mit ihrer Waffe umgegangen sei. Und das könne sich heutzutage kein Schießsportverein mehr leisten, wegen der Öffentlichkeit und so weiter. Zum Training sei sie bis dahin immer aus Pullach gekommen. Daraufhin haben die Kollegen gestern einen Durchsuchungsbeschluss für das Haus von Marlene Moser beantragt, den auch erhalten, und heute Mittag haben sie die Durchsuchung durchgeführt.«

»Wow, das ging ja schnell!«, sagte Siggi.

»Und, haben sie etwas gefunden?«, fragte Hendrik.

»Das schon, aber leider nicht die Tatwaffe. Es gibt dort einen Waffenschrank, der stand offen, das Biathlongewehr fehlte. Nur eine Pistole befand sich noch darin. Und Munition Kaliber .22 lfb Biathlon. Das wurde alles sichergestellt.«

»Und wo ist Nadine Moser?«, fragte Siggi.

»Verschwunden, sie wurde zur Fahndung ausgeschrieben. Noch etwas: Wanner hat zu dem Tod von Nadines Mutter recherchiert. Es gibt dazu eine Polizeiakte. Sie starb durch einen Unfall. Die 16-jährige Nadine hat den Unfall verursacht.«

Schweigen. Jeder versuchte, für sich zu klären, was die Information zu bedeuten hatte.

»Wie ist das denn passiert mit ihrer Mutter?«, fragte Hendrik.

»Frau Moser befand sich auf dem Balkon ihrer Münchener Wohnung in der fünften Etage. Sie wollte Wäsche aufhängen und stand dabei auf einem Hocker. Nadine stolperte über den Wäschekorb und fiel gegen ihre Mutter. Die stürzte übers Geländer auf die Straße. Genickbruch.«

Siggi war der Erste, der seine Gedanken in Worte fasste. »Okay, damit ist für mich klar, dass Nadine Moser eine Art Hörigkeitsbeziehung zu ihrem Vater hat, verursacht durch Schuldgefühle. Sie wollte mit aller Macht verhindern, dass sein Lebenstraum platzte.« Er zögerte einen Moment. »Sag mal, Hendrik, weiß sie eigentlich, was du weißt?«

»Wie bitte?«

»Hendrik, hörst du gar nicht zu?«

»Doch, doch, Siggi, ich war nur kurz … woanders.«

Siggi erhob sich und beugte sich in Hendriks Richtung. »Pass bitte genau auf: Als du in ihrem Büro warst und dich auf der Website vom TSV Pullach umgesehen hast, hast du diese Webseite anschließend wieder geschlossen oder wieder in den ursprünglichen Zustand gebracht?«

»Ja, ich habe alle Suchschritte rückgängig gemacht, warum?«

»Jetzt stelle ich die Fragen! Hast du die Liste, in der man prüfen kann, was sich jemand im Internet angesehen hat …«

»Den Browserverlauf«, warf Ella ein.

»Genau, hast du den gelöscht?«

Hendrik wurde blass. »Nein.«

»Dann weiß sie es!« Siggi hatte sich gerade wieder gesetzt, als er erneut hochschoss. »Richard, von wem genau hast du den Goethewein bekommen?«

»Vom Vater, von Albert Moser.«

Hendrik erhob sich ebenfalls. »Aber Nadine hat die Oberaufsicht über den Wein, ihr Vater hat das komplett an sie abgegeben.« Er sah sich um. Hanna war nicht im Raum. »Schatz, was machst du eigentlich so lange in der Küche?«

»Ich habe schon mal den Goethewein geöffnet.«

»Nicht trinken!«, rief Hendrik. Er stürzte in die Küche.

»Warum nicht, schmeckt gut!«, hörten sie Hanna sagen.

»Gib das Glas her!«, schrie Hendrik.

Im selben Moment zerbarst klirrend eine Fensterscheibe.

*

Hendrik Wilmut wusste sofort, was passiert war. Er packte Hanna und riss sie mit sich zu Boden. Fast gleichzeitig hörte er Richard aus dem Gastraum rufen: »Runter!«

Karla schrie.

Hendrik hörte, dass sich alle auf den Boden warfen. Er fühlte Hannas Puls. Schwach, aber regelmäßig. »Hanna, Schatz, hörst du mich?« Keine Reaktion. Ihre Stirn war schweißnass. Er drehte sie in die stabile Seitenlage. »Das ist Nadine«, rief er den anderen zu. »Passt auf, sie ist eine verdammt gute Schützin!«

Peng! Der nächste Schuss, die nächste Scheibe.

»Au, Mann!«, rief Ella. »Ein Splitter hat mich getroffen.«

»Ich helfe dir«, sagte Siggi.

Hendrik hörte ihn über den Boden kriechen.

»Hendrik!«

»Ja, Richard?«

»Wir sind hier wie auf dem Präsentierteller. Weißt du, wo der Lichtschalter ist?«

»Ja.« Hendrik kroch zur Küchentür, hinter die Theke, reckte seine Hand hinauf, öffnete den Sicherungskasten und drückte den grünen Schalter nach unten. Schlagartig versank alles um sie herum im Dunkel der Herbstnacht. Hendrik musste sich erst orientieren. Es wehte kühl durch die beiden zerstörten Fenster herein. Er lugte vorsichtig über die Theke. Eine Scheibe zur Schifferstraße hatte ein großes Loch, eine andere am Erker, zur Terrasse hin, war quasi nicht mehr vorhanden.

Er hörte Richard telefonieren: Schusswaffengebrauch, Vergiftung, SEK, Notarzt, bitte beeilen.

Hendrik überlegte. Wie lange würde das SEK brauchen? Er fragte Richard, der kannte die örtlichen Gegebenheiten. Mindestens eine halbe Stunde, eher eine Dreiviertelstunde, gab er zur Antwort. Die müssen aufrüsten, aufsitzen, sich auf den Weg machen. Selbst wenn sie endlich da waren, überlegte Hendrik, konnten die SEK-Beamten nicht einfach ins Café marschieren, Nadine würde auf sie schießen. Er sah Hanna an, prüfte erneut ihren Puls, fühlte die Stirn, es ging ihr immer schlechter. Panik befiel ihn. Er atmete tief durch und erinnerte sich selbst daran, dass er jetzt bei klarem Verstand bleiben musste. Und dann wurde ihm bewusst, dass er etwas unternehmen musste.

Ein dumpfer Schlag, irgendwo am oder im Haus.

»Sie hat die Hauswand getroffen statt das Fenster«, rief Siggi. »Ihr bleibt alle liegen, das SEK wird bald hier sein. Wie geht es Hanna?«

»Schlecht«, sagte Hendrik.

»Können wir was tun?«

»Nein.«

Ein ohrenbetäubender Schlag. Hendrik zuckte zusammen. Ein Knall? Ein Schuss? Er konnte es nicht zuordnen. Plötzlich zog ein scharfer Wind durchs Café. Er brauchte eine Weile, um zu erkennen, dass die Eingangstür offen stand. Er lugte über die Theke.

Hendrik sah nur ihre Silhouette, aufrecht, das Gewehr

an der Hüfte. Wie aus einem Actionfilm geschnitten. Die Rächerin.

Er überlegte, schnell, geistesgegenwärtig. Wie viele Scheiben hatte ein Biathlonziel, vier, fünf, sechs? Fernsehbilder mit den runden schwarzen Zielscheiben tauchten vor ihm auf – auf jeden Fall eine ungerade Zahl. Er nahm einen Teller und warf ihn Nadine in hohem Bogen entgegen. Sie konnte wohl nur einen Schatten erkennen, schoss, traf den Teller nicht, der fiel zu Boden, zersplitterte, der Schuss krachte in die Decke. Karla schrie erneut.

Hendrik richtete sich auf. »Was willst du?«

»Ha, der Herr Obermutig!« Sie blieb im Eingangsbereich stehen, links von ihr die Sitzgruppe mit dem runden Tisch, rechts die Wendeltreppe ins Untergeschoss. »Dich will ich. Dich und Eddie, wo ist er?«

»Nicht hier. Außerdem …«

Straßenlaternen warfen ihr fahles Licht ins Café. Hendrik hatte sich langsam an das Halbdunkel gewöhnt, konnte ihr Gesicht erkennen, sie lachte spöttisch.

»Außerdem«, fuhr er fort, »kannst du mich nicht erschrecken. Du hast keine Munition mehr. Fünf Schuss hast du verbraucht. Mehr hat kein Biathlet im Magazin. Mehr ist nicht erlaubt, sonst droht die Disqualifikation.«

»Der Doktor Oberschlau! Wenn du schon so gescheit daherredest, solltest du auch wissen …«, ihre Stimme schraubte sich in eine hohe Tonlage, »… dass jeder Biathlonsportler drei Schuss zum Nachladen hat.«

»Mir egal, Hanna liegt da hinten, sie hat von deinem Goethewein getrunken.«

»Oh wie schön, noch besser, als wenn du ihn getrunken hättest. Sie wird maximal eine halbe Stunde überleben.«

Hendrik ging auf sie zu.

»Pass auf!«, schrie Siggi.

»Bist du sicher, dass du nachgeladen hast?«, fragte Hendrik. Er bemühte sich, seine Stimme fest klingen zu lassen.

»Es war nicht viel Zeit dazu, und in der ganzen Hektik hier, wer weiß.«

Er sah sie an, war nur noch einen Schritt vom Lauf des Gewehrs entfernt. Er zeigte direkt auf seinen Brustkorb.

»Du riskierst für Hanna dein Leben?«

»Ja, das tue ich«, sagte Hendrik.

In der Ferne erklang ein Martinshorn.

»Du Depp, du Idiot!«

»Beschimpf mich nur. Ist mir egal.«

»Hast du auch richtig gezählt?«

Hendrik ließ sich nicht beirren. »Ja, habe ich.«

»Außerdem geht das Nachladen schnell, ich bin das von den Wettkämpfen gewohnt.«

Er blickte ihr direkt in die Augen. »Ich finde, dein Magazin sieht leer aus!«

Ein kurzer Moment genügte, die Winzigkeit eines Augenblicks, in der sie heruntersah auf ihre Waffe. Hendrik packte den Gewehrlauf, riss ihn zur Seite, ein Schuss knallte, fuhr an seinem Ohr vorbei, er rammte den Gewehrkolben in Nadines Bauch, so fest er nur konnte, sie stöhnte, taumelte. Er stieß erneut mit voller Wucht zu, traf sie an der rechten Hüfte, sie drehte sich, wankte, ließ das Gewehr los, wollte sich am Geländer festhalten, schaffte es nicht und stürzte kopfüber die Wendeltreppe hinab. Sie schrie, es krachte, als sei ihr Kopf gegen das Geländer geprallt. Dann war es plötzlich still.

Auch in Hendrik wurde es still. Sein Inneres zog sich zurück, wollte nicht mehr ansprechbar sein. Er rutschte auf den Boden und saß dort, lange, mit dem Rücken zur Wand. Er bekam nur schemenhaft mit, dass Hanna auf einer Trage aus dem Café gebracht wurde. Er hörte ganz weit entfernt jemanden nach dem Gift fragen und über die Weinflasche reden. Ein Mann, es mochte Richard gewesen sein, nahm ihm das Gewehr aus der Hand. Irgendwann hatte er keine Kraft mehr, seine Augen offen zu halten. Er konnte nicht anders, als sich seinen Albträumen zu ergeben.

EPILOG

Hendrik und Hanna

Hanna Wilmut lag noch immer im Koma. Hendrik besuchte sie jeden Tag im Universitätsklinikum Frankfurt. Die Frage, ob sie jemals wieder aufwachen würde, konnte ihm niemand beantworten. An ihrem Bett sitzend dachte er viel nach, über Schuld und Sühne. Nach all den Ereignissen in diesem Herbst hatte er seine Schuldgefühle Benno gegenüber zwar abgelegt, aber solange Hanna nicht aufwachte, konnte seine Seele keine Ruhe finden. Um sich abzulenken, übernahm er eine Abhandlung für die Goethe-Gesellschaft zum Verhältnis zwischen Goethe und Herzogin Anna Amalia, die aber nur langsam fortschritt, da er mit den Gedanken oft nicht bei der Sache war. Immer wieder las er Hanna Märchen und Gedichte vor. So wie man Kindern Märchen vorliest, in der Hoffnung, sie könnten zumindest einen Teil davon verstehen. So wie man seiner Geliebten Gedichte vorliest, in der Hoffnung, durch die wohlklingenden Zeilen ihre Zuneigung zu erlangen. Melancholische Zeilen, à la lassitude. Im Gleichklang. Oder reimlos. De la douceur, von der Sanftheit, von der Milde, von der Süße! Calme un peu, beruhige die Fieberschübe ein wenig, mein Liebe! Vois-tu, l'amante, auch mitten im Zeitvertreib manchmal, schau dich an, Geliebte! Die Ungezwungenheit solltest du als Schwester haben, als friedsame Schwester. So schrieb Paul Verlaine und so las Hendrik Wilmut.

Prof. Heinrich Wachshauer

Esra bestätigte sein Alibi. Prof. Wachshauer entschuldigte sich schriftlich und formvollendet bei Hendrik für seinen Auftritt in der Bodenstedtstraße. Als Siggi ihn im folgenden Frühjahr in seinem Haus besuchte, war sein Garten eine blühende Landschaft und das Wohnzimmer hell und aufgeräumt, ganz wie er selbst. Er bot Siggi sogar einen Kaffee an. Möglicherweise war es auch Tee.

Dieter Fahrnholtz

Nach seinem Ausraster in der Wiener Straße war Didi festgenommen und angeklagt worden. Der Richter verurteilte ihn wegen gefährlicher Körperverletzung zu einer Freiheitsstrafe von sechs Monaten, die zur Bewährung ausgesetzt wurde. Zudem belegte er ihn bezüglich Hanna und Karla mit einem Kontaktverbot nach dem Gewaltschutzgesetz. Seine Schwester Inge nahm ihren Mut zusammen und besuchte Edmund in Frankfurt. Sie einigten sich darauf, dass Inge und Didi das Elternhaus behalten konnten, Edmund bekam sofort 15.000 Euro ausgezahlt, der Rest des Betrags wird über zehn Jahre gestreckt.

Edmund Fahrnholtz

Mit dem Geld von seinen Geschwistern konnte er seine Schulden begleichen und das Buchprojekt verwirklichen, indem er ein Jahr lang nur noch zwei Tage pro Woche Taxi fuhr und die restliche Zeit zum Schreiben nutzte. Oft, wenn er am Schreibtisch saß, dachte er an Hanna. Dann fragte er sich nach seiner Schuld an ihrem Schicksal. Schließlich hatte er die Ereignisse mit seiner skurrilen Hypothese überhaupt erst angestoßen. Der Verlag in Kassel war begeistert von seinem Manuskript, das Buch erschien mit dem von Hendrik vorgeschlagenen Titel. Er war Hendrik sehr dankbar und gestand ihm, dass er die Unstimmigkeiten in Goethes Reisebeschreibung durch Zufall entdeckt hatte. Zu seinem eigenen Thema hatte er sie mit dem Ziel gemacht, Kontakt zu Hendrik aufzunehmen und ihre Freundschaft wiederzubeleben. Denn Freundschaft sei doch etwas sehr Wichtiges. Das sei ihm inzwischen klargeworden.

PS: Edmunds Meinung über die Taxikollegen in Regensburg änderte sich vollkommen, nachdem sich ein dortiger Kollege bei der Polizei gemeldet und zu Protokoll gegeben hatte, dass zwei Jugendliche am Abend des 4. September in vandalischer Manier unterwegs gewesen seien und an mehreren Fahrzeugen die Reifen zerstochen hätten. Auch ein ortsfremdes Taxi sei betroffen gewesen. Er hatte sich sogar das Kennzeichen notiert.

Karla Bingmann

Nach all den geschilderten Turbulenzen in ihrem Leben kam sie endlich zur Ruhe. Ein paar Tage nach den Vorfällen in »Hanna's Wohnzimmer« hielt Edmund um ihre Hand an. Darüber freute sie sich sehr. Allerdings wollte sie zuvor noch mit ihm besprechen, welche Verhaltensweisen ihn mit seinem Bruder verbanden. Sie hielt unbeirrt an ihrer Freundschaft zu Hanna fest, auch wenn sie diese Freundschaft derzeit nicht leben konnten. Sie war jedenfalls fest davon überzeugt, dass Hanna bald wieder aufwachen würde. Jeden Dienstag erschien sie zum Yogakurs und entschuldigte Hanna, sie könne diese Woche nicht teilnehmen, würde aber bestimmt bald wieder dabei sein.

Richard Volk

Nachdem Hendrik ihn an Francesca Perrotti erinnert hatte, rollte er den Fall neu auf. Er spürte den ehemaligen Hörsaalassistenten Hans Kühlberg auf, der erst ein halbes Jahr zuvor aus Mexiko nach Deutschland zurückgekehrt war. Er veranlasste einen DNA-Abgleich mit Spermaspuren auf Francescas Unterwäsche, die noch im Archiv lagerte. Daraus ergab sich eindeutig die Täterschaft von Kühlberg. Die Staatsanwaltschaft erließ Haftbefehl. Da Kühlberg an einer Krebserkrankung litt und nach Aussagen seiner Ärzte nur noch wenige Wochen zu leben hatte, wurde der Haftbefehl außer Vollzug gesetzt. Edmund war erleichtert, dass Francescas Tod endlich aufgeklärt worden war, und weinte.

Siegfried Dorst

Er war froh, dass er mit der Befragung von Prof. Wachshauer und der Mitarbeit am Moser-Fall wieder kriminalistische Arbeit hatte leisten können. Gleichzeitig erkannte er, dass ihm seine Pensionierung Freiheiten bot, die er zuvor nie gekannt hatte. Das stärkte seine Zufriedenheit, worüber sich Ella enorm freute. Er investierte viel Zeit in Krankengymnastik und Muskelaufbau. Ein halbes Jahr später war seine Bänderdehnung am Knie auskuriert. Sodann begann er wieder, Tennis zu spielen. Zwar nur im Altherrendoppel, einmal pro Woche, aber er hatte Spaß dabei. Nach dem Sport saßen sie oft im Sächsischen Hof am Herderplatz und Siggi sah hinüber zur Kirche St. Peter und Paul, in der Hendrik getauft worden war. Manchmal vermisste er ihn.

Marlene Moser

Die Hausdurchsuchung und der Trubel um ihre Nichte Nadine nahmen sie so sehr mit, dass sie wenige Tage später verstarb. Bei strahlender Herbstsonne und leichtem Wind legte sie sich unter dem Kastanienbaum in ihrem Garten zum Schlaf nieder und wachte nie mehr auf.

Albert Moser

Er hatte nachweislich nichts von den kriminellen Umtrieben seiner Tochter gewusst. Er war geschockt, nach dem Verlust seiner Ehefrau nun auch noch sein Kind verloren zu haben. Zudem blieb ihm nichts anderes übrig, als seine Geschäftsidee einer GIRO-Kette aufzugeben, was Hendrik und Edmund sehr schade fanden. Als alleiniger Geschäftsführer konnte er die bevorstehenden Aufgaben nicht bewältigen und verkaufte die Hotels und Bistros an verschiedene Investoren, die das Gesamtkonzept zerschlugen, weil keiner von ihnen ein Idealist war. Albert Moser zog in das Haus seiner Schwester in Pullach.

Nadine Moser

Nach dem Treppensturz war sie ins Krankenhaus eingeliefert worden. Sie hatte eine Gehirnerschütterung und eine Wirbelprellung erlitten. Als sie wieder gesund war, wurde sie angeklagt, das Landgericht München eröffnete das Hauptverfahren, und der Richter verurteilte sie wegen mehrfachen versuchten Mordes zu einer Freiheitsstrafe von 13 Jahren.

Esra

Sie führte »Hanna's Wohnzimmer« tapfer weiter, manchmal halfen Frank und Sascha, zwei Germanistikstudenten, die Hendrik aufgetrieben hatte, oft auch Hendrik selbst. Auf der Theke stand ein grünes Sparschwein, in das jeder Gast einen symbolischen »Glückspfennig« für Hanna einwerfen konnte.

ENDE

DANKSAGUNG

Ganz herzlich möchte ich mich bedanken bei …

… meiner Ehefrau Stefanie Jost-Köstering, die mich seit vielen Jahren unterstützt und inspiriert und diesmal einen wichtigen Beitrag zum Plot von »Goethespur« geleistet hat.

… meinen Töchtern Britta Haak und Dr. Lena Schumacher, die durch ihr wohlwollendes, zugleich ehrliches Kritikbewusstsein erheblich zum Gelingen des Romans beigetragen haben.

… meiner Mutter Hannelore Köstering, die wie ein Fels in der Brandung hinter mir steht.

… meiner Schwester Ulrike Köstering, die selbst schriftstellerisch tätig ist und mir wertvolle Hinweise zu Text und Figuren gegeben hat.

… meiner Leserin Patricia Gunkel, die mir freundlicherweise eine Strophe ihres Gedichts »Weimar im Juni« (S. 112) überlassen hat.

… Dr. Elke Richter, wissenschaftliche Mitarbeiterin im Goethe- und Schiller-Archiv Weimar, die mir wertvolle Hinweise zu Goethes Briefen gegeben hat und zudem bereit war, als Echtperson in »Goethespur« aufzutreten.

… Peter Ingenerf, Leitender Kriminaldirektor a. D., der diesmal viel Zeit investiert hat, den Tatortbefundbericht so anzupassen, dass er annähernd der wirklichen Polizeiarbeit entspricht, ohne die Leser zu langweilen.

… Sascha-Frank Loubal, Rechtsanwalt, der es hervorragend verstanden hat, mir die juristische Denkweise nahezubringen.

… Kristine van Even, die gerne Texte korrigiert und für diese Leidenschaft bei mir große Offenheit fand.

… Katja Ernst, meiner Lektorin im Gmeiner-Verlag, die sehr professionell arbeitet und dabei viel Respekt für meine Ideen und meine Schreibweise zeigt.

… Claudia Senghaas, Programmleiterin des Gmeiner-Verlags, die meine Goethekrimiserie von Anfang an unterstützt hat.

… dem ehemaligen und dem aktuellen Inhaber des Cafés »Amelie's Wohnzimmer« in Frankfurt-Sachsenhausen, Frank Papra und Alexander Klimenko.

Bernd Köstering, im Sommer 2018

QUELLENNACHWEISE

1. Goethes Werke in zwölf Bänden (Zehnter Band)
Bibliothek Deutscher Klassiker, herausgegeben von den
Nationalen Forschungs- und Gedenkstätten der klassischen
deutschen Literatur in Weimar, 3. Auflage. Aufbau-Verlag:
Berlin und Weimar, 1974. Ausgewählt und eingeleitet von
Helmut Holtzhauer, bearbeitet von Herbert Greiner-Mai.

2. Goethe: Italienische Reise
Textkritisch durchgesehen von Erich Trunz, kommentiert
von Herbert von Einem. Verlag C. H. Beck: München, 1981.

3. Goethe: Tagebuch der Italienischen Reise 1786
Notizen und Briefe aus Italien mit Skizzen und Zeichnun-
gen des Autors. Herausgegeben und erläutert von Christoph
Michel. 15. Auflage 2013. Insel Verlag: Frankfurt a. M. und
Leipzig, 1976.

4. Das Inkognito: Goethes ganz andere Existenz in Rom
Roberto Zapperi, Ingeborg Walter (Übersetzerin). C. H.
Beck: München, 1999.

5. Goethe: Sein Leben und seine Zeit
Richard Friedenthal. Piper: München, 1963, 1999.

6. Goethe: Kunstwerk des Lebens
Rüdiger Safranski. Hanser: München, 2013.

7. Goethe: Gedenkblätter Weimar
Gesellschaft zur Verbreitung klassischer Kunst GmbH: Berlin, 1921.

8. Karl-Friedrich Zelter – Johann Wolfgang Goethe – Briefwechsel
Philipp Reclam jun.: Leipzig, 1987.

9. Goethe: Der Dichter und der Wein
Christoph Michel. Insel Verlag: Frankfurt am Main und Leipzig, 2000.

10. 1792: Goethe in Luxemburg
Nikolaus Hein. Verlag Bourg-Bourger: Luxemburg, 1961.

11. Das Goethe- und Schiller-Archiv 1896–1996: Beiträge aus dem ältesten deutschen Literaturarchiv
Jochen Golz. Böhlau Verlag: Köln, 1996.

12. Auf Goethes Spuren – Stätten und Landschaften
Michael Ruetz, Bildband mit Kommentaren von Eckart Kleßmann. Artemis Verlag: 1979.

13. Italienische Reise von Goethe
Alfred Kuhn (Hrsg.). Verlag F. Bruckmann: München, 1925. Unveränderter Reprint 1999, 2000, 2008.

14. Römische Spuren – Goethe und sein Italien
Roberto Zapperi. Verlag C. H. Beck: München, 2007.

15. Goethe-Jahrbuch 2007
Jochen Golz, Edith Zehm (Hrsg.). Wallstein-Verlag: Göttingen, 2008. Band 124, S. 158 ff.

16. Goethe-Jahrbuch 2015
Jochen Golz, Edith Zehm (Hrsg). Wallstein-Verlag: Göttingen, 2016. Band 132, S. 197–206.

17. Goethe-Jahrbuch 2016
Frieder von Ammon, Jochen Golz, Edith Zehm (Hrsg.). Wallstein-Verlag: Göttingen, 2017. Band 133, S. 184–187, S. 218–221.

18. Goethe-Jahrbuch 2017
Frieder von Ammon, Jochen Golz, Edith Zehm (Hrsg.). Wallstein-Verlag: Göttingen, 2018. Band 134, S. 137–148, S. 335–337.

19. Johann Wolfgang Goethe: Briefe
Historisch-kritische Ausgabe. Georg Kurscheidt, Norbert Oellers, Elke Richter (Hrsg). Im Auftrag der Klassik Stiftung Weimar, Goethe- und Schiller-Archiv. Berlin, Boston, 2014.

20. Auto(r)fiktion – Literarische Verfahren der Selbstkonstruktion
Martina Wagner-Egelhaaf (Hrsg.). Aisthesis Verlag: Bielefeld, 2013.

BEMERKUNG DES AUTORS

Zusätzlich zur Nutzung der oben genannten Literaturquellen hat der Autor an der Goethe Akademie »Der Glanz der größten Kunstwerke«, 1.–4. September 2016 in Weimar, teilgenommen. Dabei konnten im Goethemuseum Originalzeichnungen von Goethe sowie im Goethe- und Schiller-Archiv Originalhandschriften eingesehen werden. Einige Quellen konnte der Autor persönlich im Lesesaal des Goethe- und Schiller-Archivs in Weimar studieren.

Mit diesen Bemerkungen soll gezeigt werden, dass die historischen Bezüge im vorliegenden Roman auf gesicherten Quellen beruhen. An Goethes Lebenslauf wurde dabei nichts verändert. Gleichwohl wurden Teile von Goethes autobiografischen Schriften im Sinne der Autofiktion nach Quelle Pos. 20 infrage gestellt.

Allen Lesern, die die exakte Schnittstelle zwischen Dichtung und Wahrheit suchen, sei empfohlen, die genannten Literaturquellen einzusehen oder mit dem Autor Kontakt unter www.literaturkrimi.de aufzunehmen.

Bernd Köstering im Sommer 2018

EINSTIEGSLITERATUR

1. Goethe für Eilige
Klaus Seehafer. Aufbau Taschenbuch Verlag: Berlin, 2003.

2. Goethe kennen lernen
Jürgen Schwarz. Serie AOL kompakt, AOL-Verlag: Lichtenau, 2000.

3. Goethe noch einmal – Reden und Anmerkungen
Marcel Reich-Ranicki. Deutsche Verlagsanstalt: Stuttgart und München, 2002.

4. Anekdoten über Goethe und Schiller
Volker Ebersbach und Andreas Siekmann. wtv: 2005.

5. Wer lebte wo in Weimar?
Christiane Kruse. Verlagshaus Würzburg: 2007.

6. Das Frankfurter Goethehaus
Petra Maisak und Hans-Georg Dewitz. Insel-Verlag: 1999.

6. Die klugen Frauen von Weimar
Ulrike Müller. Elisabeth Sandmann-Verlag: München, 2009.

7. Frauen um Goethe
Astrid Seele. Rowohlt Taschenbuchverlag: 1997, 2000.

8. Marianne Willemer und Goethe
Dagmar von Gersdorff. Insel Taschenbuch: 2005.

9. »Will keiner trinken? keiner lachen?«
Goethe und der Wein
Heiner Boehncke und Joachim Seng (Hrsg.). Insel Verlag: 2014.

10. Goethe: Dichtung und Leben
Curt Hohoff. Heinrich Hugendubel Verlag: München, 2006.

11. Goethe und seine Vaterstadt Frankfurt
Friedrich Bothe. Verlag Waldemar Kramer: Frankfurt, 1948.

12. Goethe in Italien
Ausstellungskatalog mit kommentierenden Beiträgen zum 200-jährigen Jubiläum von Goethes erster Italienreise. Herausgegeben von Jörn Göres, Direktor des Goethe-Museums Düsseldorf. Verlag Philipp von Zabern: Mainz, 1986.

Literaturdozent
Wilmut ermittelt:

1. Fall: Goetheruh
ISBN 978-3-8392-1045-1

2. Fall: Goetheglut
ISBN 978-3-8392-1181-6

3. Fall: Goethesturm
ISBN 978-3-8392-1330-8

4. Fall: Goethespur
ISBN 978-3-8392-2398-7

5. Fall: Goetheherz
ISBN 978-3-8392-0029-2

Ex-Journalist
Herbert Falke ermittelt:

1. Fall: Falkensturz
ISBN 978-3-8392-1600-2

2. Fall: Falkenspur
ISBN 978-3-8392-1844-0

3. Fall: Falkentod
ISBN 978-3-7349-9460-9

weitere:
Düker ermittelt in
Offenbach
ISBN 978-3-8392-1971-3

Mörderisches
Oberhessen
ISBN 978-3-8392-2063-4

Lieblingsplätze
Frankfurt am Main
(mit Ralf Thee)
ISBN 978-3-8392-2617-9

SPANNUNG

GMEINER

WWW.GMEINER-VERLAG.DE
Wir machen's spannend

DIE NEUEN
Lieblingsplätze

WWW.GMEINER-VERLAG.DE
Mensch, Kultur, Region